U0446040

天如玉
TIAN RUYU

著

师叔

上

重庆出版集团
重庆出版社

图书在版编目（CIP）数据

师叔 / 天如玉著. — 重庆：重庆出版社，2013.9
ISBN 978-7-229-06790-8

Ⅰ.①师… Ⅱ.①天… Ⅲ.①言情小说-中国-当代 Ⅳ.①I247.5

中国版本图书馆CIP数据核字(2013)第166473号

师叔
SHISHU

天如玉　著

出　版　人：罗小卫
责任编辑：刘　嘉　郭莹莹
装帧设计：艾瑞斯数字工作室　clark1943@qq.com

重庆出版集团
重庆出版社 出版

重庆长江二路205号　邮政编码：400016　http://www.cqph.com
重庆升光电力印务有限公司印刷
重庆出版集团图书发行有限公司发行
EMAIL:fxchu@cqph.com　邮购电话：02368809452
重庆出版社天猫旗舰店
cqcbs.tmall.com
全国新华书店经销

开本：710mm×1 000mm　1/16　印张：31　字数：462千
2013年9月第1版　2013年9月第1版第1次印刷
ISBN 978-7-229-06790-8
定价：49.80元

如有印装质量问题，请向本集团图书发行有限公司调换：02368706683

版权所有　侵权必究

目 录

第1章　天印师叔 …………………………… 1
第2章　泪流满面 …………………………… 7
第3章　勾引 ………………………………… 11
第4章　谷羽术 ……………………………… 18
第5章　刺青 ………………………………… 25
第6章　下山 ………………………………… 31
第7章　呸！ ………………………………… 36
第8章　霜绝剑 ……………………………… 41
第9章　鱼已经上钩了 ……………………… 46
第10章　锦华夫人 …………………………… 50
第11章　仙人 ………………………………… 54
第12章　强者当立，弱者该死 ……………… 59
第13章　听风阁主 …………………………… 64
第14章　与你何干 …………………………… 69
第15章　干该干的事 ………………………… 74
第16章　身世 ………………………………… 78
第17章　太无耻了 …………………………… 83
第18章　何日忘之 …………………………… 88
第19章　折英 ………………………………… 93
第20章　他摸你了？ ………………………… 98
第21章　今晚回来吧 ………………………… 103
第22章　现世 ………………………………… 108

第23章	初衔白的妹妹	114
第24章	天印不是好人	119
第25章	玄秀	124
第26章	千风破霜剑	130
第27章	缺口	135
第28章	彼此彼此	140
第29章	段飞卿	146
第30章	华公子	152
第31章	左护法	157
第32章	唐门少主	162
第33章	救我	168
第34章	节哀	174
第35章	千青已经死了！	181
第36章	毒发	186
第37章	伪君子	191
第38章	魔教	196
第39章	唐印	200
第40章	初衔白	206
第41章	十年前	211
第42章	禽兽	216
第43章	我是你师叔	223
第44章	步狱	231
第45章	不举	237
第46章	祛痛散	242
第47章	你以为我稀罕？	247
第48章	我怎么会爱你？	252

第1章　天印师叔

这事儿说起来绝对是个悲剧。

天殊派的后山风景秀致，奇花异草无数，千青只是个小弟子，加之被师父禁了足，闲暇里无甚去处，便最喜在此处逗留。

这日也是如此，只是刚逛到小土坡处却发现已有了别人。

那人背对着她端坐于土坡上，盛夏时节里，周遭芳草萋萋，他却一身黑衣，乌发曳地，背影肃杀凛冽。不过因为他人在土坡上，怎么瞧都让千青觉得这造型像蘑菇。

她悄悄观察了这朵蘑菇许久，忽然认出这人貌似是自家师叔天印，十分好奇他在此地的缘由，便忍不住走近了两步，想要再深入观察观察。不料人尚未接近，蘑菇竟一下仆倒在地，口中"哇"地吐出一大口血来。

千青吓了一跳，慌忙跑过去，一看那张脸，果不其然是她那位年纪轻轻便已有了江湖第一高手之称的师叔天印。

"师叔师叔，您怎么了？"她慌不迭地将天印扶起，却被他一把扣住手腕。

"你叫我什么？"

"呃，师、师叔啊……"千青见他神情微妙，始终盯着自己，不禁诧异，心

师叔 上

道自己没认错人啊。虽然天殊派中人人都知晓她失了记忆，但那只是忘却前尘，何况这么一位大名鼎鼎的人物，谁都会过目不忘啊。

天印脸色苍白如纸，嘴角牵着血丝，却似毫不在意，目光始终落在她身上，眸光深沉，像是化不开的黑夜，随之却忽然微微笑了起来："没错，我是你师叔。"

"呃……师叔，你是不是走火入魔了？"千青觉得他这反应实在古怪，哪有人吐血了还揪着一个称呼不放的。

天印却没回话，忽地又吐出一口血，撑着要站起来，几乎整个人都压在千青身上："扶我回去……"

"是是是，师叔您小心脚下。"千青吃力地迈脚，走得歪七八扭。

好在之后遇到了大师兄靳凛，他带着一群师兄弟从练武场过来，看到千青几乎架着天印师叔行走在天殊山那险峻的山道上，赶紧上前帮忙。

千青终于解脱，趁机跟靳凛寒暄了几句。她也是花花心思犯了，对着靳凛时总想多说几句，可是靳凛对她始终一副有礼有节的模样，她实在无奈。

"那就麻烦大师兄啦。"旁边已有两位师兄弟扶起天印要走，千青不死心地向靳凛传达好意。靳凛转头看她，有些好笑："师妹这是什么话，这是师叔，有什么麻烦的。"

千青一愣，这才察觉自己失了言，顿时懊恼地皱眉，一扭头，却见已走出很远的天印正看着她，视线一会儿落在她身上，一会儿扫到旁边的靳凛身上，许久才收回去。

千青眨巴眨巴眼睛，问举步要走的靳凛："大师兄，师叔是不是认识我？"

"嗯？"靳凛想了想，摇摇头："不知，不过派中弟子常来常往，对你眼熟也正常吧？"

"哦，说得也是……"千青终于放下那点儿猜想。

靳凛待人温和，有一个大师兄的身份，平常对她也颇多照顾，一见她这模样便知道她又从后山逛过来，好言劝道："你以前受过重伤，没事还是少吹风，多休息休息。"

就是因为他这般温柔，千青才会对他起那不该起的心思。她挠挠头，笑道："大师兄你知道的，我身子不好，师父从不让我跟师姐妹们一起练武，我这也是无聊嘛。"

靳凛也就是出于关心，倒不坚持，没再多言，点了点头便离去了。方才天印师叔那模样也不知是出了什么事，他得赶紧去瞧瞧。

千青回了住处，师姐妹们刚刚练武回来，三三两两凑在一起闲聊，也没人理会她。这也不是第一次，她早就习惯了，师父玄月最宠爱她，受排挤是意料之中的事。

天印师叔在后山忽然吐血，怎么看也是个大事件。千青打算稍后便去找师父说一下今日这见闻。谁知还没来得及实行，大师兄靳凛忽然过来说："千青，你跟我过来，师祖要见你。"

天殊派如今的掌门师祖已年过百岁，至今只收了七名入室弟子，而在世的只剩了四个——一个是已年近花甲的项钟，一个是人到中年的金翠峰，还有便是千青的师父玄月和天印了。除了不收徒弟的师叔天印，门下所有弟子都分给了其他三个徒弟教导，而玄月是师祖唯一一个女弟子，座下也专门收女弟子。

千青莫名其妙地跟着靳凛出了门，瞥见师姐妹们的眼神，果不其然又是嫌弃。唉，大师兄也是师姐妹们心目中的大红人来着。

时至傍晚，雄踞山间的天殊派山风大作，将人身上的衣摆都吹得猎猎作响。远处楼阁若隐若现，飞檐气势张扬，似已触及天际。

千青跟着靳凛拾阶而上，不想最后到的地方竟是议事厅，这地方通常是师祖和师父师伯们商议要事时用的，却不知她今日怎会忽然人品好到能进来。

她一脚踏入宽敞的大厅，刚一抬头，便瞧见离门不远处坐着的师叔天印。

上方坐着发须皆白的师祖，下方左侧是大师伯项钟和二师伯金翠峰。自家师父玄月也在，和天印一道坐于右侧，不过面色不怎么好，也不知是出了何事。

乌发玄衣的天印是在座最为年轻的，加之相貌出众，千青会第一眼就看到他倒也不稀奇。

天印正襟危坐，阖目养神，似已入定，脸色仍旧有些苍白，听到响动才睁眼看来，视线在她身上一扫，忽而紧抿住唇，眼里呼啦啦翻滚出一阵苦楚。

千青以为自己看错了，正诧异着，便听上方师祖道："你便是千青？"

千青一惊，恍然想起自己还未拜见他老人家，连忙敛衽下拜："弟子千青，拜见师祖，拜见师伯、师父、师叔。"

四下寂静，过了许久，师祖才慢悠悠地吐出口气来："唉……"

千青的小心肝儿莫名就是一抽。

"千青，你可知你闯了大祸？"

"啊？"千青纳闷，"师祖见谅，千青不知。"

"你竟不知？"师祖陡然来了火气，朝天印道："天印，你说。"

天印看一眼千青，也是未语先叹："这名唤千青的女弟子今日擅闯徒儿练功之地，致使徒儿走火入魔，如今已经……"他闭了闭眼，接着道："如今已经内力全失了。"

"什么？"千青瞪圆了眼睛。怎么原来他不是在扮蘑菇而是在练功？可是她也没做什么啊，怎么就打扰到他了呢？不该啊……

左思右想觉得不对劲，她只好悄悄转头去看靳凛，奈何他也是一脸愁容。

且不说靳凛去得晚没看清实情如何，就是他的身份，此时也容不得他置喙。这事儿可大可小，但天印师叔三年前武林大会上拿下第一后便成了门派的顶梁柱，师祖指着他光大门楣呢！所以若是天印执意追究，千青便是一命呜呼也是有可能的。

这厢千青犹自怔忪，师祖却认定她是在逃避罪责，便也不再给她机会，直接便问座下弟子："你们认为此事该作何处理？"

项钟捋着花白胡须道："我看不如请洛阳璇玑门的人来为师弟诊治，以他们的医术，定可让师弟武功恢复。"

师祖皱紧了眉，默不做声。

金翠峰一见他老人家的脸色便知这是不满意，他比项钟机灵多了，这从他那光秃秃的脑门儿就能看出来。他压低声音道："师兄万万不可，此事不宜张扬，否则以天印师弟的威名，只怕会掀起一场江湖风波。依我看，不如用别的借口请璇玑门派一可靠之人来暗中为师弟医治。"

师祖这才微微点了点头，一副"知我者翠峰是也"的表情。

千青更加莫名其妙了，那么把她叫来是怎么回事？难道就是来背黑锅的？

好在玄月站在她这边，眼见天印那边的事解决了，便开口问："那么我这个徒儿要作何处置？"

"这个……"师祖慢悠悠地拖着调子，显然是在等徒弟们给他出主意。

"师父，"一直沉默的天印冷不丁地开了口："此事的确不宜张扬，但如今徒儿废人一个，身体虚弱，只怕连起居都成问题……"他蹙着眉，目光幽幽地落在千青身上："为今之计，只有找个人来伺候着了。千青虽害了我，但若是责罚了她，消息也必将走漏，不如就罚她伺候我，直到我武功恢复好了。"

千青大惊失色，什么叫她害了他？东西可以乱吃，话不可以乱说啊师叔！

玄月注重保养，虽已年逾四十，身形却窈窕犹如二八少女。她性子泼辣，向来看不惯派中男子的大爷嘴脸，但凡门下弟子有被欺负的，便会及时跳出来出头，护短之名早已威震全派，何况千青又是她最宠爱的弟子，这时听了天印的话，当即便怒道："师弟，这事儿说来你也有错，什么地方练功不好，非要跑去后山！这次惊扰你的是千青，你寻着人了，下次若是什么野兽，我看你才有苦说不出呢！"

千青连连点头，没想到天印师叔这般阴险，自己走火入魔，居然把责任扣在她头上。整个天殊派何人不知他最重视武功修为，现在叫她去伺候他生活起居还不知是怀着什么目的呢，万一再来私下报复怎么办？

越想越怕，她连忙朝玄月使眼色，一个劲暗示她想法子救自己。

天印轻叹一声："师姐，我只是叫她伺候我到痊愈，并没有说什么，何况以你我的交情，还担心我对她不利？"

玄月忽然不说话了，像是想起了什么，颇具深意地看了一眼千青，又看看天印，最后摆了摆手说："那好吧，青青你就去照顾你师叔吧。"

"啊？"千青错愕，怎么这么快就倒戈了！

"那便先这么着吧，唉……"师祖重重叹息，被靳凛扶着起身离去。

千青拜伏在地，心里的委屈一阵又一阵。那头二位师伯也出了门，经过她身边时叹气的叹气，冷哼的冷哼，更叫她欲哭无泪。

身后忽然"吱呀"一声，千青回神转头，就见大门已经合上了。她愣了愣，赶紧爬起来要朝门边冲，眼光一扫，却见天印仍然好端端地坐在那儿，目光灼灼地看着她。

"呃，师叔……"

天印朝她招招手，她只好硬着头皮走过去。

"千青啊……"他沉痛地闭了眼，"你可知我练武是为了什么？"

师叔
SHISHU
上

哪个武林人士没几个恢弘理想？何况还是他这种全心扑在武功上的人。千青虽然怨他冤枉自己，却也对他的理想生了好奇之心："为了什么？"

"我本想着，有朝一日能凭这身功夫骗个江湖美人儿做老婆来着，不曾想就这么破灭了啊。"

"……哈？"

"既然如此，"天印睁开眼："以后若是实现不了这个愿望，恐怕也只有委屈你一直在旁照料我生活起居了。"

"那个……师叔，您练武难道不是为了匡扶武林正义吗？"

天印微微一笑，低头敛目，沉沉思绪尽压眼底。

第2章 泪流满面

玄月是个顾忌徒弟心情的好师父，担心千青因为自己临阵倒戈的事生气，在她临走之前特地跟她好好谈了谈。

"青青啊，昨日不是师父不护着你，实在是你这次篓子捅大了啊。谁都知道你天印师叔是你师祖的心头肉，从武林大会斩获了第一的头衔后更是了不得，咱天殊派还指着他这面大旗招揽新人呢，你说你没事儿招惹他干嘛？"

千青一脸哀怨："师父，我真没做什么。倒是师叔，没事儿在后山小土包上扮蘑菇干嘛？我不过走近了两步，他便忽然捂着胸口倒地不起了，我真是冤枉啊！"

玄月深沉地眯起眼："若没猜错，他扮蘑菇大概是在练天殊心法第九层了。这至高无上的一层的确要求高，一点风吹草动都有可能前功尽弃的。"

"……好吧，我还是去受死吧。"

玄月瞪她一眼道："胡说什么呢？你师叔绝对不会对你怎么样的。再说了，他若真的私下报复你，你便告诉为师，为师会替你做主的！"

她说得这般笃定，千青却很怀疑。天印明明给她扣了黑锅，阴险狡诈得很，还有什么事做不出来！她抱起包袱，怨气滔天地出了门。

师叔 SHISHU 上

天印住得很偏，屋子却建得极好，还足足有三间，就坐落于山腰处横挑出来的一块平地上，远远看去像是建在了云端。千青跑去的时候轻手轻脚，生怕一不小心就把这地方给踩塌了。

正是日头毒辣之时，天印坐在树影下摇着纸扇，除了脸色仍旧苍白之外，精神倒还算好，见她到来，如释重负般叹了口气："青青你可来了，师叔我就快饿死了。"

千青对他那亲昵的称呼大感腻歪，又不敢多言，战战兢兢地站在三丈开外，生怕他扑上来掐死自己："师、师叔……现在还不到吃饭时间呢。"

天印一脸无辜："哦，可是师叔我失了武功后，似乎比以前容易饿了呢。"

"师叔稍候，我这就去给您做饭！"

天印望着她落荒而逃的背影，收起折扇，脸色忽而转冷："真是想不到，你还会有这么一天……"

千青其实根本不会做饭，点了柴火才想起来还没准备食材，好一阵手忙脚乱，差点没把厨房给烧了。

她还寻思着天印也许会来把她臭骂一顿，或者把她丢回去也有可能，谁知偷偷扒着门框朝外一瞟，他仍旧慢悠悠地扇着扇子，甚至还惊讶地感叹了句："哟，这么多烟，究竟在做什么好吃的呀。"

"……"这人莫不是故意在整她吧？

极有可能！千青气闷地回了厨房，忍着烟熏四下找了一圈。大概是师祖吩咐过，伙房送来的食材颇为丰富，米是好米，面是好面，鲜蔬自不必说，甚至还有一条鲫鱼和一大块牛肉，可问题是要怎么把它们弄熟呢？

柴火越烧越旺，锅里的烟更浓了，千青来不及多想，拎起鱼就丢进了锅里，顿时惹来一阵乱蹦。她赶紧拿起锅盖盖上去，忽然觉得似乎忘了啥步骤，可究竟是啥又想不起来。哦，大概是要加水……

吃饭时，天印看着面前碗里的黑色焦糊物呆滞了半晌："这是鱼？"

"是。"

天印用筷子拨了又拨，抽了一下嘴角："没人告诉过你，鱼要刮鳞去肠吗？"

"……没。"

天印默默看了她一眼。

千青接触到这眼神，下意识地后退一步，摆出防卫姿态。

天印先是一愣，接着就笑了，搁下筷子道："青青，看你这样子，莫不是以为师叔我要报复你？"

千青已经琢磨着是要欺负他武功尽废打一场还是撒脚丫子逃跑了，吞了吞口水小心翼翼地问："那师叔您会吗？"

天印挑了一下眉，忽然站起身来，施施然举步走向她。

千青像是被针扎了一下，跳起来就朝门口冲，被他眼疾手快地一把扯住后领拉了回来。她下意识地挣扎，天印便顺势一手扣住了她的腰，一手搭住她肩膀，贴到她耳边阴笑："怎么，你师叔我看着像是那般阴险之人么？"

千青下意识地就想点头，反应过来又连连摇头："不不不，师叔您正人君子，绝对不是阴险小人。"其实如今的天印手上根本没什么力道，千青虽武功平平，可要挣脱也不会太难，但在愧疚和恐惧双重情绪压迫之下，她竟动也不敢动一下。

天印故作疑惑道："那你作何这般躲避着我？难不成你害我成了废人，还不想负责？"

"……师、师叔言重了，弟子不敢。"千青苦哈哈地嗫嚅。

"那就好。"天印拍了一下她的肩，转身回到桌边坐下。

直到此刻，千青才察觉到刚才二人的举止有多亲昵。她还不曾与哪个男子这般亲近过，连心爱的大师兄都没有，难免心如擂鼓。悄悄去看天印，他居然在吃饭，举着筷子将那焦黑焦黑的鱼肉一口一口往嘴里送，好似品尝山珍海味，连眉头都没皱一下。

千青震撼了，不愧是第一高手，好吧，是前第一高手，连胃都与常人不同啊！

一碗粗硬的米饭很快就见了底，天印慢条斯理地拭了拭嘴角，抬眼看她："今日就算了，明日起去伙房学学手艺，至少要会做个汤吧，不然就吃这些东西，师叔我何年何月才能调理好身子？我好不了的话……"他眼珠一转，冲她轻轻扬眉，"你该知道，你会怎么样吧？"

"师、师叔……其实为您身体着想，不妨直接让伙房大厨来照料您……"

"对，然后整个天殊派都知晓师叔我如今是个废人了。"

"……我马上就去！"千青泪奔出门，再也不想回来了。

天印看着她出了门，坐了一会儿，终是没忍住，起身出门，将刚才吃的那些吐得个一干二净，然后抬头朝她消失的山道狠狠地瞪了一眼："真想一掌拍死算了！"

远离了天印就是舒服。千青在伙房吃了顿香喷喷的午饭，顺便跟厨子吹了半晌的牛，实在不好意思混下去了，才开口说自己是来学做饭的。

厨子是从山下雇来的，是个五十开外的老伯，尤爱八卦，今早听几个弟子说了千青的事儿，此时免不得要向本人求证一番。

"千青，听闻你要拜入天印师父门下了？"

千青听到那名字先抖了一下："啊？"

"不是说你去伺候他了嘛，定是天印师父要破例收徒了吧？"

"……"流言真可怕。千青默默指了指案上的食材："您还是告诉我吃哪些东西补身子吧。"

"诶？是给天印师父补身子的吗？"

千青点点头。

厨子眼睛一亮，随即面露恍然。天印师父的武功那么高，哪里需要补什么身子嘛，不过要是别的方面……那就好理解了。

他偷偷瞄了瞄千青，小姑娘模样说不上沉鱼落雁，好歹也清秀可人。天印师父貌似年近而立了吧，约莫是要吃一回嫩草了……

一想到这点，他立即捋了捋袖子，熟练地挑了几样食材放在小筐里递给了她："这些都是好东西，我教你一些简单做法，你回头就做给天印师父吃，一定会有效果的！"

千青一听到效果二字，精神大振："真的？"

厨子大叔心想矮油这姑娘咋不知道羞怯呢，面上还是赶紧应下："可不是，若没有壮阳功效你就来找我！"

"好好好。"千青压根没听清楚，乐颠颠地催他，"那你赶紧教我。"

"咳……"她这般急切，倒让厨子大叔害羞了。不过话说回来，能把天印师父那种高手弄得需要进补，想来这姑娘还真是有本事啊……

第3章　勾引

　　天印盘膝坐在床头，细细地运功调息了一个周天，睁眼时已是满头大汗。他摊开左手掌心，看了一眼盘踞其上若隐若现的血线，挫败地叹了口气。看来内力的确是没了，偏偏天殊派的武功最讲究内功修为，如今他招式虽然还在，丹田气海却空荡一片，出手怕是与软脚虾也没什么分别了。

　　所幸天印并不是个纠结的人，对他而言解决问题的路有很多种，只要能达成目的，过程并不重要。

　　千青现在已经成了彻头彻尾的小丫鬟，一早起来，在厨房里守着大补汤一步也不敢挪。汤好了还要去给天印洗衣服。

　　其实她最讨厌的就是给天印洗衣服，因为那意味着要帮他洗贴身内衣……

　　蹲在水边，从木盆里拎出天印的亵裤时，千青像被马蜂蛰了一口，顿时脸烧得滚烫，嫌弃地将那裤子丢进水里，等看见裤子快沉下去了，又赶紧手忙脚乱地要去捞，结果一个不慎就扑通栽进了水里。

　　她压根不会水，扑腾了几下就跟秤砣似的往下沉，连呼救都没来得及。透过晃动的水面，她似乎看到了岸上站着个人，那身熟悉的黑衣，似乎是师叔，可他的眼神那么冷，看着她落入水中居然也无动于衷。

千青猛地吸了一大口水，胸腔闷堵，最后晃动了一下手臂，终于无力地闭起双眼。耳中却听见扑通一声响，很快身子一轻，有人托着她浮出了水面，她没来得及呼吸一下便晕了过去。

醒过来时第一件事是在咳嗽，她难受地睁开眼睛，天印的脸近在咫尺，看到她苏醒，微微笑了笑："总算醒了，不枉我给你渡气。"

千青原本已经缓和了咳嗽，听到这句话后又重重咳了起来。

什么叫给她渡气？难道他已经……那个她了？千青脸涨得通红。

天印起身，拧了拧湿衣服，伸手给她："走吧，下次洗衣服小心些。"

千青默默无言，其实很想问他一下之前是不是看到她落水而没救她，但他的确救了自己，想来应该是误会。

这之后她每次洗衣都小心了许多，再也不要什么花头了。

今年又会有三年一次的武林大会，所以派中的师兄弟们练武尤为勤奋。

千青这日经过练武场时，听到场内师兄弟们整齐划一的呼喝声，想起自己已有多日不曾见到大师兄，忍不住探头探脑逐个寻了过去。

靳凛果然在，正身姿挺拔地立在前方，领着众人练武，即使在这毒辣的日头下挥汗如雨，也丝毫不影响他的风姿。

千青却忽然没了欣赏的心情。此时此刻，她扒着山石探头望过去时，心中想起的，却是自己为天印师叔洗亵裤的事，是天印师叔替她渡气的事，她觉得自己名节已毁，早已配不上完美的大师兄了……

"唉……"

像是知晓她的心情，竟凭空传来一声叹息。千青先是愣了愣，猛然回过神来，一扭头，就见天印站在她身后，身上的玄黑袍子反衬着苍白的脸，竟显出几分柔弱来。他的目光越过她幽幽地落在前方练武场上，几分无奈，几分酸楚。

"青青，你在看什么？"他没有看她，仍旧盯着前方，"是在看靳凛么？"

千青吸了口凉气，连忙道："不是不是，师叔您误会了，我我我……我是觉得自己连日来荒废了武艺，所以才来看看而已。"

"以后别过来了。"

"……为何？"

天印的视线在她身上一扫，忽然像是无法忍受一般，闭眼咬唇，痛苦地扭过头去:"好吧,你看吧,反正你这么做,也无非是在提醒我已是废人一个的事实,不过是再在我心头扎上一刀而已,也没什么……"

他语气悲怆,说完就走。千青却陡然愧疚,连忙伸手扯住他的衣袖:"师叔师叔,我不看了,我再也不看了还不成么?您别生气,更别自暴自弃啊!"

天印止了步,仰头对天:"你说真的?"

"真的!我发誓!我发誓再也不来看大师兄,啊不是,是再也不来看师兄弟们练武了!"

天印这才转过身来,欣慰地点了一下头:"青青,师叔就知道你善良。"

"呵、呵呵呵……"千青唯有回以苦笑。

大概是心情好了,中午吃饭时,天印居然难得地夸了千青的手艺:"青青你学东西很快嘛,虽说目前只会做些简单的,但做得已经很不错了。得你悉心照料,师叔我定能早日恢复啊。"

千青心中一喜,忙凑过去,狗腿地给他布菜:"那师叔您多吃些,好好补一补。"

天印瞄她一眼:"不过……为何近日来总觉心头浮躁,你给我吃的东西,没什么问题吧?"

"啊?浮躁?"千青一听就慌了,连忙在他身旁坐下,左瞧右瞧,"师叔觉得哪儿浮躁?"

天印一脸忧郁地抚着胸口:"这里,总觉得有什么堵着。"

"这么严重?"千青慌了,不会是武功废了造成了什么后遗症吧?完蛋,要是被师祖知道,她肯定会嗝屁的,咋办咋办?

"青青……"天印虚弱地一歪,眼见就要靠到她身上,千青吓了一跳,下意识地一让,他便直接躺在了她的膝上。

"师、师叔……你……"

他仰着面看她,黑发直垂到地上,眼中如拢入了一池春水,那叫一个荡漾。千青从没见过天印师叔这样,惊得身子都僵住了。

"青青,师叔给你样东西。"

千青依旧僵着身子不敢动,神情莫名其妙。

天印坐直身子,从怀里拿出卷册子递了过来:"喏,这个给你。"

师叔 SHISHU 上

千青诧异地接过来一看，眼睛瞪得快有鸡蛋大了。

天印有一套自创的成名绝技，名为"天印十四剑"，名字虽普通，却是师祖亲赐的，可见重视。当初他正是靠这十四剑在武林大会上一战成名。而这个，居然是"天印十四剑"配套的心法口诀。

"师叔，您要把这个传给我？"千青忽然觉得厨子大叔的话就要应验了。

"是啊。"天印微微俯身，语气暧昧，"师叔对你这么好，你是不是就会忘了靳凛了？"

"……"

这一日千青抓耳挠腮寻思了整整一个下午，愣是没有头绪。她觉得师叔在勾引她……不对，是调戏她？也不对，戏弄她？总之不对劲，可是为什么啊？

她躲在房内对着铜镜左照右照，实在想不通自己一个平平无奇的小弟子有什么值得让师叔青睐的地方。于是最后，她终于想到了一个可能，脸色顿时惨白一片——师叔定然连人带心都走火入魔了……

第二日一早，千青顶着两只黑眼圈推开了玄月的房门，她师父果然还在睡懒觉。

若是以往，千青绝对不会打扰她，因为她老人家曾说过睡眠不足会使人变老。基本上谁让她变老，她就让谁变残。

可这会儿千青管不上那么多了，几下就把玄月给摇醒了："师父师父，您说过天印师叔要是欺负了我，我可以来找您的，还作不作数！"

玄月起床气重，原本火冒三丈，一听这话愣了："啊？他欺负你了？"她猛地拍了一下床板："当然作数！那臭小子怎么你了？快告诉为师！"

千青忽然咬着唇扭捏起来。玄月虽泼辣，以前也教了她许多女儿家的规矩。这会儿出了这么件事儿，叫她如何说得出口啊。

玄月不耐烦了："究竟怎么了，对着师父还有什么不能说的吗？"

千青心想也是，这才红着脸尴尬地开了口："师父，我觉得……天印师叔一直在调戏我。"

"啊？"玄月呆了一呆。

"不仅如此，他甚至还在……勾引我……"

"……"玄月无声望了望屋顶，倒头继续睡，"我大概是做梦了……"

千青急了："师父！我说的是真的！"

玄月只好又翻身坐起，好声好气跟她讲道理："青青，你是不是误会了？师父我就直说了哈，你看你自己……咳，你懂的。可是你看看你师叔是何许人物？要相貌有相貌，要武艺……好吧，总之天殊第一高手的名号还在。可是为何他至今还孑然一身？"她叹了口气："眼高于顶啊！这样一个男人会对你下手吗？他吃饱了撑的吗？"

千青泪流满面："我也百思不得其解啊，可是真的发生了啊，师叔真的很邪恶的，没有想象中那么正人君子啊，呜呜呜……"

玄月满不在意地摆摆手："天印本就不是什么善茬，人家可能就是心存不满，捉弄捉弄你，你别当真就行了。"

"没这么简单啊，师父您要相信我，如今的天印师叔不是脑子坏了就是发春了……呜呜呜……您快救我出苦海吧！"

"唉……"玄月握了握她的手："青青，为师知道你不容易，知道你不想伺候天印，可是也别用这种借口呀，说出去毁的是自己的名节，别人会笑话你的。"

"……"

千青悟了，说天印调戏她，天殊派上下没一个人会相信的，她只有挨宰的份儿啊！

许久不见的大师兄靳凛这日忽然登门造访，手里提着特地下山买来的补品，说是奉师命来探望师叔。

天印正在内室打坐，接待的事自然要由千青来。自那日发誓再也不去练武场外观望，她就觉得离心爱的大师兄越来越远了，如今难得有机会见面，还是正大光明的，连日来的郁闷顿时消散，她的心中只余兴奋了。

靳凛也不进屋，将东西交给她后就直接在外面的石桌旁坐了，免不得要与她闲话一番。眼见她照旧生龙活虎，心中轻松不少："还道你闯了祸要吃些苦头，如今看来，师叔待你还是不错的。"

千青心中又生惆怅，心想要能回到你身边才是真的不错啊！面上却乖巧地回道："嗯，师叔是待我不错。"

靳凛笑道："那便好，师叔向来光明磊落，我早说过你跟着他不会有什么事的。"

千青察觉到他的关心，心里似灌了蜜，垂着头不让他看到自己通红的脸。

此时他在坐在这里，背靠绝壁，前有微云，天高地阔，他的蓝衫都似已融入了天色里，渺渺如仙。千青忽然希望时间可以过得慢一些，她便可以与他这样多待一会儿，即使一句话都不说，也心满意足了。

可惜这个念头刚想完，身后就传来了叫她无语的声音："啊，靳凛来了？"

天印一脸笑容，原本就出色的五官有了生动的神采，越发叫人移不开视线。千青悄悄拧了一把自己大腿，将视线集中在他的玄色长衫上，恭恭敬敬起身相迎。

靳凛起身抱拳行礼："拜见师叔，师父命我前来探望，不知师叔身子可大好了？"

天印瞄了一眼旁边垂手而立的千青，笑道："青青照顾得很用心，你替我转告师兄，就说我已有好转，若见到师父，也告诉他老人家一声，请他莫要担心。"

靳凛忙一一应下。

天印点点头，转身就要进屋，见他还站着，挑眉道："还有事？"

靳凛这才意识到这是逐客了，连忙告辞，临行前还不忘对千青点了一下头。

千青顿时心生不舍，碍于师叔在场又不敢表露，脚在地上蹭了两下，愣是没敢跟去相送。

天印早将她的神情尽收眼底，边朝桌边走边叹息："唉，你们这些年轻人呐……"

千青默默斜眼，说的跟自己多老似的，喊！

靳凛回去后立即去见了师父项钟。

项钟命他去探望天印，回来后要将所见所闻事无巨细禀报给他。听了徒弟说的话后，项钟抚着花白的胡须一脸深思："如此看来，你师叔的确是没有内力了。"

靳凛一头雾水："难不成师父还怀疑师叔是假装的么？"

"的确怀疑过。"

"……"

项钟站在窗边，遥遥望向天际，思索良久，仍是没有头绪。

人人都道天印是正派君子，只有他们这几个师兄弟知道并非完全属实。

曾有一次，师父德修掌门召座下弟子研讨武学，被问起学武目标，人人都说的高尚远大，只有天印坐在那里，嘴角噙笑，说了六个字："立于顶，握天下。"众人愕然之际，他才似回了神，笑着改口道："是立于顶，济天下。"

别人可能真相信他那时是年少轻狂，口不择言，但项钟可是亲眼目睹过天印的所作所为。他是半路出家入的天殊派，以前的武功路数来路不明，为了进阶到更高一层，便自断筋脉，将全身武艺废去，再从头开始。

那种痛苦有几个人能承受？项钟每每想起这事便觉冷汗浃背。一个人能对自己心狠如斯，还有什么做不出来？而一个人能为学武什么都做得出来，怎么会这么轻易就原谅害自己内力尽失的人？

但现在天印的确对那个叫千青的小弟子很好，难道他忽然想开，不再执着于武艺修为了？

也罢，不管他有什么打算，只要不坏了自己的好事就行。

项钟一思既定，转头吩咐靳凛道："今日为师与你说的话不可透露半个字出去，记住了？"

听他语气这般严肃，靳凛岂敢含糊，连忙称是，只是心中越发地疑惑了。

第4章　谷羽术

千青学东西的确很快，刚来那会儿做顿饭手忙脚乱的，现在已经会做不少菜了。不过学得越多，知道的也就越多，于是终于某一日，她把之前大厨给的那些食材全都偷偷丢了……

难怪师叔最近总说烦躁，厨子大叔坑爹啊！

时间进入大暑，天殊派即使置身高山峻秀之巅也能感到逼人热浪。千青算了算日子，再过一天，到这里就满一月了，想起这些日子跟师叔的暧昧，再想想跟大师兄的距离，真是愁肠百结。

她打坐修习了一会儿"天印十四剑"的心法，起身看看日头，料想天印该打坐完了，忙去厨房做午饭。

天印的身子已好了许多，原先苍白的脸也渐渐红润起来，只是内力仍旧没有恢复。千青一心想着早日解脱，自然心焦难耐，他倒是安然自得，还三不五时地调戏她。

都说少女易怀春，玄月看不惯男子，约束门下又向来严厉，平时一些男女授受不亲的规矩自然常挂在嘴边提醒不断。而现在千青总这么不清不楚地被迫跟师叔暧昧，万一哪天他一追究，自己的后半生岂不是注定要落在他手里了？

这个念头冲击性太强,千青开始魂不守舍。天印走到厨房来,喊了她好几次都没有回应,只好走到她跟前拍了她一下。千青回过神来,立即跳开几步,远远躲开他。

"你这是做什么?"天印皱了皱眉,从袖中取出封帖子递给她:"喏,把这个送去给你师父。"

千青一看,那帖子外封竟是通红一片,心里顿时咯噔一声:"师叔,您说要给……谁?"

"你师父啊。"

"……"

难道……难道他就要开口提亲了吗?千青忽觉人生前景一片黑暗暗无天日日月无光……

玄月午后必睡午觉,所以这次千青又是把她从床上摇了起来。

"天印这次是摸你了还是亲你了?"她眯着眼睛问的心不在焉,随时都能倒下去继续睡。

千青颤巍巍地递出那张帖子:"师、师父,您先看看这上面说什么吧……"

玄月这才注意到她脸色苍白,连忙伸手接了过来。

千青悄悄吞了吞口水,心里七上八下。

"哎哟,我以为是什么大事呢,这么点小事也值得打扰我睡觉吗?烦人!"玄月随手将帖子一扔:"好了,回去告诉他,我会给他置办妥当的。"

千青一副挨了雷劈的模样,就这么把她给卖了?要不要这么随便啊!!!

玄月又倒头去睡了,她悄悄看了一眼掉在地上的帖子,终究没忍住捡起来偷看。这一看,就愣了。

啊?原来只是请她师父代他下山买些东西吗?

那干嘛要用红帖子写啊!

千青捂着到现在还砰砰乱跳的胸口泪流满面,迟早有一天要被这个师叔给整死啊……

回去时,刚好碰到了靳凛。山道狭窄,他领着两个师兄弟山从千青身后过来,似有些匆忙,老远便叫她:"千青,让一让路。"

千青压着内心欢欣问他:"师兄这是要去哪儿?"

第4章 谷羽术

师叔

师叔 SHISHU 上

"去山门那边接个人。"

眼见他就要与自己擦身而过，千青哪肯轻易放过与他相处的机会，连忙也跟了上去。

天殊派山门常年有人把守，出入都需要凭证。千青自醒来后就没下过山一步，一是玄月不许，二是自己并不像同龄人那般贪玩，对山下也没什么好奇心。所以这还是她第一次接近山门。

靳凛见人还没到，转头与她闲聊："你怎么有空出来？师叔那边不需要照料么？"

他不提这名字还好，一提千青的脸就红了。她偷瞄了两眼旁人，朝靳凛招招手："大师兄，我问你，若是……若是男女有了肌肤之亲，是不是就注定要成夫妻了？"师叔都替她渡过气了，恐怕不止是肌肤之亲了吧……

靳凛失笑："怎么忽然想起问这个？别人我说不好，不过江湖中人不拘小节，倒也没那么多讲究吧。"

江湖中人！好词啊！千青瞬间释然了。对，她是江湖中人，天印师叔更是江湖中人，不拘小节，绝对可以不拘小节啊！

啊，原来跟大师兄还有希望！千青心情大好，忙抬眼去看靳凛，却发现他已转过头看向山门外，似在发呆。

她心生疑惑，顺着他的视线望过去，山门边不知何时已多了个女子，十七八岁的样子，着了一袭水青襦裙，黛眉粉面，似荷花仙从池中走入了人间。

女子见大家都瞅着自己，像是被逗乐了，扑哧一声笑起来，旋即又正经了神色，拱手行礼道："洛阳璇玑门弟子谷羽术前来拜见德修掌门，不知哪位可通报一下？"

原来是洛阳璇玑门的弟子，听说这门派从掌门到弟子都是女子，还个个都是美人，千青这下总算是信了。不过这次天印受伤是秘事，璇玑门派居然将此重任交给这样一位年轻少女，想必她医术很高。这么一想，千青越发对她刮目相看了。

靳凛先带谷羽术去见师祖，千青便回了天印那里，不过片刻功夫，就见靳凛带着她过来了。

谷羽术礼貌得很，一见千青便跟她问好，千青连忙回礼，心中已暗觉失了礼，越发觉得眼前少女形象高大起来，这么一比，难免生出几丝自卑来了。

靳凛道："千青，快去通报天印师叔一声，谷师妹是来给他请脉的。"

千青连忙点头，转身进了屋，不一会儿便小跑着出来，请二人进去。

天印端坐在内室，几人进去时，他连头都没抬一下。

谷羽术倒悄悄先把他打量了一遍，心中暗暗赞叹。她三年前有幸随师父一起去了武林大会，早已见过天印。彼时他凌空而起跃上擂台时，玄衣鼓舞，似踏云而至，好不潇洒，等使出那气势滔天的天印十四剑，凛冽剑气迫人十里，也打动了不少武林女子的芳心……此时近处看他，更觉仪表非凡，更何况他还是上届武林大会的第一高手，如此说来，地位也不过仅次于武林盟主了。

谷羽术不禁庆幸有此机会能来到此处，只是想不通为何天印会有了病患。刚才天殊门掌门也没有透露多少，只让她自己来看看，并再三嘱咐她什么也别透露出去。

靳凛已在旁跟天印介绍过她，谷羽术忙抱拳行礼："天殊与璇玑向来交好，家师玄秀与您亦是旧识，晚辈便斗胆跟着靳凛师兄称您一声师叔了。"

天印这才看向她，点了点头："原来是玄秀掌门的入室弟子，不知令师可好？"

"师父一切都好，来此之前已交代过晚辈，一切有关您的事情只要出了天殊山门便立刻忘却。"

天印见她垂着头，态度恭谨，轻轻颔首，这才伸出手来："那便有劳你了。"

谷羽术忙称不敢，趋步上前，伸手搭脉。

千青跟靳凛在一旁紧张地围观。

过了片刻，谷羽术撤回了手。

天印见她皱着眉不吭声，心中微感不妙："怎么了？"

谷羽术略有迟疑，沉吟道："敢问天印师叔，您的内力是否已荡然无存？"

千青跟靳凛彼此对视一眼，心中都不禁心生敬佩，谷羽术果真有些本事。

天印倒也不隐瞒："没错，我练功受了些损伤，所以才会失了内力。"

谷羽术的眉头皱得更紧了，脸上显出与年纪不符的沉稳来："恕晚辈直言，天印师叔您内力忽然消失，只怕原因并非如此简单。"

天印眉头一挑，千青也愣了。难道还有别的原因？那她是不是可以脱罪了？刚想追问，却见天印朝她这边看了过来："青青，靳凛，你们先出去。"

诶？居然拒绝围观了！千青失望地耷拉下脑袋，不甘不愿地跟着靳凛出了房门。

天印这才示意谷羽术继续说下去。

"是这样的，晚辈发现您奇经八脉并未受损，照理说内力不该无端消失，所以晚辈推断，您的内力应当还在，只是因某些原因被压制了。"

天印闻言不禁也拧了眉，若是因干扰导致的走火入魔，内力还有望恢复，可若是被无端压制了，结果就未必了。他有些疑惑，自己练功以来从未出过这种状况，实在找不出个中缘由，寻思一番后，只好又将问题丢给谷羽术。

她遗憾地摇摇头："晚辈愚钝，尚未发现原因，怕是还要再观察看看。"

天印无奈叹息一声："也只有这样了……"顿了顿，他又道："你记好，此事不可让千青知晓。"

谷羽术愣了一下，这才想起先前出去的那个姑娘正是叫千青。她起先还没怎么在意她，现在一想，她能贴身照料天印，应该也不简单。而且看这模样，似乎天印还挺在乎她。

这些心思在心中不过一闪而逝，她立即应下，认真神色褪去，又成了先前那个天真烂漫的少女。

二人一时无话，外面却忽然有些吵闹。天印听到响动，立即起身朝外走去，谷羽术也忙跟了上去。

门一拉开，却见是玄月，一身红衣站在那里，扎眼得很。也不知发生了何事，她的脸色有些不太好看。

"师姐，你怎么来了？"

听到天印的声音，玄月扭头看了过来，视线却落在了他身后的谷羽术身上，口气不善："哟，这便是玄秀的弟子？"

天印叹气："师姐，璇玑门派人来是为了我的事，您若是有何不满，可以跟我说，千万别吓坏了小辈。"

玄月冷哼了一声："我哪敢有什么不满，不过是想来看看玄秀的得意门生有何过人之处罢了。"她紧紧盯着谷羽术，忽然冷笑了一声："丫头，你师父身体还好么？"

谷羽术听她问话，忙要回答，却听她又接着说了句："什么时候死通知我一声，我好去她坟上吐两口唾沫！"

"……"

天印无奈地抚了抚额。

千青跟靳凛在一边愣到了现在，再傻也知道玄月是跟璇玑门掌门有仇了。

玄月也不纠缠，似乎说了这句话就舒坦了，理也不理旁人，转身就朝外走，只在经过千青身边时停了一下，猛拍着她的肩道："青青，打起精神来，好好照顾你师叔，我天殊派弟子岂是那些出身旁门左道的人能代替的！"

"……"千青心想师父您这是在拉仇恨啊，人家谷姑娘也是无辜的，你跟人家师父有仇，干嘛烧到咱们俩身上？

悄悄去看谷羽术，她果然也看着自己，千青讪讪一笑，她也偷偷吐了吐舌头。好在玄月已经出了门，没有看到二人这般"眉来眼去"。

天印大概还在想着自己内力的事，神情有些疲倦，吩咐千青去给谷羽术准备间房，转身就要回房休息。

"等等，师叔！"千青叫住他，快步走到他跟前，避开身后两人跟他咬耳朵："您看，谷姑娘一看就是个聪明人，医术又好，有她在，我是不是可以……"

天印一脸了然："哦，你想回去了是吧？"

"对对对！师叔您……允许么？"千青努力摆出一张正直的脸，以证明自己不是嫌弃他才要走的。

天印没有回答，只静静地看着她，半晌，忽而幽幽一笑。

千青蓦地打了个寒颤，连忙转头叫谷羽术："谷姑娘，这边请，我带你去客房！"

天殊派女弟子本就不多，千青因为之前身体原因与师姐妹们一起练武的机会不是很多，所以相处得也是不温不火，自然会时常感到寂寞。这次谷羽术来了倒是给她添了个伴儿，而且谷羽术为人活泼外向，极好相处，去客房这短短一小段路上，二人已经混了个半熟。

刚才玄月的事，千青始终有些好奇，见谷羽术这么肯说话，便试探着问了问。原本碍于是彼此师父的私事，她问得相当含蓄，谁知谷羽术却大方得很，想也不想便回道:"哦,你不知道吗?我们俩的师父渊源可深了,你没看出她们的名字很接近么?一个玄月,一个玄秀,其实是一对姐妹啊。"

"啊?"这倒让千青大感意外。

"她们是一母同胞的姐妹,年少时一起在外游历学艺,喜欢上了同一个男子,这才结了仇。听我师父说,二人有次动手,我师父险些将你师父给杀了,她后悔不已,这才投到璇玑门下学医,后来继承了掌门之位。至于你师父,也投入了天殊门下,成了这里第一个女弟子,若不是她开了先河,只怕还没有你们后来入派的机会呢。"

千青听得入了神,见她停下,连忙追问:"那个男子呢?他后来选的谁啊?"

"他?"谷羽术摊摊手:"他自己似乎有些身份,回去继承了家业,后来跟一个富家小姐成亲了。"

"啊……"千青惆怅地叹了口气,"难怪我师父总这么讨厌男子。"

谷羽术哈哈大笑:"其实你师父越讨厌男子就越是放不开过去,我师父倒是早就放下了,不然也不会把这些事情告诉我。她还说那个男子出身唐门,现在想想真是庆幸当初没能得手呢。"

"嗯?为何?"

"你没听过外面对江湖几大派的形容么?"谷羽术神秘的一笑,摇头晃脑道:"长安天殊出高手,洛阳璇玑出神医,听风阁里出美男,塞外青云出霸主,只有唐门出……"

千青疑惑地眨眼:"出什么?"

"渣男。"

"噗!"

第5章　刺青

谷羽术来后，不仅缓解了千青照顾天印的负担，连靳凛都往这边跑得勤快了。

千青很开心，跟谷羽术的关系也越发好起来，短短几日已与她发展成为闺中密友，实在是失了忆没有秘密可以跟她分享，不然早就掏心掏肺了。

这日一早，靳凛又来了，看样子似乎很开心，老远便朝千青招手："千青，快去叫谷师妹，我们一起下山去。"

不等千青回话，谷羽术已经走出门来，笑盈盈地看着他："靳凛师兄怎么忽然想起要下山去了？"

"哦，是这样，谷师妹你刚来天殊派不久，我请示过师祖，为你下山置办些东西，否则岂不是委屈了贵客。"靳凛说话时脸已微红，眼睛只敢落在她的裙摆，心情随着那腰间缀着的流苏摇摇荡荡。

谷羽术笑得更厉害，以袖掩了掩口："师兄言重了，我哪算什么贵客呀？"

"谷师妹快别客气了，赶紧准备一下，我们这便出发吧。"

谷羽术点点头，转头想叫千青，却发现她正一脸怔忪地盯着靳凛。

"千青，你怎么了？"

"啊？"千青回过神来，讪讪一笑，"没什么……"

　　谷羽术见她虽是跟自己说话，眼睛却总瞄着靳凛，心中已有几分了然，心思一转，上前推着她就要回屋："走吧，我给你好好梳个头，我们一起去。"

　　"等等。"天印忽然从门里走了出来，"羽术跟靳凛可以去，青青你留下。"

　　谷羽术一愣，很快又扬起笑脸："天印师叔，我们去去就回，不会耽搁太久的。"

　　"你们去多久都无所谓，我这里无需挂念。"天印的表情比平常要严肃许多："只是青青，她不能下山。"

　　千青是习惯了被师父禁足，但没想到连他也反对自己下山。她刚刚才发现大师兄似乎对羽术关心得很，若是放任他们二人作伴下山，岂不是大有隐患！

　　"师叔，您上次不是请我师父给您买些东西么？她一定还没动身，我这次下山就给您买齐了来。"

　　天印看着她故作坦然的脸，忽然笑了："你武功好么？"

　　"啊？"

　　"以你这三脚猫的功夫，下山遇到什么事，肯定会给你师兄他们添累赘，不如在这儿好好待着了。"

　　谷羽术听出他话中关切，心中对千青更加另眼相看。为了验证猜测，忍不住又试探了句："天印师叔，晚辈武艺虽不济，但对付几个宵小还是绰绰有余的，何况还有靳凛师兄在。而且长安城民风淳朴，料想不会出事才是。"

　　天印并没有买她面子："我说了，青青不许去。"

　　靳凛见他已隐隐动怒，连忙上前来扯了扯谷羽术的袖口："我们走吧，师叔离不了千青，她不去便不去吧。"

　　谷羽术听到那句"离不了"，微微皱了皱眉，唇边却仍旧带着笑："也好。"

　　二人向天印行礼告辞，离去前谷羽术又悄悄看了一眼千青，她果然正万分纠结地盯着靳凛的背影。她不禁感觉微妙，天印师叔这般人物为何会如此看重什么都不突出的千青呢？

　　二人的身影已彻底消失在山道上，千青忽然听天印的声音幽幽从耳边传来：

"怎么，你吃醋了？"

千青被吓了一跳，冷不丁扭头，"嘭"的一下撞到了他的鼻梁。天印捂着鼻子退后几步，脸色铁青："你……"

"啊啊啊，师叔，你流血了！"千青手忙脚乱地上前扶他，心里却爽翻了。

让你不许我下山！让你取笑我！混蛋！

天印瞥见她的窃笑，忽然身子一歪，直接靠在她胸前："啊，好晕，我一定是晕血了……"

"喂喂，师叔，您快站好啊！"千青一手护胸，一手扶他，恨不得扇上去。舞刀弄剑的武林高手会晕血吗？蒙谁呢！

天印哪管她叫唤，就差闭起眼睛直接倒在她身上了。千青欲哭无泪，怕被旁人看到，只好连拖带拽地把他弄进房去。

她今日穿的是白衣，天印恶作剧时那些鼻血全都涂在她胸前，已是狼狈不堪。她扶天印坐下，绞了块帕子丢给他，便急急忙忙回房换衣服去了。

目送她离开，天印才坐了起来，用帕子仔仔细细拭去鼻下血迹，随手丢在一边，又抬手看了一下掌心的血线，眼神浮浮沉沉。

"呵，怎么也没想到，有朝一日，我会陪你玩这种男欢女爱的把戏……"

那边屋里，千青衣服刚换到一半，门忽然被推开，她顿时吓了一跳，转头见是谷羽术才松了口气。

"吓死我了……诶？不对啊，你不是下山去了么？"

"不去了，天太热。"

谷羽术之前不过是试试她的反应，哪是真想跟靳凛一起下山，没多久就找了个理由返回了。当时靳凛还很失落来着。她算是看出来了，那位大师兄似乎是对自己有意呢。

不过，男子还是功成名就的才值得爱吧。

谷羽术在桌边坐下，毫不避讳地欣赏着千青换衣，心中却在思索着她究竟有何本事让天印如此在意。

反正都是女子，千青自然不会在意她的目光，实际上她心里还有些感激她。多亏了她主动要求返回，否则万一跟大师兄擦出火花来，那可就糟糕了。

她披上外衣，撩起贴在脖子上的头发，只这一个动作，却让谷羽术的眼睛赫

第5章 刺青 师叔

然睁大了几分。

若没看错，千青的后颈处有个刺青。

谷羽术的脸有些发白，好半晌才回过神来，压下心头惊慌，暗自思索，大概是自己看错了……

"好了，我该去做饭了，你今晚想吃什么？"千青脚步轻快地走到门边，停下问她。

"呃……随便吧。"谷羽术实在没好意思说"反正你就会做那几样"。

千青点点头出了门，她坐了一会儿，起身回了自己屋子，从包袱里翻出本册子，一页页翻找，直到在某页停住，默默看了许久，最终还是决定去找天印。

天印也在看书，不过是在看内功心法。他这几日面上不说，心里却一直在忧虑内力的事，便找出了天殊心法研究是否有什么突破口。此时谷羽术闯进来，丢在他面前的却是一本武林谱。

"天印师叔，敢问您看过这本书没有？"

武林谱出自江南听风阁，这是个专靠买卖消息为生的门派。据说此书每逢三年翻新一次，专门记载武林轶事。武林大会后各派高手名次若有变动，亦会跟着翻新。所以天印看到此书时，不禁有些好笑："原来璇玑门人也喜欢看这种江湖八卦么？"

"虽是八卦，但听风阁的消息向来准确。"谷羽术转头看了看门，确定掩好了才又继续道："千青说过自己失了忆，这本武林谱里记载过一个人，晚辈发现，他似乎与千青有些关系。"

天印面色无波："哦？何人？"

谷羽术的眼睛闪了闪，像是不敢说出那个名字，声音不自觉地低了下来："初衔白。"

天印面露讶异，接着便忍不住大笑出声："初衔白？那个江湖魔头初衔白？羽术，你莫不是魔怔了？哈哈哈……"

谷羽术脸一红，娇憨地跺了一下脚："我说真的，传闻初衔白出现之地必有几名如花少女先行开道，他门下的人都有初家纹身，我方才瞧见千青身上就有。"

天印闻言不禁一怔。

谷羽术趁热打铁道："天印师叔，您可要查清楚，万一留了个魔头的人在身边……"

"那是我的事。"天印打断了她的话，"羽术，你来此是给我治伤的，别的事，尤其是千青的事，最好别管。"

"……"

他的语气竟很温柔，甚至脸上还带着笑容，谷羽术心中却不禁吃了一惊。她觉得自己似乎触到了天印的某个禁忌，再往前一步就会被他冷冷地反击回来也未可知。

看来千青比她预料的还要重要。

门外忽然响起千青的声音，她高声叫着开饭了。谷羽术不敢逗留，将那本武林谱纳入袖中，无声行礼告辞。

天印坐着没动，只抬手看了一眼上面越来越清晰的血线。

早在见到谷羽术时，他便知晓她不是个简单角色，何况玄秀还写信来说她是自己的得意门生，并且有意栽培为下届掌门。一个年纪不到双十的少女，能习得一身精湛医术，还受到如此器重，岂是一点天赋就能做到的？

他握起掌心，微微启唇，从齿间缓缓吐出那个几乎快被遗忘的名字："初衔白……"

吃晚饭时还是闷热难当，等千青伺候着天印服了一帖药，外面已是狂风四起，隐隐伴有雷声。她离去前特地为他将窗户都掩好："师叔，似乎要变天了，您早些歇着吧。"

天印轻轻"嗯"了一声，坐在床头闭着眼，似已睡着。

千青撇撇嘴，不再管他，径自回房去睡了。

这一觉睡得极沉，外面雷声滚滚，电闪雷鸣，她也浑然不觉。

天印就站在她床头，手里的迷香已经燃尽，他掀了衣摆坐下来，伸手去解千青的衣裳。

烛火昏暗，被半褪上衣的千青照旧睡得香甜。天印的手指沿着她的脖子缓缓游移，入手的滑腻不禁叫他心神一荡。然而他的神情很严肃，甚至像是在做一件了不得的大事。

睡梦中的千青像是有了感觉，低低地哼了一声，他收了手，将她翻转过来，终于看到了她后颈的那个纹身。

"真是百密一疏,险些就要坏了事。"天印轻轻摩挲着那个清晰的"初"字,嘴角轻轻勾了起来。

他从袖中取出细长的针来,在烛火上烤了烤,沿着刺青边沿着那字的边沿扎了进去……

雨停时,那个字早已变了模样。天印收好针,吹了蜡烛,静静坐在黑暗里,手却没有离开她的背,一寸一寸轻轻抚摸着:"谁都不会找到你,你只能是我的……"

第6章　下山

千青第二天一起床就觉得后颈疼得厉害，伸手一摸，居然肿了一大块。山间草繁树茂，她以为是被什么蚊虫咬了，也没在意，不过还是拉高了衣领遮了遮。

昨夜下过一场雨后，天气清爽不少。她拉开门深吸了口气，顿觉神清气爽。有人从廊前经过，她转头看去，谷羽术款款而来，身上穿了件白底缀花的襦裙，说不出的清新动人。

"羽术，你要出去么？"

谷羽术抬头看到她，脸上忽的闪过一丝尴尬："我……"

千青见状不禁奇怪："怎么了？"

"没什么……"谷羽术蛾首微垂，犹豫了一番，忽然抬头道，"千青，不如你替我去吧。"

"啊？去哪儿？"

"去后山芽泉边，靳凛师兄叫我一早过去，我总觉心神不宁，不太想去。"

千青听到靳凛的名字，心中咯噔一声，拔凉拔凉。

这么快二人就私会了么……

谷羽术见她神情怔忪着不答话，又连连叫了两声："千青？千青？"

"啊？"千青反应过来，用力握了握拳："好，我替你去！"

去掐断你们的小火苗，哼！

千青走后，谷羽朮立即转身去了厨房，将一早就煨着的药端去给天印。

室内安静得很，天印负手站在窗边，不知在看什么，那身黑衣落入眼中，竟有几分肃杀之感。

"天印师叔，该用药了。"谷羽朮将药放在桌上，小声提醒他。在昨日不小心僭越之后，总要找个理由再度接近。

天印转过头来，扫了一眼门口："青青呢？"

谷羽朮毕竟还是少女，何曾受过这般冷落，心里自然不好受，面上却还勉强笑着："千青一早就出门了，好像是去见靳凛师兄了。"

说完这话她便紧紧盯着天印的脸，然而出乎意料的，他并没什么特别的表情，只从从容容地走过来坐下，捻勺喝药前才看了她一眼，嘴角含笑："她居然会把这事儿告诉你，真意外。"

谷羽朮的脸唰地一下白了。

千青是迷糊，但面皮比谁都薄，她喜欢靳凛的事儿虽然藏不住，却喜欢掩耳盗铃。如果她真要去跟靳凛见面，怎么可能会告诉谷羽朮？肯定会编个理由搪塞过去才对。

天印轻描淡写的一句，已经拆穿了她的把戏。

芽泉在后山腰处，由山顶泉水灌下积成，因形似两瓣嫩芽而得名。千青来这里的路上看到了当初天印扮蘑菇的小土包，心情相当之沉重。

靳凛还没有来，她在泉水边站了一会儿，委实无聊，便蹲下来去接那冰凉凉的水玩。山间清幽，清澈的泉水淌过手心，哗啦啦地响，四周仿佛只余下这一种声音。她低头看着水中倒影，忽然很想叹息，若是自己有谷羽朮那般的容貌，大概大师兄就会看上自己了吧。

水面忽而一动，一片树叶轻飘飘地落了下来，千青盯着那轻轻漾开的波纹愣了愣，忽然朝后猛退，直到摔倒在地，先前所在的位置，已经有人一掌拍下。

那是个蒙面黑衣人，身形臃肿，行动却极其迅捷。她哪敢耽搁，拔腿就跑，那人却又追了上来，铿的抽出腰间长剑，眼看就要刺来。

千青手中没有武器，感到森寒剑风将至便急忙弯腰避过。那人一击未中，又刺过来。她想也不想，捡了块石头便掷了过去。

这几乎算是黄毛小儿的自保招数，那人被砸到，却猛地退后数步，闷哼一声，口中大概溢出了血，遮容的面巾上都渗出了点点血渍。

千青愣了，不可思议地看了一下手心，纳闷得不行，她丢的是什么大凶器么？

那人被这一下激怒，长剑一甩，复又欺身而上。千青赶紧跑路，扯着嗓子狂嚎："救命啊——杀人啦——"

后山本就人迹罕至，又山泉遍布，山道上湿滑无比。她心慌意乱地踏上去，脚下一滑，不小心摔翻过去，直接坠下了山崖。

耳旁山风呼啸，千青已抱了必死之心，却有根绳索猛地拉住了她，巨大的力道使她嘭地一下撞到山壁，晕了过去。

晚上项钟敲开金翠峰的房门时，他正在上药，一脸懊恼。

"二师弟，情况如何？"

金翠峰没好气地哼了一声："不过是块石头，就差点把我的五脏六腑都给震穿了，这丫头也不知怎么了，内力深厚得吓人。"

项钟在他身边坐下，挑了挑灯芯，神情有些阴郁："这丫头果然不简单，天印失去内力的确属实，但他非要将千青留在身边，岂无内情？"

金翠峰挑起眉毛，额头上露出一堆褶子："大师兄，你的目标是掌门之位，不是那个丫头，可别顾此失彼了。"

"正是因为这个，我才更要留意天印的动作。"项钟忽然握住他的手，一脸诚恳："二师弟，你我情同兄弟，若我顺利继承掌门之位，定不会亏待你，但有天印在，师父永远不会看到你我啊！"

金翠峰狐狸一个，早料到他会说这种话，不过是在装傻等他开口罢了。他按着胸口伤处，故作茫然道："师兄所言极是，那我们该如何是好呢？"

项钟不料他又将问题丢回来，干咳一声，终究没沉住气，压低声音道："你我二人不如趁天印现在无力还手，将他……"

金翠峰了然地看着他，贼笑一声："大师兄好计谋。"

"呵呵，还要仰仗二师弟多多相助才是。"

"那是自然。"

话说得是极漂亮的，可是项钟一走人，金翠峰便派人送信给天印去了。

项钟是蠢人，他不是，若是够聪明，就该将天印内力全失的消息散布出去，让外人来解决天印。这种脑子简单的人还妄想坐上掌门之位，真是不自量力。

他在屋内沉思片刻，还是决定倒戈跟天印。千青掉下悬崖的那刻，有两个黑衣人甩下绳索及时拉住了她，看身手，绝不在他之下。这两个人必然是天印的人，若是跟他作对，岂不是会死得很惨？

金翠峰知道天印绝非表面看来那般善良，他是个怕死的人，所以他决定选一条明路。

天印其实根本不用他送消息，那两个黑衣人现在就在他面前，千青已经好端端地躺在他床上。

"你们救了人我很感激，但我已说过不会回去，你们以后也别再来找我。"

左边的黑衣人忽然笑了，声音像被石磨碾过一样粗哑难听："既然如此，我们就不叨扰了，但我相信，总有一日你会回来的。"他点了一下头，算是作别，然后扯住身边人，迅速退了出去，悄无声息。

天印看了一眼千青，转身出门叫谷羽术进来。

她有些惊讶："千青回来了？我方才怎么没瞧见？"

天印似笑非笑："回来了，但可惜没见到靳凛，失望得晕过去了，麻烦你去给她看看吧。"

原本靳凛就不会去，自然不会见到他。谷羽术讪笑了一下，提起裙摆进了房门。

千青已有些醒转的迹象，谷羽术怕她醒来追问靳凛的事，急急忙忙地伸手搭脉，很快便收回了手。"师叔放心，千青没事。"

"哦，那便好。但会忽然晕倒恐怕是身子虚弱，你再仔细瞧瞧吧。"

谷羽术暗自气闷，只好又为千青诊脉，这次认真了许多，收手时表情却变了："天印师叔，我知道不该管千青的事，但我方才探出她身子不仅很好，还内力充沛。所以……昨日我跟您说的那个可能，您真的不打算好好查一查？"

天印微微一笑："我只相信证据，不相信推测。"

谷羽术咬了咬牙，将千青翻转过来，一把扯开她衣领。

"怎么会这样……"她吃惊地看着那处还带着红肿的刺青，居然是一枝石竹花！"这是新刺的，不是原来的！"

"那原来是什么样子的呢？"

"……"谷羽术咬了咬唇，她知道现在说什么都是无中生有了。

千青终于幽幽醒转，第一动作就是捂住撞得生疼的胳膊："妈呀，疼……"

谷羽术回过神来，连忙柔声安抚她："无妨，我马上给你拿些伤药过来。"

千青这才看到她，本想说话，抬眼却看到床边还站着天印，猛地坐了起来："啊师叔，我这就去做饭！"

"不用了，我们马上下山。"

"啊？"千青愣了，他不是不准自己下山的吗？

谷羽术也有些诧异。

天印又道："收拾一下，我们今晚就走。"

第6章 下山 师叔

第7章　呸！

千青不是没想过下山，但怎么也想不通为何要选在晚上。她有些不情愿，走下山道时频频回头："师叔，我们真的就这样走了么？"

天印冷哼一声："不然你还要告诉谁？"

"……"千青憋闷无比。身旁的谷羽术忽然悄悄捏了一下她的手心，神秘地笑了一下。她原本莫名其妙，等到了山门处就明白了。

一人快步走上前来，朝天印抱拳行礼："师叔，这么晚不知您要去哪儿？"

天印挑高灯笼一照，嘴角勾了起来："原来是靳凛，这么巧，今晚居然是你守门？"

靳凛尴尬地一笑，瞥了一眼谷羽术。

"也罢，我也不隐瞒，我们要出去住些日子，师父那里我已说过，你若不信，可以去禀报。"

靳凛眼见他要走，忙不迭伸手拦住："师叔误会了，我并非要去禀告师祖，只是您如今……"他话头一顿，转头看了一眼门口的师兄弟，继续道："若师叔不嫌弃，靳凛愿追随左右，护您周全。"他实在不是个会说谎话的人，灯火下，那张年轻的脸早已涨得通红。

天印瞥了一眼千青，她果真满脸期待，眼睛简直兴奋地要放出光来。他想了想，问道："你出来的事，你师父可知晓？"

"师父不知，我没来得及告诉他老人家，他若知晓，也一定会同意弟子这么做的。"

天印轻轻笑出声来，说不清是什么意味，直接举步出了山门，老远才抛下两个字来："也好。"

靳凛没想到这么容易就获得允许，欣喜地抬头去看谷羽术，她已快步跟上天印的步伐。只有千青在旁边笑嘻嘻地叫他："大师兄，走吧。"

"哦，好。"

四人下了山，到附近村镇雇了辆马车，速度一下子加快了许多，天快亮时，已经可以看到长安城门。

靳凛专心驾着车，头也不回地问天印："师叔，我们要去哪里落脚？"

天印挑开竹帘看了一眼："先找家客栈住下吧。"

千青已经睡着了，嘴角都流出口水来。谷羽术不动声色地避开，对天印道："长安城中有璇玑门的别馆，天印师叔若不嫌弃，可以屈尊去那里待一段时间，也能得到更好的治疗。"

天印微微一笑："那岂不是入了美人窝了？只怕我会心思不宁，更不利于治疗了。"他将千青的脑袋搁在自己膝上，轻轻抚着她的发。千青动了动，换了个舒服的姿势继续睡，口水直接沾上了他干净的衣摆。

谷羽术何曾见过这般有伤风化的画面，脸红着移开了视线，心中却有些异样。这异样来自于天印对千青的态度，似宠溺，似占有，似……

说不清楚，总觉得除去男女之情外，还有些什么别的夹杂在里面。她还太年轻，实在参悟不透。

守门的弟子是管不着天印出入的，所以他们离开的事直到第二天才被项钟知晓。他心急火燎地跑去找金翠峰，开口便道："天印忽然下了山，不知行踪，这下难下手了。"

金翠峰看起来比他还心焦，拍了一下大腿道："可不是！没想到这臭小子跑得这么快！"

项钟心烦意乱地捻着自己花白胡须，气闷地说不出话来。

第7章 呸！师叔

金翠峰道："你的徒弟靳凛不是跟着去了么？我听到消息的时候，还以为是大师兄您的安排呢。"

项钟越发郁闷："靳凛性子太直，又得师父倚重，我哪敢将心思告诉他，若是被师父知道了，岂不是要坏了大事？"

金翠峰恍然大悟："啊，师兄果然有远见。"

"那是自然。"

金翠峰心里默默"呸"了一声。

项钟不知他花花肠子，自顾自地呢喃道："不如派人追查，到天印落脚的客栈去投毒？"

"好主意！"金翠峰立即称赞一声，转头又默默奉上一句"呸"。

千青醒来时已是吃午饭的时间，天印照顾她有伤在身，便叫小二将饭菜送到她房间去。她吃饭时心不在焉，探头探脑地朝门边张望个不停，直到被天印喝止才安分下来。

"你就是望穿秋水也等不到靳凛，他跟羽术一起出去了。"

"……"

房门忽然被扣了几下，天印听那声音很重，留了个心眼，去开门前，先提了自己的长剑。

门拉开，外面居然不是一个人，呼啦啦一大排，有男有女，有老有少，高矮胖瘦挤在一起，全都眼神热切地盯着他。

天印微微蹙眉："各位有事？"

"敢问阁下可是天殊派的？"

为首的壮汉问话时瞄着他腰间，天印低头一看，原来腰间配着的天殊环佩忘了摘下。

天印之前，天殊派虽无拔尖高手，但在武林谱百强上能占二三十位，贵在实力平均，所以才会有那句"长安天殊出高手"的传言。也正因如此，天殊门人向来都是江湖各派人士争相挑战的对象。如果某个寂寂无名的新人战胜了天殊弟子，哪怕就是个刚进去三天的小徒弟，也会被认为是一匹有实力的黑马，武林新秀或未来的大侠巴拉巴拉……

这直接导致天殊门人养成了出门都摘掉标志的习惯，可惜天印昨夜下山比较匆忙，竟将此事给忘了。关键他佩戴的还是环佩，这表示他在天殊的等级很高。就这形象在客栈里晃荡一圈，不引来武林高手挑战才怪。

天印看出这点的时候，想否认已经来不及了，何况他手里还提着剑，难道要说自己是天殊派的园丁么？

那个壮汉见他默不作声，还以为是大侠摆谱，不爽地大手一挥："难道你们天殊派也有做乌龟的时候吗？有种就跟我比试一场！"

他这么一说，其他人也纷纷叫嚷着要比试，其他客房的客人都被吸引的探出头来，窃窃私语。

千青早被这群人的架势吓得吃不下饭，这会儿才明白他们的意图，连忙冲过去，挡在天印身前。

众人一愣，还以为她这小姑娘是要强出头呢，谁知下一刻她就点头哈腰地跟大家赔礼开了："哎呀大家都是住店的，打打杀杀多不好，人家老板还要做生意呢。"

壮汉额头青筋直跳："滚！！！"

千青缩了一下脖子，强撑着回嘴："看你长得人模狗样的，倒不知礼节，哪有在人家吃饭的时候来嚷嚷着比武的！"

壮汉一愣，还真被她噎住了，纠结半晌，呐呐道："那……要不等你们吃完饭？"

千青哼了一声，转头去看天印，好一阵挤眉弄眼，心道你倒是快想法子脱身啊！

一群人正在干耗着，忽然听到一道少女脆生脆气的声音："天印师叔，发生什么事了？"

谷羽术从走廊那头走过来，一脸疑惑："怎么这么热闹？"

千青注意到所有人都愣了，尤其是那个壮汉，视线在天印身上转来转去，好半天才吐出句话来："阁下是……天印大侠？"

天印淡淡点头："大侠不敢担，在下正是天殊门下天印。"

"啊哈哈……啊哈哈哈，忽然觉得今日天气不是很好，不宜比武，不如我们改日再约吧。"壮汉急急忙忙说完，刺溜一下就钻出了人群。其他人见状，哪敢再逗留，全都一窝蜂地挤着推着走了。

第7章 呸！师叔

39

千青愣了许久才回神，对谷羽术竖了竖大拇指："还是你聪明啊。"

谷羽术掩口而笑："哪是我聪明，是天印师叔威名在外，仅凭一个名号就震慑住那些人呢。"

本以为天印闻言会很受用，谁知他反而皱紧了眉头。谷羽术以为自己说错了话，正心中惴惴，就听他低声道："说起来，武林大会就要到了呢。"

天印这个名号的威慑力，还能撑多久？

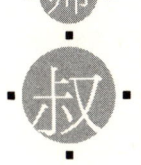

第8章　霜绝剑

　　谷羽术这趟出去是为天印买药的，这会儿正坐在桌边整理。天印靠着窗边站着，忽然问："你还未找出症结所在么？"

　　谷羽术愣了愣才反应过来他是在问内力的事，无奈摇头："找不出症结，不过坚持服药，应当能将那份压制解除吧。"

　　"是解除，还是消除？"

　　谷羽术面露讪色："尚未找出缘由，还不能消除。"

　　天印转头盯着窗外，脸色未变，眼中却似凝了层霜。

　　千青去楼下问小二要了些热茶，正要上楼，忽然瞧见门外有两个小孩子在举着棍子对打，其中一个占了上风仍追着另一个不放，口中大喊："魔头初衔白，快快受死！"另一个挥着棍子强作英勇："怕你吗？我有霜绝剑！"说着又噼里啪啦乱挥一气。

　　她呐呐地走出门去，看着那两个孩子一路打闹，直到跑过街角消失不见。

　　"霜绝剑……"千青怔忪，这个名字似乎有些熟悉。

　　街角处忽然传来一阵悦耳的铃铛声，她回过神来，举目望去，一辆华贵的马车缓缓驶来，左右各有八名貌美男子，白衣款款，扶车引路。日头似火，那马车却垂着重重帘幕，遮挡的严严实实，也不知里面的人热不热。

所有人都被这景象吸引了，目不转睛地看着那辆车从眼前经过，不知是看车还是看人。

那辆车行得极慢，像是故意摆谱一样，优哉游哉的。经过千青身边时，有个白衣男子忽然看了过来，好奇地"咦"了一声。

千青被美男一注视，脸不禁红了一下，连忙移开视线不再多看。

"千青，回来！"

二楼忽然传来天印的声音，千青扭头一看，他一手扶着窗户，望着这里，脸上怒气腾腾。她暗叫不好，忙不迭地冲回了客栈。

刚走上楼梯，却见谷羽术手捧着药碗在发呆。千青走过去，在她眼前挥挥手："羽术，你怎么了？"

谷羽术吃了一惊，见到是她才松了口气："是千青啊……"她又看了一眼手中的药碗，递了过来："我想起还有些事要做，你帮我送去给师叔吧，嘱咐他趁热喝下。"

"哦，好。"千青端着药朝房间走时，心中还纳闷，之前她都抢着给师叔端茶送药的，今天怎么了？

房门推开，天印果然还黑着脸："不是说过叫你别出客栈的么？怎么不听话！"

千青不敢顶撞，只有拼命装可怜："师叔，我错了……"

天印哼了一声，走过来喝药。

一碗药很快见了底，他的脸色却仍旧不佳。千青以为他还在生气，蹑手蹑脚地就要出门，谁知脚刚迈出去一步，身后就缠上来一双手臂。

天印的身子紧贴过来，下巴搁在她肩头，有意无意地摩挲着她的脖子："青青，你的身子终于好了……"

他说话时，热气沿着耳朵钻进颈下，千青不禁颤了一下："师、师叔，您怎么了？"

"我怎么了你不知道么？"天印一手托着她的下巴，迫使她仰起脸来，唇几乎要贴上去："青青，师叔对你怎么样，你应该明白，你就不能别这么铁石心肠么？"

"……"千青的脑子有些转不过弯来，前面这人还一脸严肃扮深沉，后面就忽然对她上下其手。而且这次居然说得这么露骨，她完全不知道该怎么回话了。

"我、我没铁石心肠啊……"

"你如何不铁石心肠？你害我成了废人，我不怪你，给你好吃好喝，还传你内功心法，你看看你是如何对我的？成天想着靳凛！"

"……"千青奋力去拨他的手臂，他却缠得更紧了。

"青青……"天印忽然咬住她的耳垂，呢喃般在她耳边低语："我喜欢你。"

千青浑身僵成了一根铁杵，忘了该如何动弹，不敢相信自己听到的话。

他说什么？喜欢她？

之前受他调戏，千青要么觉得他走火入魔了，要么就是在整她，但是现在，他却说了"喜欢"……

她猛然惊醒，挣扎着掰他的手臂："师叔，别、别开玩笑！我是您师侄！"

"那又如何？"天印仍旧不肯松手，脸色却陡然一变，一下子仆倒在地，蓦地喷出一大口血来。

千青转头看到，吓了一跳，连忙去扶他，声音都变了："师叔，您怎么了？"

"药……有毒……"他不可思议地看着千青，下面的话已经说不出来，脸色乌紫。

千青连忙跳起来朝门口冲："羽术！谷羽术！"

门很快被推开，先进来的是靳凛，一见这场景他就愣了："师叔怎么了？"

谷羽术从他身后走出，沉着地蹲下来给天印把脉："中毒了，所幸尚未进入五脏六腑。"她从腰间取出一只香囊，倒出两粒药丸喂天印吃下。他已晕了过去，无法嚼咽，只好用茶水灌。

忙完这些，她才让靳凛扶他躺去床上。千青跟在左右，一步不离。

谷羽术转头捻了些碗里的药渣在手上，忽然上前扯住她手臂："千青，你作何解释？"

"啊？"千青盯着紧闭双眼的天印，问得心不在焉："你说什么？"

"师叔喝的药里有毒，你作何解释？"

第8章 霜绝剑

师叔

43

"……"千青这才转头看她，像是被吓到了："你什么意思，难道是说我下的毒吗？"

"药是你端来的，自然是你下的毒！"谷羽术不给她分辩的机会，直接对靳凛道："这样的人怎么能留在天印师叔身边，只怕他还没好，便已遭了毒手了！"

靳凛讶异非常："是不是误会了？千青一向照顾师叔尽心尽力，师叔也待他她不薄，她怎么可能会害师叔？"

"可是证据确凿，难道非要等天印师叔出了事你才肯信么？"

"可是药是你……"

千青的话还没说完就被谷羽术打断："药是我从厨房端来的，当时我还特地检查了许久，并没有问题，谁知交到你手上就出了事。"她一脸痛心疾首："千青，我以为你是个善良姑娘，还对你姐妹相待，不想你竟……师叔不过让你伺候他，又不曾虐待你，你何必这般报复？"

"……我根本不知道是怎么回事。"千青从没遇到过这种情况，之前天印那通话已经将她的脑子打得纷乱一片，现在又来这一出，竟然不知该如何招架。她忽然想起天印倒下时的眼神，是不是也在怀疑自己……

"你走吧。"谷羽术背过身去，肩膀轻颤，"就当什么都没发生过，只求你以后别再害人了。"

靳凛忙道："羽术，你别冲动，我相信千青不是那种人，何况师叔还没醒，怎么能就这么赶她走呢。"

谷羽术转身看他，咬着唇，似就要落泪："靳凛师兄，我知道你要说我蛮横，但我身为医者，一向只知救人，若是有人威胁了我的病患，我绝不会坐视不理！"

"这……"靳凛说不过她，又觉得这么处置对千青不公，只好悄悄对千青使眼色，示意她先出去。这里做主的终究是师叔，等他醒来，查明真相再做处置不迟。

千青并不想出去，天印是在她眼前倒下的，她怎能不担忧？但谷羽术现在不相信她，口口声声让她走，她又拿不出证据证明清白，也只有暂避其锋芒。

她压下心头委屈，转身要走，手却被一把扯住了。

谷羽术在旁惊呼了一声，她扭头看去，天印已睁开眼睛，紧紧地拉着她的手："谁都不能赶她走！"

千青心头没来由的一酸，在他床头蹲跪下来："师叔，真不是我做的……"

"我知道，你就在这里，哪儿都别去。"天印摸摸她的头，轻轻扫了一眼谷羽术，后者心虚地移开视线。

靳凛见师叔对千青这般亲昵，已察觉二人关系匪浅，示意谷羽术跟他一起出去。谷羽术压着一股怨气跟他出了门。

毒入得不深，天印的脸色已有些好转，千青却还是一脸担忧，眼中盈着泪。

天印轻轻抚着她的脸："你这下可相信我的话了？"

"什么话？"

"我喜欢你，即便你真的害我，我对你也是真心的。"

他的目光温柔如三月春水，轻轻漾入千青心里。有些东西似乎被触动了，摇曳着晃出不知名的情绪，在胸腔里细微的绽开来，又扩散到四肢百骸。

千青怔忪着，这一刻，忽然觉得，师叔对她的确是发乎真心的。

她垂下头，脸颊飞红，只敢盯着他修长的手指，却不曾看到天印微微上扬的唇角，似曼陀罗荼蘼开艳。

第9章　鱼已经上钩了

　　天印又服了剂汤药，沉沉地睡了。千青守在床边，心情飘飘荡荡。

　　她总觉得不可思议，师叔失去内力之前，与她并不熟悉，他是何时喜欢上自己的？实在想不通。

　　房门被轻轻叩了两声，千青回神，看了一眼天印，起身去开门。谷羽术站在门口，手里捏着一支银针。

　　"千青，我方才不问青红皂白便怪罪于你，实在惭愧。我这般意气用事，哪有脸再行医救人，愿自断筋脉赎罪，只望你大人不计小人过，原谅了我。"她说着便要扬手用针去刺手腕，千青眼疾手快地伸手拦住。

　　"你这是做什么？师叔还未恢复，你若无法行医，谁还能救他？"

　　谷羽术眼中涌出泪来："可是我差点将你赶走，你定然恨死我了，我没脸再见你了……"

　　千青最见不得人流泪，慌忙摆摆手："算了算了，我不怪你就是，你千万别伤了自己。"话虽如此，她对谷羽术之前的不信任始终有些膈应，再想回到以前的亲密怕是难了。

　　谷羽术听她这么说，越发愧疚，丢了银针，掩面而泣："怪只怪我太在乎天印师叔的安危，一想到他被人害得险些丧命便气愤难当，我对不住你……"

千青闻言一怔，捕捉到了重点："你……莫非对师叔……"

察觉自己失了言，谷羽术猛地抬起脸来，连连摇头："不不，你误会了，我当敢高攀……"她的声音越说越低，千青心中的猜想却已坐实了。

难怪她总是抢着照顾师叔，原来是这个缘故。

"可是……大师兄对你有意啊。"千青不知道为什么要提起这个，大概是觉得可惜，大师兄那么好的一个人啊……

谷羽术满脸惊讶："怎么会？靳凛师兄对我是很好，但只是出于礼节的照顾，我想你可能是误会了。"

"……"

谷羽术拭了拭泪，嗫嚅道："不知天印师叔现在如何了？可否让我进去为他把把脉？"

千青本就无权阻拦她，何况她还问得这般小心翼翼，便点了点头，侧过身子让她进门。

谷羽术进屋后，先替天印诊了脉，仍是一副恭谨模样。千青见不惯她这样，刚想开口劝两句，就听她道："千青，我要替师叔逼出余毒，你可不可以回避一下？"

千青本想留下帮忙，但她现在对自己客客气气的，只怕留下反而影响她发挥，便离开了房间。

然而留在房间内的谷羽术并未替天印逼毒，她在床边站了一会儿，屈膝跪在了地上："天印师叔……"

床上的天印缓缓睁开眼睛，坐起身来："就知道你会来，比我想的还早了些。"

谷羽术不敢看他，头低垂着，搁在衣摆下的手攥得死紧。

天印扫了她一眼："我念你是玄秀弟子才一直礼遇，千青不能动，我早警告过你，你不仅不听，还用这种幼稚的手段，难道你认为我看不出药里有毒么？"

"……"谷羽术背上浮了层冷汗。

"你非我派弟子，年纪又小，还有很长的路要走，无论你怀着什么心思，我只当不知道，中毒的事也不会追究，免得毁你前程，但你记着……"天印语气森冷，跟任何时候的他都不一样，"我这里，只留有用的人。"

换句话说，她的任务只是为他医治，如果医不好，最好趁早离开。

谷羽术心头一震，强撑着称了声是，起身时脚步虚浮。

既然只留有用的人，那千青又有什么用处！

出了门，她扶着墙壁站了许久才缓过劲来。其实毒并不是她下的，但去厨房端时，她已经发现了异常。她觉得这是个好机会，首先自己确定可以解开这毒，其次靳凛的心在自己身上，届时一定会站在自己这边。于是她将药交给千青。届时一个害人，一个救人，千青肯定会被逼走，自己也就能取得天印信任。

但她估计错了，靳凛太正直，正直得让人讨厌。而天印毫无原则地宠着千青，又根本让她无从下手，反而落得进退维谷。

千青拎着茶壶从走廊那头走过来，脚步轻快而急切。谷羽术立即收拾好情绪，朝她走去，又是一番忏悔，这才抹着眼泪回了自己房间。

千青无奈地看着她的背影，心想，看这样子，倒像是自己欠了她的了……

回到房内，天印还在睡着。天色将暮，夕阳从窗口洒进来，照在他搭在床沿的手上，流转着滑过他的衣角，安详得像是个梦境。千青放好茶壶，轻轻走过去，蹲在床边看着他的脸，心中却在想着他说的话，从第一句开始回忆，试图找出他喜欢自己的证据。

可是真的很渺茫啊！

"唉，你到底喜欢我什么啊……"千青垂着脑袋低声长叹。

"就喜欢你这样。"

她陡然抬起头来，天印正看着她，眉梢眼角全是笑意。

这感觉简直跟捉奸在床一样让人尴尬，千青手足无措，连话都结巴了："我、我……"

"你什么？你也喜欢我？"

"没有！"

"没……有？"

那幽幽拖出的尾音尽是调侃。天印撑起身子，慢慢靠过来，脸越贴越近。千青的呼吸不禁急促起来，眼睫颤动不停，直到他快贴上来时，终于熬不过闭起了眼睛……

并没有预想中的触碰，倒响起天印嗤嗤的笑声。

千青睁开眼睛，就见他促狭地看着自己："这么期待还不叫喜欢我？"

"我……我没期待！"

千青羞恼难堪，爬起来就要出门，天印连忙拉住她，用力一扯将她拽入怀里，头低下来，压住她的唇。

他很有耐心，起初只是轻轻地摩挲着她的唇瓣，直到她气喘吁吁，才伸手捏住她脸颊，迫使她启唇，舌喂进去，攻城略地。

这种感觉千青从未体会过，她甚至感觉到自己浑身都在颤抖，第一次觉得师叔陌生又亲近，与她密不可分。

停下来时，两人都喘息着。天印屈指托着她的下巴，用拇指轻抹着她的唇："以后别再嘴硬了。"

千青被他晶亮的眼睛盯着，再也待不下去，推开他就朝门边跑，险些被门槛绊倒。

天印靠在床沿微微笑着，这个苦肉计很值，起码鱼已经上钩了。

夕阳隐下，室内昏暗起来。他下床去点蜡烛时，忽然听见外面传来一阵悦耳的铃铛声，清灵悠远，仿佛能让人听到行人的惬意与安然。

天印走到窗边，街道上，白天那辆驶过的马车又缓缓经过，经过门口时，不知何故停了一下，顿时引来路人聚集围观。然而不过片刻，那车忽又动了，左右八名美男目不斜视地扶车前行，举止招摇，神情低调。

天印收回视线，心中默默盘算了一番，出门唤来靳凛。

"我们换个地方住。"

"啊？师叔打算去哪里？"

"我马上修书一封，你送去城西金家，交给锦华夫人。"

靳凛抱拳应下，心中却微微吃惊。金家可是官宦人家，主人是镇守长安城的金将军。金将军前年率兵去西南边陲平叛，重伤身亡，其妻巾帼不让须眉，替亡夫继续镇守长安，被圣上册封为锦华夫人。师叔居然还认识这样的大户人家？

带着信出门前，他忽然想起什么，在门口踟蹰道："师叔，恕弟子多嘴，谷师妹也是一时心急才错怪了千青，您千万别怪罪她。"

天印笑得很亲和："怎么会，她千里迢迢赶来为我医治，我已感激万分，怎会怪她呢？不过青青不能动……"他意有所指地看着他，"无论是谁。"

靳凛不明白他话中深意，只道他对千青宠溺，抱了抱拳，出门办事去了。

第10章　锦华夫人

　　接连下了几场雷雨，暑气未褪，反倒见长。长安城里的人似也萎顿了，街上行人骤减，任由那毒辣辣的日头逞凶去了。

　　早上千青下楼去厨房炖药，就见上次向天印挑战的那几个武林人士又叫嚣着拦住了别人。她赶紧避开，这种天气，人心浮躁啊……

　　走进后院，谷羽术正在跟靳凛说着话，千青本不想打扰，谷羽术却立即止了话头，迎了上来："千青，来帮天印师叔炖药么？"

　　"嗯。"

　　"要帮忙么？"

　　"不用了。"

　　谷羽术"哦"了一声，脸上带着尴尬的笑，千青看过去时，那笑里又夹杂了几许讨好。

　　自出了中毒的事，她对自己的态度就发生了微妙的变化，千青自然是明白的，但那疙瘩始终在，要她当什么都没发生过，也不可能。

　　进了厨房，谷羽术果然又紧跟了进来，有一搭没一搭地跟她聊天，千青能看出她在努力找话题，不好拂了她面子，只好也跟着有一句没一句的应着。

谷羽术看出她眉目间的疏离，越发尴尬，刚好瞧见她后颈露出一小块肌肤，眼珠一转，笑道："千青，我给你说个故事吧？"

千青将药罐炖上，擦了擦手，转头看她："故事？"

"嗯，你有没有听说过初衔白这个人？"

千青一愣，上次听那两个小孩子打闹时就听过这个名字，她倒是没什么印象，就是听谷羽术说到这个名字的口气小心得很，不禁起了疑惑："没听过，怎么了？"

初衔白那么响的名号她居然没听过？谷羽术有些诧异，还想套话，忽然瞥见门外的人影，立即住了嘴。

天印走到门口，看了一眼还在炖着的药罐，对千青道："不用忙了，我们现在就走。"

"啊？要去哪儿啊？"

"去了你就知道了。"

天印走过来牵她的手，也不管有没有外人在场。千青连连挣脱，他竟直接扯着她就朝外走，她只好将袖子捋下，遮住手指。即使如此，出门时看到靳凛，她还是恨不得找个地洞钻进去。

马车早已备好，千青正疑惑这是什么时候做的准备，就听天印在旁幽幽道："要我抱你上去吗？"

她惊得跳起来，连忙手脚并用地爬上马车，也顾不上路人笑不笑话了。

天印一上来就毫不客气地在她身边坐了，挨得极紧。千青悄悄去看谷羽术，她远远坐在边上，垂着头盯着脚尖，看上去竟有几分凄凉。

马车驶动起来，天印忽然又伸手覆住千青的手，她想挣开，又怕惊扰到谷羽术，一张脸红了个透，悄悄瞪了他一眼。天印含笑凑过来跟她咬耳朵："不错，你已经会向我使性子了。"

千青被他说得更加羞恼，干脆别过头不看他。

谷羽术忽在此时问道："天印师叔，我们这是要去哪儿。"

"城西。"

看他准备得这么妥当，还以为是要出城呢，原来只是要去城西么？千青暗暗想了一圈，不知道他葫芦里卖的什么药，只是觉得从下山到现在，感觉像是在被

追着跑一样。

不出半个时辰便到了地方。马车简陋，坐得并不舒服，天印中的毒虽不严重，但终究需要修养，下车时脸色便有些不好看。千青扶他下了车，抬眼看去，面前赫然一座朱门高墙的大户，门额上龙飞凤舞地写了"金府"二字。

靳凛得了吩咐，刚要上前去敲门，那门却自己打开了。里面飞奔出个紫罗纱裙的女子，眉眼俏丽，头上斜斜绾着的堕马髻像是随时都要松散开来。

"天印，天印，你终于来了！"

光天化日的，她的身后还跟着好几个仆从，她却像是只看得到天印一个人，就这么一路欢笑着扑了过来。

天印朗笑出声，伸手接住她，任她将自己抱了个满怀："金花，好久不见了。"

"哎呀，你真烦人！别叫我小名！"她推开天印跺了跺脚，嘴上介意，脸上却仍带着笑："你总算肯来找我了，多住些日子吧，我们好好聚聚。"

天印笑得很舒心，一点没有隔阂的样子，点头道："既然来了，自然是要叨扰些时日的。"

女子更加开心了，又展臂搂住了天印，羞得那些仆从纷纷低头看地。天印倒一点不介意，哈哈笑着，甚至还反手抱了抱她。

谷羽术和靳凛早就目瞪口呆，千青则远远地退到了一边。

刚才天印去抱人时，不自觉地松了她的手，可能自己都未察觉。

那边两人终于叙旧完毕，想起旁人来了。天印转头要牵千青，却发现她站在远处，离自己足足有两丈远，不禁有些好笑："你怎么了，快过来。"

千青看了一眼那女子，又迅速垂了头，站在靳凛身后不答话。

天印这才察觉自己方才冷落了她，忍着笑道："忘了介绍了，这位便是名声赫赫的锦华夫人。"

千青闻言不禁一愣，又去看那女子，她生了张娃娃脸，圆颊粉嫩，瞧着倒像是个少女，只那垂下的发髻添了几丝成熟风致。锦华夫人好歹是巾帼英雄，名号自然很响，千青多少听说过一些，但怎么也没想到她居然跟那些传闻中的贵妇一点也不一样，甚至还有些……出格。

谷羽术和靳凛已经分别行了礼，她也赶紧敛衽下拜，却有双手及时托住了她。天印笑眯眯地看着锦华夫人:"金花,这是千青,你一定要见一见。"

锦华夫人又发牢骚:"都说了别叫我小名,我现在叫锦华!锦华!"

天印忍不住哈哈笑道:"好好好,我记住了。"

锦华夫人这才满意了,走近来看了看千青,点了点头,却什么也没说,转身对身后的仆从招招手道:"带客人们去休息吧。"

她态度这般冷淡,千青心里不禁有些忐忑,毕竟是寄人篱下,自己似乎并不受主人欢迎。

进门时,天印又被锦华拉住了。千青抢先二人一步,就听她在身后小声道:"你以前不是说要娶我的么?现在又看上别人了?"

天印"扑哧"笑了一声,没有答话。

千青忽然觉得浑身不自在,好像来了不该来的地方,知道了不该知道的事情。难怪锦华夫人对她不客气,原来她跟师叔才是一对。

也是,虽是寡妇,人家有财有势又有貌,哪是她比得上的?

既然如此,他又何必口口声声说喜欢自己……

大厅里早有仆人奉上了茶,锦华亲自引着几人入座,独独将天印安排在上首,一点也不在意仆人们异样的眼神。天印自觉僭越,终究还是退到下方坐了。千青就坐在他旁边,那份不自在又浮了上来,连看一眼锦华夫人的勇气都没有。

这二人是旧识,她虽未回应师叔,但总觉得自己是横插了一脚。

锦华夫人对天印道:"我这里许久没有故友来访了,前些日子邀玄月来做客,她居然说忙,说至少也要到月尾才能来看我,我正惆怅着,你便来了。"

天印抿了口茶,笑道:"玄月师姐能有什么忙的?无非是忙着保养,你若想见她,直接去天殊山好了。"

"我可不去,德修老头最喜欢说我,成天叫我装文静装贤淑。哼,贤淑的女子多了去了,少我一个又何妨?"

"师父也是为你好,身为诰命夫人,下次可不能再见人就抱了。"

天印这么一说,旁边的仆从都纷纷舒了口气,看那样子竟像是要上前拜谢他一般,可见锦华这作风也让他们头疼得很。

哪知锦华压根不买账,圆脸鼓鼓的,气闷道:"我只抱你,又不抱旁人!"

仆从们顿时又耷拉了脑袋,一副哀莫大于心死的模样……

第11章　仙人

金府虽是将军府，出乎意料的是外面看着气派非凡，里面却并不算大，然而布局别致得很。仆从引着四人朝别院而去时，千青瞧见花园里一丛月季开得娇艳似火，竟是蓝色白边，忍不住出口赞叹："啊，好美的丝带琉璃！"

中土月季色系多为红黄粉，丝带琉璃是从西域传入的，稀罕得紧，拥有者也是非富即贵。领路的仆从闻言，不禁面露骄傲："姑娘慧眼识珠，可没几个人认得出丝带琉璃呢。"

走在千青身边的谷羽术眼神异样地看了她一眼："千青知道得可真多呀。"

千青愣了一下，心里也奇怪起来，对啊，她是如何知道这花名的？

前面的天印忽然回过头来冲她笑了一下："发什么呆，快些走。"她这才压下疑惑，跟上步伐。

别院恰好四间房，长者为尊，向南的那间自然是天印的。仆从退去后，他将三人全都叫到了自己房内。

"锦华夫人以前是行走江湖的，行事大大咧咧，说话也没心没肺，你们别见怪，其实她这个人是极好的。"他坐在桌边，手指轻轻点着桌面，说这番话时，带着斟酌。

靳凛上次送信并未见到锦华夫人，今日头一回得见，确实被她的举止吓得不轻，但听她谈话，也知晓她与长辈们都熟稔，这样的人，再出格也是有可取之处的。他点头道："师叔说的是，锦华夫人这是真性情。"

旁边的谷羽术暗暗翻了个白眼，心道不过就是个不守妇道的疯子罢了。

千青却没有加入他们，进了房后她就给天印整理床铺去了，做自己该做的事，就当没听见他说的话。

天印瞄了她一眼，见她始终不看这边，暗暗好笑，挥挥手示意靳凛和谷羽术出去。

房间门合上时"吱呀"响了一声，千青这才回神，发现手下那床薄被半天也没铺好，不禁抽了一下嘴角。刚要回身看一下，腰间一紧，已被一双手牢牢环住。天印的下巴摩挲着她的脸颊，在她耳边吹气："怎么，吃醋了？"

千青歪头避开，伸手去拨他的手指，天印哪肯松，轻嘶了一声，环得更紧："你可别太大力气，我没了内力又中了毒，现在哪敌得过你。"

这下可算抓住了她的软肋！千青郁闷得不行，干脆随他去，仍旧伸手去铺被子，理也不理他。

天印闷笑了两声，一手扶了她的肩，迫使她转过头看着自己："也罢，我就与你直说了，我与金花是有过一段，但那时我们年纪都还小，朝夕相处的，自然容易动心。没多久她遇上金将军就移情别恋了，大概是觉得愧对于我，她擅自拿了金将军的家传刀谱来给我练，后来见我赢了金将军，又后悔不迭地叫嚣着要杀了我……直到前年金将军出事，我来探望，这才重归于好。"

千青不吭声，却将他的话一字不落地听了进去。这个锦华夫人的确是性情中人，做事完全没有章法，想到哪儿便是哪儿。可她毕竟是天印的旧相好，何况他还给过她一个迎娶的承诺。

呃……不对啊，她这是在做什么？师叔要娶谁与她何干？虽然大师兄心里没她，她也犯不着转身就投入师叔怀里吧。千青默默腹诽完，忽然觉得腰上那双手臂烫得灼人，又伸手去掰他的手指。

天印见她这般坚决，只好无奈地松了手，叹气道："你何时变得这么倔了？果真是被我宠坏了。"

千青心里被这话刺得窜出了团火，脸上却嘿嘿笑了："那师叔您以后就别再

第二章 仙人师叔

宠弟子了，传出去多不好。"

天印的脸蓦地乌压压黑云笼罩："怎么着，急着跟我划清界限了？"

"师叔这话说的，您是人中龙凤，弟子我无名小辈，与您站在一起会折辱了您身份的。我觉得锦华夫人跟您挺般配的啊，无论年纪还是身份，可适合了！"

天印眉毛一扬，意味深长地"哦"了一声："这么说你还是吃醋了。"

"哎哟师叔，我这是为您着想啊，您可是亲口答应了要娶人家的，若是违约，说出去会叫他人不齿的。"

"是么？谁不齿？叫他站出来啊。"

"……"千青憋闷，这儿就我一个好么。

天印又要上来搂她，千青一个闪身避开，远远躲到桌边站着："师叔您有话好好说，万一被锦华夫人瞧见，误会了就不好了。"

天印叹气："好吧，我是说过要娶她的话。那时候金将军刚过世，她伤心得死去活来，说自己再无依靠，我为安慰她便说了句'若你真无依靠，将来我娶你便是'。那日我写信给她，已经提了你我的事，她知道我对你的心思，不过是性格使然，随口将这事拿出来问一问，你倒记在心里成了个疙瘩。"

千青眼睛瞪成了铜铃："等等等等……你我的事？你我有什么事？"

天印沉着脸不做声。

千青见他神情不对，立即拨腿就要跑，天印伸脚踹了个凳子，她立即被绊了个狗啃泥。正疼得妈呀爹呀地乱嚷，身子已经被他捞了起来。

天印将她抱起来直接丢上了床，没等她坐起来，人就跟着压了上来，照着她的脖子就狠狠地吻了下去，简直像是咬。千青疼得叫了一声，他已抬了头，一脸阴笑："你以为我随口说说的么？再装傻试试！"

"啊啊，师叔我错了，我真的错了！"

"错在哪儿？"

"呃，错在……错在我说错话了！你我有事儿，真的有事儿！"

天印似乎满意了，笑着点了一下头："这还差不多。"说完伸手拍拍她的脸，又去摸刚才吻过的脖子，那里已经红了一块，看起来扎眼得很。

"天印十四剑的心法你练到多少层了？"

"啊？第、第三层……"千青没想到他会忽然问起这个，惴惴地回了一句。

"才第三层？"

果然！千青心想，就知道他会是这个反应。

天印的神情认真起来："好好练，早日练到第五层，记得到时候告诉我。"

千青满心疑惑，难道他真的打算取代玄月做自己师父么？不过疑惑归疑惑，她还是赶紧点头答应了下来。此时此刻，逃命要紧啊！

晚上锦华夫人备了晚宴为几位接风洗尘，满满一桌的菜，看得千青口水淋漓。她尝了一圈后，忽然咬着筷子一脸纠结地戳戳身旁的天印："师叔，我真对不住您。"

"嗯？怎么了？"

"以前让您吃的那些东西……真是委屈您了……"

天印轻轻笑了，趁着抿酒，抬袖遮了嘴角。

锦华的视线在二人身上来回扫了一圈，忽然问："天印，你说这是玄月的徒弟？"

天印点点头。

"啊，你居然吃窝边草，还不如只兔子！"她愤愤然拍了一下桌子。

靳凛和谷羽术年纪轻轻，何曾听过有人将男女之事拿出来这么露骨的开玩笑，唯有默默低头吃菜，权作没听见。天印却笑得很欢畅："可不是，你才知道我有这癖好么？"

"哼，你定是练德修老头的功夫练傻了，这小姑娘哪儿好了，你真没品味！"

"哈哈哈……"天印又放声大笑。

千青夹着筷子的手抖了抖，忍住掀桌暴走的冲动。我说，您二位能不能别这么正大光明地刺激人啊！

这个话头一过，锦华夫人忽然又来了别的兴致，站起来捋了捋袖子，对天印道："说起来，你我二人好久不曾比试过了，今日来一场如何？"

天印的笑容僵了一下，默然不语。

千青忙伸手阻拦："夫人，师叔前段时间刚受了点儿伤，不如改日吧。"毕竟是旧相好，若是说师叔没了内力，实在是丢他面子，千青也只有这么说了。

"无趣！"锦华皱了皱眉，脸颊又不自觉地鼓了起来，转头看着千青道，

师叔
SHISHU

上

"你这丫头倒是心疼他，难怪他看上你了。"

千青决定闭嘴吃菜，再也不说话了……

一顿饭吃完，锦华又拉着天印叙旧，其余三人不便打扰，便各自回房去了。走在路上，谷羽术忽然悄悄对千青道："你要注意些，这个锦华夫人时时刻刻觊觎着天印师叔呢。"

千青愣了愣，讪讪一笑。这话居然是她来提醒自己，感觉还真是微妙……

回房坐了半响，天印的房间依旧没有亮灯，千青探了几次头后，觉得自己这种偷窥行径实在给天殊派丢脸，干脆大大方方走出了门——咳，去散步。

又走到白天经过的那个花园，月色下那株丝带琉璃越发美艳，蓝盈盈的又有几分妖媚。千青走近嗅了嗅花香，正陶醉着，忽然听到一阵笑声，像是从天外传来，却近在耳边。她愣了愣，转头找了一圈无果，抬头一看，院墙上逆光坐着个人，一看身形就是男子。

像是感应到千青在看他，男子微微偏了偏头，一张脸在月光下显山露水，只一眼，便叫眼前的丝带琉璃都失了色。如水月光一照，周身都覆了一层虚无缥缈。

千青呐呐呢喃："啊，我看见仙人了么……"

第12章　强者当立，弱者该死

天印从回廊那头走过来，一眼就看到千青仰着脑袋在发呆。

"千青？"

"嗯？"千青下意识地转头看了他一眼，又立即扭头去看院墙，万分失望地叹了口气："啊，仙人不见了……"就知道这种神仙人物都是一眨眼就消失的，唉唉，师叔干嘛不晚点过来啊！

天印听见她的嘀咕，笑眯眯地走过来，抬手就给她一记爆锤："大晚上的思春呢？哪儿来的神仙啊！"

"……"千青眼泪汪汪地咬唇，太不公平了，您还成天发春呢！真是只许州官放火，不许百姓点灯！

月光旖旎，花香氤氲，她眼中莹莹闪烁，竟叫人移不开视线。天印干咳一声转过头去，只觉心头浮躁越来越盛。

刚才跟锦华叙旧，她还笑他不过饮了几杯酒便面色潮红、眼神淫荡，活脱脱一个毛头小子。而实际天印以前就是以童子功做基本功的，早已锻炼出来。后来投入天殊门下，虽不再那般要求苛刻，但天殊心法也讲究"固精固气，回精补脑"，他尚未成家，自然修身养性。以前年轻气盛时都不曾失态过，今日这是怎么了？

天印觉得很不妙，但对着锦华也不好多说什么，便借口喝多了告了辞。

"师叔，您怎么了？"千青凑近了些，却见他双颊绯红，月色之下看来，竟莫名叫人心头一动，连忙转头，不敢多看。

"回去吧。"天印似乎想牵她的手，想想还是自己率先走了。

千青在原地思索半响，暗自沉吟：师叔脸红着回来，难道是跟锦华夫人旧情复炽了？

这天半夜，谷羽术忽然在睡梦中警觉坐起，就见有人举着烛台站在门外，火光投在门上，将他的身影拉得老长。她立即整整衣裳下床去开门，果然是天印。

"天印师叔，这么晚了，您有事？"她压着心头跃动，问得小心翼翼。

天印跨进门来，示意她掩好门，还在门口就道："来找你看病。"

"病？"

"嗯，今日未服药，心头总觉得一阵阵浮躁，你帮我看看是怎么回事。"

谷羽术忙请他入座，细细听过脉象，抬头时，她脸上神情微妙难言，渐渐地又变成尴尬，面红耳赤："天印师叔……恕晚辈直言，您是不是觉得口干舌燥，胸口堵闷，还……"她瞄了一眼天印的腰，住了嘴。

天印也有几分赧然，但对方是大夫，他也不介意承认："确实。"

"看来师叔是邪热内蕴、阳火炽盛，所以才会觉得心头浮躁。"

"那我该如何医治？"

谷羽术没有说话，半响才道："师叔不妨先回去，明早我就煎好药给您送过去，保证药到病除。"

天印听她这么说，面色稍霁，点点头起身出了门。

谷羽术目送他出去，关门的瞬间脸上便浮出了笑意。

虽然不知道压制天印内力的究竟是什么，但人体内火旺盛得到外泄，也是一种缓除体内积郁之法，这些日子一直汤药治疗，恐怕已经到了见效的时候了。若解了那压制，那么，那个第一高手的天印也就回来了。

谷羽术坐在床头轻轻笑起来，总算等到了这一日。第一高手的名号威震江湖，也许下一步就是武林盟主，如果她能得偿所愿，她就会成为武林盟主夫人。

璇玑门主加上武林盟主夫人，这样的头衔，几个女子能抗拒？

谷羽术又倒头睡下，后半夜这一觉，分外香甜。

第二日一早，千青照旧去给天印煎药，还没到厨房，就见谷羽术端着一盅药汤走了过来。

"千青，不用忙了，师叔的药我已煎好，这就给他送去。"

"啊？哦……"千青莫名其妙，那次师叔中毒，她还一副再也不碰药碗的模样，怎么现在又变了？

正打算走，她忽然想起什么，又叫住了谷羽术："诶，对了，你上次那个故事还没说呢！"

经这一提，谷羽术也想了起来，左右看了看，示意她到前面花园里去说。

朝阳尚露，葡萄架上串串青珠长势喜人，藤叶繁茂伸展着，直垂到下面的石桌椅边。谷羽术将药盅放好，示意千青坐下。

"初衔白名号很响，你居然没有听过？"

"是吗？我一点都不知道啊。"

"也罢，那我要从头给你说起才行。"谷羽术理了理头绪，这才继续道："初衔白成名于五年前，彼时不过一少年，却以一招'千风破霜剑'立于江湖不败之地。武林谱记载，他有次力战江湖数十高手，完胜时'发鬓不乱，衣不沾尘，唯剑锋点滴血迹耳'，可见其剑术精湛凌厉。"

"啊，好厉害！"

"然而这位不世之才却不走正道，为祸武林。江湖比试均讲究点到为止，他却从不手下留情，更甚至还有句噎死人的理论。"

"什么？"

"强者当立，弱者该死。"

"……"

"他豢养了一群美貌少女，但凡到一个地方，那群少女便会先行而至，撒花铺路，仿佛迎接圣人。然而他一现身，却是血流成河。他挑战的人越多，死在他手上的人就越多，而他本人也就越猖狂，以至于最后成为武林公敌，甚至连一向不露面的武林盟主都亲自出山，对他发了追杀令。"

千青摇了摇头，一脸感慨："他杀了那么多人，也难怪盟主要他的命啊。"

谷羽术撇撇嘴："不过他说的也对，高手才值得活着，蝼蚁之辈有什么好怜

悯的。"

千青愣了愣，似乎不太相信这话会出自一个医者口中。

可能谷羽术自己也意识到失了言，讪讪地笑了笑。

"那他后来怎么样了？"

"死了。"

"啊？死了？"

"对啊，武林盟主的追杀令一下，各派高手围剿，他能活得下去么？"

千青像是吓了一跳："围剿？"

"可不是，听我师父说，那次各派至少出动了三百人的中坚力量，门下弟子就不说了，总之场面很壮观，可惜我无缘得见。"

千青抖了抖，心想要是换做她，早就有多远跑多远了，还见什么见啊！

谷羽术端着药起身要走，想想又不放心地问了句："你真没听说过他？"

"没啊。"

"好吧，那你若是想起什么，记得告诉我。"她亲和地笑了笑，娉娉婷婷地迈着步子走了。

告诉她？千青很疑惑，难道她也想顺手帮她治治失忆吗？

天印尚未起身，谷羽术在门口敲了好几遍门，他才来应，额上浮着层汗，看这模样，昨晚肯定睡得不是很好。

谷羽术将药盅端进房放好，又回身掩了门，天印见状道："天气闷热，还是开着吧。"

谷羽术却垂手站在一边，一语不发。

天印只好随她去，低头去揭药盅的盖子，忽而一怔。

居然是一盅清水。

"这就是你煎的药？"

谷羽术微微抬头，嫣然一笑："师叔，您需要的药，不是这个。"

"哦？那是什么？"

谷羽术纤纤柔荑提到腰间，一寸一寸，抽开腰带。绿衣微敞，白裳轻摇。少女肌肤玉质天成，眉梢眼角的青涩期待便是最勾人的风情。她踢了绣鞋，赤着脚走过来，身姿柔软得像只猫，轻轻一歪，便躺倒在天印怀中。

邪火内蕴，最严重的可不是晚上，而是大清早刚起床时，谷羽术很清楚。

天印低头看她，似乎也并不反感，甚至还有一下没一下地撩拨着她白嫩的肩胛："看来你是要自荐枕席，做我的药了。"

"师叔可满意这味药？"

"满意是满意，不过吃了便吃了，药渣我是绝不会留的。"

谷羽术神情蓦地一僵。

天印抬手捏着她的下巴，笑得很开怀，偏偏眼神暗沉沉的一片："你若真愿意，我也乐意接受，不过丑话说在前头，就算睡了你，我也不会娶你。"

"……"谷羽术脸上血色褪尽，苍白一片。

天印见她不说不动，轻轻一笑，低头便要吻上来，谷羽术这才惊醒，连忙推开他站好，手忙脚乱地穿戴衣裳。

"果然啊……"天印笑得很嘲讽："我猜你看中的，也不过就是我的一个名号罢了。不过这个名号能不能持久，还要看你的医术。"他端起药盅一饮而尽，抹了一下唇角："希望下次你能端来真正有用的药。"

谷羽术本想说出他可能就快恢复的消息，但被连番挖苦讽刺，心里怨尤丛生，最终还是一个字没说，沉着脸出了门。

转过回廊时，差点撞上别人，她停步一看，居然是靳凛。

"谷师妹……"他的视线从她凌乱的领口扫向天印门边，神情黯然："我早该猜到的，能入你眼的，自然是师叔那般人物。"

谷羽术不自觉地翻了个白眼，抬头时却一脸羞愤，哽咽两声便要落泪："你一定都听到了对不对？我承认我对天印师叔有非分之想，我不自量力，你一定会在心里笑话我对吧？"

美人娇弱，自然惹人怜惜。靳凛连忙低声劝慰："怎么会？我永远都不会笑话你的。"

谷羽术怔怔抬头，眼中反而涌出更多泪水，她轻轻将头靠进他怀里，感动不已："多谢师兄……"

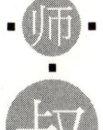

第13章　听风阁主

锦华夫人是个好客的东道主，不仅吩咐厨子每日好饭好菜地款待贵客，还给二位女客送去了几套新衣。千青终日住在天殊山上，一年到头就两三件衣裳换着穿，忽然拿到上好绸缎制成的华衣美服，自然珍惜。

既然收了礼，总要去拜谢一番。仆从说锦华夫人每日一早都要在后院里练功，千青早上起床修炼完内功心法，便自己找了过去。

锦华练的是外家功夫，注重的是招式。千青到后院时，她正在舞一柄长枪，枪口如影，闪烁飘忽，根本看不清来路和去处，外行看的话，大多都会受不了这种极快的速度而移开视线，千青却看得津津有味。

最后一招尤为凌厉，枪柄抖动如蛟龙出渊，起势缓慢，送出时却陡然加速，发出铿然一声清啸。千青看得入神，心想大概接下来大概是要回身折旋，再送一记回马枪了。果然，锦华接下来的动作与她所想并无二致，但她还是忍不住轻轻叹了口气。

锦华收枪站好，叉腰瞪她："丫头，你叹什么气？我练得不好？"

千青这才意识到自己失礼了，连忙摆手："不不，夫人练得非常好，我哪懂什么，您千万别见怪。"

说来这也是个坏习惯。她自己武功平平，却喜欢观看别人练武，看到精彩处忍不住拍掌叫好，看到失望处也总是直言不讳，因为这个，以前没少得罪过师姐妹们。只有靳凛大方，每次练功不仅大大方方给她看，甚至有时还问她建议。那次天印在后山扮蘑菇，她就是一时好奇没忍住才摸过去偷看，谁知却牵扯出这么一场孽缘。如今得了教训，千青怎么可能再犯一次？何况面前的还是堂堂将军夫人。

可惜锦华并不好糊弄，将长枪往地上一插，冷着脸道："不行，你一定要说出个道道来，不然我饶不了你。"

千青不想她这般难缠，欲哭无泪，只好小心翼翼说出实话："我……我只是觉得夫人最后回身时若能换手持枪，应该效果会更好。"

锦华愣了一愣，稍作沉思一番后，忍不住点了点头。她习惯右手持枪，回身时枪头枪尾颠倒，必须要花时间调整位置，但若是在回身刹那直接以左手接过，就能消除这个破绽。虽然这需要再花时间练熟左手，但将来若是对阵高手，胜算会大很多。

她歪着脑袋盯着千青，笑了起来："你这丫头挺有本事的嘛，我开始有点儿喜欢你了。"

千青呵呵干笑，心想我也开始有点儿喜欢您了，愿意听这些废话的人可不多……

锦华丢开长枪，取了帕子拭了拭汗，刚想与千青闲聊几句，天印过来了。

天气闷热，他终于脱了钟爱的玄衣，着了件月牙白的袍子，一路走来不像江湖高手，倒更像隐居山间的清谈居士。

"天印，你来得正好，我们比试一番。"锦华一见他就双眼放光，刚放下的长枪又拿了回来。

天印笑了笑："那怎么成，伤了你我会心疼的。"

"呸！你分明就是瞧不起我！第一高手了不起吗？"

"唉，我说的是真话啊，金花，你又不信我。"天印边说边瞄千青，后者早就躲得老远了。

就知道师叔跟锦华夫人旧情复炽了，果然啊……

千青抽了抽鼻子，望了望天，一定是没吃早饭的缘故，不然怎么这么难受呢？

有个小厮从走廊那头一路疾奔过来，经过千青身边时差点撞到她，却连道歉都来不及，就急急忙忙跑到锦华跟前禀报："夫人，门外有人求见，似乎是江湖人士。"

锦华心生疑惑，除了天殊派有几个老朋友，她早跟江湖人士断绝来往了，怎么还会有人来拜访？难不成是玄月？她整了整仪容，大步朝前院走去。

千青也猜想可能是自己师父，忙也乐颠颠地跟了上去，快到前院时，回身一看，天印施施然跟在她身后，亦步亦趋。她抽了一下嘴角，心想跟着我干嘛？可等一转头她就明白了，哦，原来他跟的是前面的锦华夫人……

大门早已敞开，几人刚到门口，一眼就看到停靠在那里的那辆马车。左右八名白衣美男垂手而立，马车就在当中，照旧遮得严严实实。

"诶？"千青忍不住发出一声惊呼，居然又是这辆马车。

锦华夫人也有些诧异。旁边的小厮似乎有意提醒马车主人注意身份，扯着嗓子高声道："夫人，这便是要来拜访您的人。"

车里传出一声低语，离得最近的一名白衣美男伸手揭开了车帘。

重重车帘挑起，先逸出来的是一阵凉气，直扑过来，沁人心脾。千青这才注意到那马车里摆了几大桶冰块，难怪遮的这般严实。看来这主人很有钱。这么一想，对车中人的身份越发好奇了。

终于有人慢慢走了出来，先入眼的是一袭紫衫，那是个男子，姿容秀雅。车中昏暗，他似从绵绵长夜踏入白昼，抬头看过来时，许是受不了刺目阳光，微微闭了闭眼。

千青不禁呼吸一窒。

"神神神神神……神仙？"她整个人都懵了，原来那晚坐在院墙上的神仙是真人啊！

神仙下了马车，走到锦华面前，抬手行礼："尹听风见过锦华夫人。"

"尹听风？"锦华夫人黛眉微蹙。她多年不过问江湖事，好一会儿才想起眼前人的来历："啊，江南听风阁阁主！"

"正是在下。"尹听风又抱了抱拳："冒昧打搅夫人委实失礼，只是在下要找的人在这里，还望见谅。"

锦华转头看了一眼天印，以为他才是目标，遂摆了一下手示意尹听风随意。

然而尹听风根本连看都没看一眼天印，直接举步朝千青走了过去。

千青还在研究这位什么阁主为何要半夜爬墙头，抬头却见他已到了跟前，没来得及说话，就被他张手抱住了。

"衔青，我终于找到你了！"他的身上还有未完全退去的凉气，语气却激动兴奋得似燃了火。

千青目瞪口呆了好一会儿才回神，连忙推他："你认错人了，我叫千青！"

尹听风退开一些，却仍扣着她的肩膀，眼中是失而复得的欣喜："我没认错，你就是我的青青，我终于找到你了。"

"……"

遥不可及的神仙忽然出现也便罢了，现在居然抱着自己说"我的青青"这种让人恶寒的话，千青心中忽然生出了一丢丢的幻灭……

一只手扯住了她的后领，用力一拽，将她拉进胸膛。

"听风阁主，别来无恙。"

尹听风似乎直到现在才看到天印，稍稍掩去眼中惊异，微笑着抱了下拳："自三年前武林大会一别，今日才得以再见天印兄，别来无恙。"

"阁主客气了。千青是我天殊派下弟子，却不知阁主是如何认识她的？"

"何止认识……"尹听风的视线落在千青身上，胶着成网，兜满情意："她是我的未婚妻。"

"……"

"……"

"！"

遥不可及的神仙忽然出现也便罢了，抱着她说"我的青青"这种让人恶寒的话也便罢了，现在居然摇身一变成了她的未婚夫！千青心中已经不只是幻灭可以形容了……

"不、不可能吧……"这是她唯一能说的话了。

"怎么不可能？"尹听风又上前几步，一把握住她的手："青青，你忘了我们曾经的海誓山盟了么？"

"……"

"我一直在找你，好不容易才发现你的踪迹，你居然这么绝情地对我？"

"……"

"青青，跟我回去吧！"

"……"

千青脑子纷乱，连忙挣开他的手，心里忽然生出害怕。她失了忆，无法判断对错，万一这个人真的是她的未婚夫……该怎么办？

天印揽紧千青，神情微冷："阁主自重，千青失了忆，谁都可以说是她的未婚夫，你无凭无据，最好不要信口开河。"

尹听风一脸受伤，捂着胸口踉跄后退，语带哽咽："失忆了？难怪你记不得我了……"

他做这种表情委实毁坏形象，马车边的十六名美男都齐齐扭头看大街去了。锦华就比较淡定了，作为一个过来人，一个长期没有娱乐活动的人，她对接下来的发展十分期待，就差叫下人搬椅子端瓜子来了。

天印脸色阴沉："没错，所以再来十个听风阁主，我也不能随便交人。"

尹听风闻言收敛了表情："天印兄该知道我是做什么的，整个江湖，只要是听风阁出的消息，没有不准的，我能找来这里，自然不会错。"他抬手指着千青："这张脸，我记得很清楚。"

天印的眼神忽而幽沉一片。

尹听风微微笑出声来，如同那晚一般，悠远飘渺，亦真亦幻。千青忍不住抬头去看他，竟发现他又有些遥不可及了。

"看来天印兄不肯交人还有别的缘故，你不会是在觊觎在下的未婚妻吧？"

天印冷笑："究竟是谁觊觎，还说不准呢。"

"那看来我只有硬夺了。"尹听风稍稍抬手，做了个请的手势："三年前虽是你手下败将，但士可杀不可辱，夺妻之恨不共戴天，在下只有拼死一搏了。"

千青心中一惊，还没来得及阻止，他的人已经飞掠过来，不过一拂袖，便将她掀翻在侧，直袭天印。这一招自上而下，雷霆万钧，笼罩全身，避无可避，何况天印又失了内力。

但硬挨后果会更严重，天印唯有抬手去接，果然吃不住这一掌，后退摔倒，猛地吐出一口鲜血，狼狈不堪。

尹听风收手站定，似无法置信："你居然没了内力？"

第14章　与你何干

锦华夫人本来是等着看好戏的,不想却听到这么个结论,顿时惊呆了。

千青早已爬起来跑到天印身边,他受的那掌已经震断他手臂筋脉,右臂无力地耷拉着,嘴角还在不断涌出血来。以前的他威震武林,何尝有过这种时候,千青不禁湿了眼眶,小心翼翼地去扶他:"师叔,您怎么样?"

天印闭了闭眼,想说话,却又吐出口血来,竟有些泛黑。

锦华总算回神,连忙叫人好生将天印移去房内,又派人去请谷羽术。

千青忙不迭要跟上,忽听身后的尹听风道:"原来不是他觊觎你,而是郎有情妾有意么?"

她转头狠狠剜了他一眼:"我是失了忆,不知道有没有订过亲,但我自问无名小卒一个,就算订亲也绝对高攀不上阁主您才是!"

"所以你这是不愿跟我走了?"

"当然!"

"好吧,"尹听风叹了口气:"那我留下来。"

千青咬了咬牙,转身就走:"随便你!"

天印房外围了一圈人,目送谷羽术进去后,众人就一直等到现在。别人也就

师叔
SHISHU
上

罢了，居然连尹听风也大咧咧地站在人群之列，实在叫千青无言以对。

锦华直到这会儿才得空问话，拉了一下千青的袖口："怎么回事？你师叔怎么忽然没有内力了？"

"呃……"千青额头渗出汗来，实话实说的话，身为师叔的老相好，不知道她会不会一掌拍死自己啊？

好在此时谷羽术拉开门走了出来，让她钻了个空子。

锦华最先问话："情况如何？"

谷羽术道："右臂筋脉尽断，但好在未波及五内，好好调养一段时间，应该会没事。"

尹听风闻言不禁诧异："我敬重他高手之名，下手已用了全力，居然只伤了一只右臂？"

他也是就事论事，但千青听了就有些不快："怎么，你好像还很失望啊？"

"呃，青青，你别这么厚此薄彼，我会伤心的。"

千青哼了一声，径自推门进看天印去了。

谷羽术见他们言语亲昵，不禁奇怪，便悄悄向锦华夫人请教。锦华先让仆从带尹听风去厅内休息，这才有机会将事情经过说了一遍。

"什么？听风阁主居然说千青是他的未婚妻？"谷羽术怔愕不已，心中思绪浮浮沉沉。

天印吃了药昏睡了大半日，醒来时已是半夜。室内寂静，唯有一盏烛火明明灭灭，千青趴在床头兀自睡着。

他坐起身来，右臂一阵酸麻，忙用左手扶住。尹听风那一掌来势不算霸道，后劲却足，他本以为自己强接后至少要大半月动不了，没想到情形倒还算好。

千青睡得浅，听到响动立即惊醒，见他已经醒来，又惊又喜："师叔，您没事了吧？"

天印神情怅惘："你居然没走？我以为尹听风已经把你带走了。"他想伸手去碰碰她，抬起手臂却忍不住轻嘶了一声，千青连忙双手托住那只胳膊放好。

"我没走，师叔受了伤，我怎么能走。"

天印敛眉叹息："师叔对不起你，连保护你的能力都没有。"

千青怎么也想不到他会这么说，心中酸楚，忍不住哽咽起来："师叔千万别这么说，这一切都是我的错，若不是我害您失了内力，您也不会遇到这么多事情，若是今日您出了什么事，我……我也不想活了。"

天印一愣，定定地看着她："你说什么？"

千青仰起满面泪水的脸："啊？"

"你说若我出了事，你也不想活了，是担心师祖责罚，还是有别的缘由？"

深夜阑珊，烛火轻跃，他目光灼灼，带着几丝期许，然而很快又迅速敛去，回归平淡："罢了，当我没问，如今我这幅模样，连留下你的资格都没有，还谈何其他？"

千青越发愧疚，忽然扑上去搂住了他："为了你，只是为了你。"

天印眉头舒展开来，抬起左臂揽住她，吻了吻她的额角："我等这句话已经很久了……"

千青愣了愣，这才意识到自己的话可能已经造就某个不可逆转的结果，但想要改口已经来不及，因为她刚抬头就被天印吻住了。在思绪被淹没前，她忽然心安下来。

就这样吧……

尹听风真的留了下来。他将随从遣回，只留了一个名唤楚泓的随身伺候。实际上正是楚泓那日在街头看到千青，才让他顺着找了过来。

天气燥热，离了冰块，尹大阁主浑身不自在，手里的折扇扇得就没停过。二人在千青门前站定，尹听风摆了摆手："你在外面等着，我自己进去就好。"

楚泓干咳一声，好言提醒："公子，这里是女子闺房，您就这么进去？"

尹听风想了想："也对啊，那我还是叫她出来吧。"

可惜站在门口叫了好几声"青青"，连声回应都没有，就别提人出来了。他摊摊手："看吧，还是我进去好了。"

"……"

千青正在盘膝在床头打坐练内功，听到响动眼睛都没睁一下。尹听风进了门，轻摇折扇，步履款款，整一个富贵公子。

"哟，青青，原来你在练功啊，早知道我就不打扰了。"

"你现在滚出去也来得及。"千青照旧眼睛不睁一下。

尹听风捂了捂胸口，自顾在桌边坐了下来："真伤心，好歹我也是你未婚夫。"

千青嘴角抽动了一下，差点真气岔走，忙凝神屏息，不敢再分神。

也多亏她没有睁眼，否则看到此时的尹听风托腮看她的表情，之前什么神仙的印象也都幻灭成沫沫了。

足足过了一炷香的时间，千青才吐纳收势，睁开眼却见尹听风正紧紧盯着她，一副若有所思的表情。

"你练的什么内功？"

千青翻了个白眼："与你何干，你刚才看了半天，是想偷学我天殊绝学吗？"

"天殊绝学？"尹听风冷笑了一声。

千青冷下脸来："你什么意思？看不起我们天殊派？"

尹听风用一下扇子敲了一下唇，示意自己说错话了，站起身来，脸上又堆起了笑容："不说这个，青青，你还没考虑好吗？跟我走吧。"

千青起身皮笑肉不笑地看了他一眼，下床朝外走。

"诶，你去哪儿啊？"尹听风急忙拦住她。

"与你何干？"

"你又来了，我是你未婚夫啊，怎么跟我无关了？"

千青捏了捏拳，实在是对着他那张漂亮脸蛋儿下不了手，越过他继续朝门口走。

"等等，你是为了天印才拒绝我的吗？"

千青的眼皮跳了一下。

尹听风快步走到她面前，一脸费解："天印有我好看吗？比我年轻吗？比我有钱吗？"

千青看了看他的脸，默默摇了一下头。

尹大阁主怒了："那你到底喜欢他什么啊？"

千青咧嘴笑了，表情足以噎死人："与你何干？"

"……"

千青飘出门后，尹听风立即把楚泓叫了进来："阿泓，你不会是诓我吧？"

"什么？"

"你不是说，公子我只要摆出外表家底就能对女人手到擒来了吗？"

"……是这样没错啊，这也是别的女人教属下的呀。"

"哪个女人教的？"

"好多啊，有翠红啊，莲莲啊，嫣嫣啊，画眉啊……"

"等一下，这些名字怎么听着这么有特征？"

"嗯！都是江南名妓啊。"

尹听风默默斜眼，手中折扇"啪"地敲上他的脑门："罚你三天不许吃饭啊混蛋！"

可怜的楚泓捂着脑袋奔出门去了，尹大阁主自顾玩着扇子沉思。天印果然是只老狐狸，早就把这丫头吃得死死的了。可怜他洁身自好，又自恃甚高，何曾哄过女人，要想将千青哄走，还真是难啊……

天印恢复得很迅速，这实在不可思议，但却是事实。他倚在床头看着自己的左手掌心，那道血线如今已经消失得无影无踪，而体内的浮躁似乎也在那日随着鲜血一并流出体外了。仔细回想一下，似乎在内力消失后就有了这道血线，现在没了，是不是意味着……

天印连忙盘膝运功，不过片刻便感觉到丹田丰盈，精力充沛。

欣喜简直要直冲脑顶，他活动了一下右手臂，心中暗自揣测，莫非尹听风那一掌就是解开压制的关键？

有人在外敲了敲门，天印收势做好，千青已经推门进来，手里端着脸盆："师叔，您好些没？"

"好多了。"天印招招手，示意她过去。

千青忽然想起之前跟他说的话，大感丢人，恨不能举起盆来遮脸："师、师叔，我给您梳洗一下吧。"

天印正好觉得闷热难受，欣然应下。千青扶他坐到桌边，浸湿手巾给他擦汗，正对上他的眼睛，又尴尬地挪到了他身后。

天印忍不住笑起来："你这么害着做什么？还没擦身子呢。"

"……"所以还要给他擦身子吗？千青忽然很想跑了。

天印并没有给她机会，他转过身去，拉着她坐在自己腿上，濡湿的唇贴在她的颈边，一路吻上耳垂，声音沉如醇酿："青青，今晚留下来吧……"

第15章　干该干的事

这句话说得突然，所以千青根本没反应过来："啊？留下来干嘛？"

天印忍不住笑了："干该干的事。"

他站起来，牵着她的手朝床边走，直到将她按坐在床头，千青才察觉不妥，慌忙就要起身："师、师叔……"

"嗯？"天印按住她的肩，人跟着靠了过去。

千青连忙用手抵住他胸膛，人不自觉地后仰，几乎就要躺倒在床上。天印不禁失笑，捉了她的手放到唇边轻轻啄了一口，眼睛却始终盯着她，仿佛就是故意要欣赏她的慌乱。

千青从未见过这种样子的师叔，还是那张脸，可是眼神迷离，神情妖娆，似醉了酒，看着她时，像是要将她也一并灌醉了。

他的吻并没有中断，沿着她的手背攀沿而上，人也越贴越近。千青终于支持不住仰面躺倒，慌乱无措时，天印已经吻上她的胳膊，另一只手抽开了她的腰带。

烛火摇曳，她的肌肤在他手下寸寸展现，滑如凝脂。天印不给她任何逃离的机会，除了衣裳便立即贴上去。

"师叔……"

微弱的挣扎全被堵在嘴边。

千青觉得自己陷入了梦境，周围的一切都虚幻缥缈起来，只有师叔的双眸近在咫尺。

烛火燃尽，半夜的月光却正好。天印起身绞了帕子给千青擦拭干净身子，自己又整理了一番，再躺回床上时，侧身看着身边人浅笑，神情如同终于捕到了猎物的猎人一般满足。

第二日千青一早就醒了，一动身子浑身酸痛，这才想起昨晚都发生了什么。

她从不知道人跟人可以如此亲密，亲密到几乎快融为一体。可是跟她融为一体的人，居然是她的师叔……

盯着账顶发了半天呆，千青才敢悄悄转头看旁边，天印不在。她松了口气，连忙坐起来穿衣服，速度飞快。跳下床时腿软了一下，也不敢停顿，冲到门口悄悄拉开道缝，确定外面没人才急急忙忙出了门。

若是被别人撞见她一大早从师叔房里出来，可就丢人了。

刚跑到回廊拐角，冷不丁撞上一个人。千青做贼心虚，顾不上疼倒先吓了一跳，连退几步，就见尹大阁主捧着下巴一脸痛苦。

"好疼……青青你要谋杀亲夫吗？"

千青本还有点愧疚，听到这话顿时没好气了："你活该！"

"诶，等等……"

尹听风伸手去拉她，还没触到她的袖子，眼前一闪，一柄剑斜挑了过来。他连忙避开，千青已被来人揽到身后。

"大师兄，你怎么来了？"千青惊讶地看着挡在身前的靳凛。

尹听风也很诧异："嗯？又来一个？青青你很吃香啊。"

靳凛面若寒霜，手中长剑直指尹听风眉心："阁主伤我师叔在先，又要强掳我师妹，就算在下学艺不精，今日也定要力战到底，否则岂不是有辱天殊门风！"他前几日奉命回了一趟天殊派，本以为天印身在将军府绝不会有事，不想刚回来就得知了他被重伤的消息。

尹听风闻言不禁一怔，用扇子敲了一下手心，赞赏道："阁下还真有几分天殊派的风骨。"

靳凛冷哼了一声，对他的赞美并不买账。

"不过我是你师妹的未婚夫啊，你怎么能对我刀剑相向呢？"

千青忍不住反驳："你有什么证据？"

靳凛也附和道："不错，既然是千青的未婚夫，就应当知道她的身世，只怕你是信口开河罢了。"

尹听风无奈叹息一声，还没开口，却有人抢了话头。

"过往种种，譬如昨日死；从后种种，譬如今日生。千青的过去，就算阁主捏造得再像，她也不会跟你走。"

天印步伐闲闲地沿着回廊走过来，身上的袍子襟口微敞，胸口一道抓痕若隐若现。千青不小心瞄见，脸顿时烧得滚烫。好在其他人没有注意到。

尹听风大概没想到这么快就见到他活蹦乱跳地出现，张着嘴好半天才回神："所以你还是不肯放人？"

"阁主此言差矣，不是我不放人，你要问问青青愿不愿意跟你走。"天印走到千青跟前，轻轻捏了一下她的腰，似笑非笑："你愿意跟他走，还是留在师叔身边？"

千青恨不能找个地洞钻了，瓮声瓮气地哼唧了一句，也没人听清，但她的人已经躲到天印身后去了。

尹听风看得一脸愤懑，这老狐狸一句话就把人家给弄得面红耳赤的了，他的魅力不管用了吗？内伤……

偏偏天印还故意刺激他，亲昵地拉过千青道："今晚带你出去逛逛如何？"

千青连忙摆手："那怎么行，师叔您还受着伤呢。"

"无妨，不是有靳凛在么？"天印朝尹听风挑挑眉："尹大阁主说不定也会一起去的，有他在，定然安然无事。"

尹听风恨不得拿手里的扇子砸他头上，居然故意在本公子面前秀恩爱啊混蛋！

看出他脸上怒意，天印笑得越发厉害了。

尹听风深吸了口气，决定大人不计小人过，还是回去继续研究怎么哄女人去！

他一走，靳凛也不好再横在二人中间，随手抱了抱拳便告辞里去，根本不敢多看二人一眼。

回廊静悄悄的，千青垂着头盯着脚尖，正犹豫着要不要跑，手被天印牵了起来。他拉着她又走回房里，刚掩好门便道："为何不等我回来？你就这样出门？"

千青疑惑不解，就见他伸手指了一下自己的脖子。她一愣，连忙越过屏风去照铜镜，下一刻便发出了一声痛苦的低吟。

天印笑着走过去，也不管她捂着脸害羞，自后揽了她的腰："放心，尹大阁主和你师兄都是未经人事的小子，看见了也不会胡思乱想的。"

千青这才不再捂脸，却仍不好意思，只透过镜子看他，小声问："师叔，昨晚你我……是不是就是做了夫妻了？"

"不错，从此以后，你就是我的人了，心里只能有我，凡事也都要听我的才行。"

千青忍不住撇了一下嘴："那师叔你自己呢？对我也一样么？"

"哈哈，我是男子，可不能事事都听你的，但我保证，心里只有你一个。"

千青显然满意了，嘴上不说，嘴角已露了笑意。

天印低头亲了一下她的脸颊，柔声问："还疼么？"

千青的脸又腾地红了。

天印好笑地松开她，从袖中摸出药膏来："方才去问羽术要了些伤药，没想到你倒跑得快。"

千青像是被吓倒了："什么？羽术知道了？"

"你这是什么表情，她知道了又何妨？现在谁不知道我们的事？"

"……"

天印忍住笑，不再逗她："放心吧，她不知道，我只说要些镇痛的药膏，你想些什么呢？"

"啊……"千青这才舒了口气。

天印又搂住了她，手有意无意地滑过她的胸口，语气有种食髓知味的暧昧："要不要我给你上药？"

"……"

第16章　身世

晚上天印真的来叫千青去逛大街。千青浑身酸疼，压根不想动，但看着天印那放光的双眼，觉得留下来的后果肯定是身子更酸疼，只有无奈同意。

锦华夫人今晚受邀去别家赴宴了，否则得知天印尚未痊愈便要出门，肯定免不了要阻拦。临行前，靳凛把谷羽术也叫了出来，本意是想叫她开心开心，但自那日自荐枕席后，谷羽术对天印还有些忌讳，刚到门口又见他牵着千青一路亲昵地走了过来，心里真是说不出的憋闷。

千青知道她对天印的心思，连忙要挣开天印的手，他却死活不放，偏偏脸上还一副道貌岸然的神情，对靳凛道："我跟青青先行一步，你们自己也逛逛，不用太紧张。"

靳凛不知他内力恢复的事，自然不放心，但为不打扰他和千青，还是点头应下了。于是谷羽术更加憋闷了。

几人刚要出大门，尹大阁主风骚地摇着折扇出现了："诶，等等，不是说好了我也去的吗？怎么不叫我呀！"

千青额头青筋直跳，想起自己初见他时还觉得他像个神仙，恨不得自插双目。

天印就比较直接了:"尹阁主还真是阴魂不散呐。"

"哎呀哪里哪里。"

跟在后面的楚泓望了一眼自家公子的背影,默默无言。

盛暑势头已过,夜晚天气还要更凉快些,街头行人不算少。千青是头一回这样出游,长安城大街横直开阔,放眼看去,心胸也豁达了起来。远离了天殊山上刀剑碰撞的声音,耳边充斥着的是小贩的叫卖和行人的欢笑,偶尔飘来一阵食物的香气,令人垂涎欲滴。她嗅了嗅鼻子,忽然觉得这种生活才是自己向往的。

鉴于尹听风在旁,天印牵着她的手越发用力,像是生怕她被人夺了去。千青心里有些甜蜜,这种滋味从前从未体会过,暗暗惦记着大师兄时,心情多是半苦半甜的,而现在却像是浮在了云端,有人宠着捧着黏着。

可惜尹阁主实在没有自觉,一路走还不忘一路跟她搭话:"青青,你热不热?过来扇个风吧。"

"……"千青斜眼。

"青青,那儿有杂耍,我们过去看看吧!"

"……"继续斜眼。

"青青,我来牵你吧。"

"……"这下连天印都斜眼了。

尹大阁主实在忍无可忍,一把提溜着楚泓到旁边咬耳朵去了。

"你快给本公子想想法子,不把人哄走,我何年何月才能回江南呐!"

楚泓下意识地捂了捂头:"呃,公子,您不是不相信属下的话了么?"

"勉为其难相信一次也行的,你快想法子!"

"那就……英雄救美?"

尹听风眼神一亮:"怎么救?"

楚泓重拾自信,眼珠滴溜溜转着,一副机灵相:"不如我去把千青挂到树上,您再去救她下来?"

"……似乎我不该再相信你的。"

"可是没有别的法子啊,又不能伤了她,又要给她制造个险境,属下只想到树了嘛。"

尹听风一想也是,还真的摸着下巴思索起来。这一耽搁,天印和千青已经消

第16章 身世

师叔

失在视野里了。

"诶？人呢？"他急忙要去追，眼前忽的有什么闪过，迅疾如风。

听风阁靠消息吃饭，自然最擅长轻功。尹听风自问江湖上没几个人敢得过他的脚步，但刚才确实有人从他眼前闪过了，不多不少，就两个。

楚泓也察觉到了异样，可此时毕竟是在大街上，料想不会有人敢大咧咧地对他们阁主下手才是。可惜他错了，这个念头刚闪过脑海，就有两道黑影掠了过来，直扑尹听风。

路人四散逃窜，连摆摊的小贩都顾不上货物跑了，很快这一片就空旷起来。尹听风岿然不动，却在他们即将碰到自己时倏然移步，不过片刻便不见踪迹。

两道黑影落在地上面面相觑，忽听有笑声自后传来，如远在山外，又似近在耳边，连练武人最起码的听音辨位也派不上用场。

"看哪儿呢？本公子在这里！"

左右二人分别挨了一扇子，各自捂着脸退开，就见尹听风摇着扇子站在三尺开外，笑若春风，然而不过一瞬他的脸色就变了。

那两个黑衣人忽然动了动手腕便消失无踪，风过处，送来一阵若有若无的香气。尹听风脚尖一点，扯着楚泓迅速朝后退去，一手用扇子遮了口鼻，直到百丈开外，才停了下来。

"公子，刚才那是什么人？"

"嘘，别说话，小心吸进毒气。"

楚泓连忙闭上嘴。

尹听风遮于扇下的脸神色沉凝，再不复先前的玩笑之态。

轻功不错，却不出百招就撒毒，该不会是唐门的吧？

千青跟着天印已经逛到了一座寺庙前，庙门早关了，四周黑黢黢的，路上几乎没有其他行人。直到这会儿她才感到安静，四下看了一圈，好奇道："诶，尹听风呢？"

天印哼了一声："你倒是关心他。"

千青讪讪地笑了笑："乍一消失有点奇怪嘛。"

"有什么奇怪的，真消失了倒好了，省得以后再来缠着你。"

"咦？师叔你在吃醋吗？"千青忍着笑，憋得脸泛红。

天印阴森森地看了她一眼，忽然搂住她啃了一口："敢笑师叔，不怕遭到报复么？"

"什么报复？"千青刚说完就见他嘴角露出一抹意味深长的笑，顿时不敢再问下去，推开他抢先朝前面去了。

天印嗤嗤笑出声来，缓缓跟上去，没走几步，忽然停了下来。

四周寂静，却有些微小的响动难以逃过他的耳朵。

已经走出去一段的千青察觉时回身，就见一行人步履轻软，无声无息地朝天印包围而去。

"师叔！"

天印抬手摆了一下，示意她别过来，缓缓扫视了一圈："几位是不是找错人了？"

这群人全是一身缟素的女子。正对着他的那个女子身形略高，她的脸上蒙着白纱，露在外面的眼睛动人得很，偏偏说话的声音很晦涩沙哑："阁下若是天印，就没有错。"

"哦？那看来几位是来寻仇的。"

"没错，听闻您内力已失，此时不出手，岂非错失良机？"

天印皱了皱眉，心中暗忖：莫非这些人是项钟找来的？除了身边几人外，并没有其他人知道他内力失去的事，而一心要置他于死地的，除了项钟也没有别人了。

不对，还有一个人……

刚想到这点，身后就有人笑道："哎呀，这么快就找来啦！"

天印转头看去："果然是尹阁主透露的消息。"

"这也不能怪我，谁叫你的消息那么值钱呢，我不过是个商人罢了，有钱赚自然不会错过。"尹听风掰着指头一脸陶醉："一万两啊一万两……"

那女子冷笑了一声："只要能杀了天印，别说一万两银子，就是一万两金子，我也会出的。"

那边千青正一边往这边跑一边高喊："尹听风你快救人啊！"

"救他干嘛？有钱赚吗？"尹听风优哉游哉地赏月亮。

只这一瞬，女子已经拔剑刺向天印，她的手腕极为灵活，短短几步距离，剑花就变化了几种模样，叫人眼花缭乱。天印忽然觉得这招式有些熟悉，正犹豫着要不要暴露身手，已经有人冲了过来，生生挡在他面前。

"青青！"

他吃了一惊，那柄剑在千青眉心处堪堪顿住，周围的人都不自觉地抽了口气。千青自己也吓得不轻，额头都渗出汗来，胸口剧烈起伏着。

对面的女子眼神怔忪，似被惊住了，忽而收回剑，看看她，又看看天印，半响才问出句话来："你是谁？"

"……"现在杀人还带问名字的吗？

女子见她不说话，也不追问，眼神复杂地扫了一眼天印，忽然抬手朝身边人挥了挥。

她大概是头目，之前动手时，别人未得命令不敢插手，现在只一个动作，所有人又都悄然退去了。她自己却没走，在千青面前默默站了一会儿，忽然揭了面纱。

千青明显是被吓到了，死命吞了吞口水才压下心惊。她的左脸颊惨不忍睹，像是被生生削去了一块，里面的肉结了痂，扭结着泛出褐色，实在狰狞可怖。

彼此大眼看小眼了好一会儿，她忽然问："您还认得我么？"

千青愣了愣，摇摇头。

女子轻轻叹口气，抚着脸道："也是，我这张脸您认不出来是正常的。"

"呃……"千青犹豫着是不是该解释一下，就算你的脸好好的，我也不可能认识你啊！

那女子沉默了一瞬，忽然朝她拱了拱手，转身退走，很快便隐入黑暗。

千青挑着眉毛很是吃惊，这什么情况？

"啊，就这么结束了啊？"尹听风一脸失望地叹气。

千青抽了抽嘴角，转身把手指捏的咔咔响："尹！听！风！"

"等等！"尹听风连忙叫停，看了一眼天印，忽而露出狡黠的笑容："青青，如果我能说出你的身世，你是不是就肯跟我走了？"

天印猛地看向他。

"啊？"千青愣了一下，很快又不屑："喊，你说啊！我看你怎么编！"

尹听风轻轻笑了，神情却疏离起来："你失忆前叫初衔青，是初家老幺，上面还有个兄长，"他的目光幽幽望过来，有些无法捉摸，"名唤初衔白。"

第17章 太无耻了

谷羽术跟着靳凛几乎快逛完了整条街，百无聊赖。靳凛不知她心中所想，还想方设法地逗她开心，但他终究没哄过女子，说的话在谷羽术耳中听来也无聊得很，始终爱理不理。

靳凛多少有些失望，本以为那日她对自己示了好，彼此便能水到渠成，谁知这些日子来根本没有感受到她半分情意，就连现在二人独处，她也疏离得很。他心中无奈，还是决定去找师叔和千青，刚要叫谷羽术一起，却见天印已经朝这边来了，千青和尹听风跟在后面，一个神情怔忪，一个悠然自得。他连忙迎上去："师叔，要回了吗？"

"嗯。"天印点点头，转头牵了千青的手，顺带瞅了一眼尹听风，后者挑挑眉，一副你奈我何的欠抽样。

千青也不说话，任由天印牵着，时而皱皱眉，时而又发发呆，显然还没从尹听风的消息里回过神来。

初衔白早就死了，可是这个死人的名字在她耳朵里出现过好几次了，一个杀人如麻的魔头，被江湖正道围剿而死的人，现在却成了她的兄长。偏偏尹听风还口口声声说绝不会错，若错了，他的听风阁也没脸再开了，绝对要关门大吉。

一个爱财的人这么诅咒自己的生意,千青觉得也许他的话是可信的。偷偷看一眼天印,她心中悄悄想,不知道他是否知道这件事,师父是不是也知道呢……

一路默默无言地回了金府,过了前院几人就要分道扬镳,天印忽然道:"尹阁主,不知可否借一步说话?"

尹听风似毫不意外:"当然可以。"

天印朝千青使了个眼色,示意她先回去,抬手请尹听风去花园说话。

园中那株丝带琉璃已开到极艳,看样子再过几日就要败了。天印伸出长指捻了一片花瓣在手里,冲尹听风笑了笑:"那日千青一见这花就认出来了呢。"

尹听风毫不诧异:"初衔白在世时,初家也算风光,她会认识这些名品也不奇怪。"

"所以你还是坚持她是初衔青了?"

"她是不是,我想天印兄应该最清楚。"尹听风完全没了先前的玩世不恭,姿容俊雅地站在花边,月下看来,还真有几分缥缈仙气。

"我只清楚你处心积虑地要将她带走,那么随口胡诌也不是没有可能,比如说自己是她的未婚夫。"天印抬眼看他,似笑非笑,"明人不说暗话,阁主出身富贵,不过化名听风行走江湖,怎么也不可能跟千青这种无名小辈订有婚约吧?"

"她是无名小辈?"尹听风冷笑一声,"就凭那张脸,你就不能说她是无名小辈。"

天印倏然沉默。

"难道你没发现她长得很像初衔白么?"

"呵呵,最近这个死人时常出现在在下耳中,看来还有不少人惦记他呢。"天印嘴角轻勾,笑得嘲讽,"不过即便你是听风阁主,也不能随便指鹿为马吧?世人皆知初衔白除了挑战别人,从不轻易露面,而被他挑战过的人都死了,你凭什么说千青像他?"

"初衔白是杀人无数,但他那柄霜绝剑也有留人的时候,不才在下我便是少数几个败在他手上却未被杀的人之一,所以我见过他的相貌。而当初围剿初衔白,也有一些幸存者见过他,比如我的手下楚泓。"

"江湖人士谁都会一两招易容术,你怎么就确定自己见到的一定是初衔白的真容？"

"天印兄何必一直否认，当初围剿初衔白你也在，最后负责检查他生死的也是你，我说的是真是假，你自有分晓。"尹听风摇着扇子在他身边踱着步："我也是不久前才得知他还有个龙凤胎妹妹，听说这个妹妹幼时重病落了病根，练武资质不如他，却极有悟性。传闻她博闻强识，看人舞一遍招式便能勘破其中破绽，并能旁征博引，提出更为精妙的改善之法。初衔白少年成名，独步江湖，有一半功劳就是她的。"

天印冷笑："只怕听风阁也有收错消息的时候。"

尹听风收起折扇，撇撇嘴："反正我言尽于此，只是想给天印兄一个交代，人我是必须要带走的。"

"那也得看她自己愿不愿意吧？"天印轻抚着右臂，意有所指，"莫非听风阁改做强盗窝了？"

尹听风抽了一下嘴角，心想原来堂堂第一高手是这么难缠的！他深吸了口气，豁出去般道："实话说了吧，本来我真不想找什么衔青千青的，但人在江湖身不由己的道理想必你也懂的，我来此，还抛出婚约来，无非是奉了命令罢了。"

"何人的命令？"

"段飞卿。"

天印神情一凛："武林盟主？"

尹听风点了点头。

气氛忽而凝滞，月入层云，四下也昏暗了，天印的神情看来有些神秘难测："盟主想做什么？"

"大约是怕再起纷争吧。千青长得像初衔白，又知晓他的武学精髓，万一将来被认出来，难保不会成为武林人士争夺的对象。"

"她已经失忆了。"

"是啊，可是你知我知，别人不知啊。"

天印冷哼："如果你不来，就永远不会有纷争。"

"不可能，除非你能永远藏着她，否则她只要长着这张脸，我不来，还会有下个未婚夫的。"尹听风似乎觉得好笑，展开折扇掩了口。

天印稍作沉思，忽地笑了："那就烦请阁主转告盟主，世上没有一个丈夫愿意平白无故地交出自己的妻子，所以你们谁也无法轻易带她走。"

尹听风愣了半天才明白他的话，后退一步，指着他的鼻尖半天才憋出句话来："你你你……好无耻！居然生米煮成熟饭了！天殊派竟然容许师叔侄乱伦吗？！！"

"阁主此言差矣，男欢女爱，你情我愿，何需在意那些忌讳？"

尹听风气得不行，手都哆嗦了，只在口中一个劲的念叨："无耻，太无耻了……"

啊啊啊啊啊，这下要怎么跟段飞卿交代啊？他想回江南啊……

天印笑而不语，径自转身走了，徒留尹大阁主一个人形象全无在原地抓头发，直到忠心不二的楚泓过来，才算解救了他……

回到房中时，千青正趴在桌边挑灯芯玩，眼睛虽然盯着蜡烛，却毫无神采，显然是在发呆。天印走过去捏了一下她的脸："在想什么呢？"

千青吃痛回神，看了看他，似乎想说什么，可嘴张了张又闭上了，犹豫了好一会儿，站起来道："我回去了。"

天印拉住她的胳膊，慢慢收拢进怀里："还回去做什么，在这里睡不是一样么？"

千青吓了一跳，想起那疼痛难忍的经历，连忙推开他就要跑。天印又将她扯回头，憋着笑道："好了好了，我不碰你还不成么？就在这儿睡吧。"

"……"

洗漱后上床，天印果真老老实实，甚至还指导她练了一会儿"天印十四剑"的心法。千青吹了蜡烛，在他身边躺下，黑暗里却睁着眼睛。

"师叔，你见过初衔白么？"

天印似乎怔了怔，好一会儿才回答："见过。"

"他是不是如江湖传闻那样凶残？"

"我只知道他是个高手。"

"我……真的是他的妹妹么？"

天印忽然沉默下来，一语不发。

"一年前我是怎么到天殊派的？"

"……"

"初衔白既然是被围剿死的，那他身边的那些美貌姑娘们呢，什么下场？"

"……"

"我又是怎么失忆的啊？"

"……"

"还有……"

她的唇忽然被堵住了，天印压在她身上，重重地碾磨着，手直接探入衣襟抚上她的胸。

"唔……"

千青想挣开，又敌不过他的力气，心里还纳闷怎么他失了内力还力气这么大，最后干脆咬了他的唇一下。天印吃痛退开，她喘着气急急忙忙去推他的手："你不是说不碰我的么？"

"我改变主意了。"天印的手缓缓下探，低头吻了吻她的鼻尖："放心，这次不会再疼了。"

"……"

他这次很有耐心，前戏做足，千青早已动情，一触待发之际，彼此都汗水淋漓。

千青喘着气，忽然又问了一遍："我真的是初衔白的妹妹么？"

只听见身上的人轻轻说了句："是。"

"那……"千青扭过头，盯着投在窗纸上的月光，"他死的时候，你也在么？"

天印："在。"

"唔……你也……出手了？"她问得很小心，像是不敢知道答案。

天印没有回答，直到云雨完毕才粗喘着回了句："没有，我只在最后给他收了尸……"

第18章　何日忘之

尹听风近来比较惆怅，每日每日的坐在园子里托腮遥遥望向南方，眼神那叫一个向往。

楚泓实在看不下去了，悄悄给他出主意："公子，您不妨给盟主修书一封，阐明其中艰难，想必盟主会理解的。"

尹听风想了想，似乎这个方法也可行，便立即付诸实施。自己这边则依旧密切关注着千青跟天印的动向，恨不得二人早日一拍两散。

奈何不仅没有得逞，那两人反而还越发如胶似漆了。有日锦华夫人安排大家一起吃饭，忽然对千青道："下人说你的房间都落了一层灰了，干脆你也别单住了，就跟天印一间吧。"

千青当场差点滑倒桌子底下去，尹听风看着天印那欠抽的笑容，狠狠抠了一下桌面。

无耻啊……

到了月尾，段飞卿的信到了。楚泓捏着信飞奔而至时，尹听风已经在考虑着要不要收拾包袱，连跟锦华夫人的告别辞都想好了，急忙接过信拆开，一张脸就黑了。

段飞卿的信只有一句话:"自己想办法。"

尹听风默默把信撕成了渣渣,转头问楚泓:"本公子忽然想退出江湖武林,不再受这混蛋盟主的气了,你觉得如何?"

楚泓抬手做了个停的手势,从怀里摸出只小算盘来,噼里啪啦拨了一阵,沉痛道:"公子,听风阁损、失、惨、重!"

"多惨重?"

楚泓凑到他耳边说了个数字。

尹听风的嘴角狠狠抽了一下:"那我还是自己想办法吧……"

还有几日就快立秋,天气有些反常,时常上午烈日炎炎,下午又乌云笼罩,偏偏挨到最后又没有一滴雨。千青觉得闷热,这几日练功都在户外,占据了花园里的凉亭就盘膝打坐起来。

隐隐传来一阵说笑声,她愣了愣,仔细听听,才发觉那是谷羽术的声音,不过内容实在让人有些尴尬。

谷羽术的话里带着明显的笑意:"靳凛师兄,你要邀我去游湖么?"

"是啊,不过这是锦华夫人的主意,她说府中客人多,要找些乐子,大家一起高兴高兴。"

谷羽术的声音一下子失望起来:"哦,我还以为是你单独邀请我的呢。"

靳凛似乎愣了一下,声音不自觉地拔高了一些:"原来你……我还以为你对我无意呢。"

"怎么会,靳凛师兄这般人才,是羽术高攀不上罢了。"

"那……你可还惦记着师叔?"

"靳凛师兄这话说的,可别叫人误会,师叔跟千青都形如夫妻了,哪还容得下旁人插足?"

"也是……"

声音停顿了一会儿,千青正打算继续凝神打坐,忽然听到谷羽术惊讶的呼声:"呀,千青居然在!"

千青吓了一跳,就见她站在花园入口,捂着脸转过头去了。靳凛站在她旁边,笑了一下,也有些不好意思。

"呃,其实我什么都没听到……"

师叔 SHISHU 上

这话实在是此地无银三百两，谷羽术直接扭头跑了。靳凛似乎想要去追，想想又停了下来："千青，锦华夫人说要邀大家去游湖，不知你愿不愿意去。"

千青的第一反应是这事儿得问问师叔，但转念一想，自己这样也太软骨头了，遂直接应下了："既然是锦华夫人的邀请，我肯定会去的。"

靳凛点点头，连忙就走，心急得很。

千青歪着脑袋想了想，谷羽术真的放下师叔了？不过这也是好事，大师兄得偿所愿，应该会很高兴吧。

然而此时的谷羽术却并不高兴，原本故意说那番话，只是想试试千青对靳凛的态度，没想到她还真的移情别恋了，如今天印与她蜜里调油，想插脚越发困难了。

靳凛从远处小跑着过来，笑着扯住她的袖口："走这么快做什么？师叔与千青平常也不避讳外人，你我都是江湖儿女，那些俗世规矩也大可不必理会。"

谷羽术心中冷哼，天印是天印，你能跟他比么？面上却笑得娇羞："靳凛师兄所言甚是，只是璇玑门规矩严苛，你我的事还要禀报过师父方能决断，师兄可否再等等？"

靳凛闻言顿生自责，只道自己给了她压力，自然满口答应。

实际上锦华忽然提起要游湖，倒不是真的为了取乐，而是为了跟某人接头。本想把这事儿告诉天印，但他一早就出去了，谁也不知踪迹。

锦华不免担忧，本想去问问千青，却得知她还在练功。尹听风一听，立即自告奋勇说要跑这趟腿，无非是觉得此时是勾搭千青的好时机罢了。

千青已陷入冥想，脑中杂念都摒除一空，正练到关键处，耳边却忽然传来一声响亮的"啊啾"，惊得她差点蹦起来，连忙收势睁眼，就见尹大阁主凑在她面前揉着鼻子。

"尹！听！风！"

"啊，青青你火气好大啊。"

"……"千青差点没忍住一掌拍上去，总有一天要死在这货手上啊！

尹听风见她不说话，脸色却沉得可怕，嘿嘿笑了："没事，我就是来告诉你，你师叔不见啦，真是可喜可贺啊！"

"……"

"哦，还有，你这什么天殊绝学似乎来路不正，最好别再练啦！"尹听风说完他转身就走，脚下如风，一闪就不见了。

千青愣了好半天，陡然火了："你才来路不正！你们全家都来路不正！"

本来还想找机会好好问问他初衔白的事，不想他一出现却是这么惹人嫌。千青心中烦躁，干脆不练了，决定去找师叔。走到回廊上，忽然觉得身后疾风一扫，连忙回头，却空无一人。

奇怪，是幻觉么？

到了前厅，却见天印已经回来了，正在听锦华说游湖的事。尹听风坐在对面优雅地品茶，仿佛之前把人弄得火冒三丈的那个人不是他，千青一进去就狠狠瞪了他一眼。

天印招招手唤她过去，开口便道："锦华说要去游湖，你去做些准备吧，我们待会儿就走。"

千青也是伺候他惯了，点了点头就要走，就听锦华嚷嚷道："哎哟喂，你这完全是指挥自家老婆的架势嘛！"

天印哈哈笑起来，千青已经加快脚步出了门。

锦华也起身去做准备，出门时口中忧伤地念叨："唉，看来你们好事要近了，我损失了个人还要损失礼金，肉疼……"

厅中没了旁人，安静许久，尹听风抿了口茶道："不知天印兄打算何时迎娶千青？老实说，我这个'未婚夫'可是不到黄河心不死的。"

"阁主未免管得也太宽了些，不过我方才已出门送信给师父，您不妨耐心等候一段时间。"

"但愿我能等到。"

天印挑眉看他："阁主此言何意？"

"没什么，"尹听风把玩着茶杯盖，眼神紧盯着对面的天印："你就当我是看不惯好了。"

天印笑了笑："好的，尹阁主是小心眼这件事，我记住了。"

"……"

夜间起了大风，却仍旧没雨。平如镜面的湖泊涟漪阵阵，到最后已经是一个一个的小浪头，就连锦华特地雇的这艘大船也摇摇晃晃，船头两盏灯笼飘摇摆

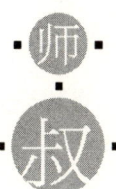

晃，像是随时要甩入水里去。

天已黑了，等的人却还没来，天印干脆带着千青去舱外看夜景。两岸之外，灯火十里。千青忽然道："师叔，以后我们就过这种日子吧。"

天印轻轻笑了笑，吻了一下她的额角。

风声送来远处游船里的歌声，动听却香艳。千青觉得尴尬，只有转头盯着倒影灯火的水面发呆。

"隰桑有阿，其叶有难，既见君子，其乐如何。"

她一愣，转过头，却见天印一手轻叩着船舷，轻声哼唱起来。

"隰桑有阿，其叶有沃，既见君子，云何不乐。隰桑有阿，其叶有幽，既见君子，德音孔胶。"

大风凛凛，他衣带当风，似歌似吟，不像江湖人士，倒像是风流才子。

"心乎爱矣，遐不谓矣，中心藏之，何日忘之……"

最后一句唱完，顿了顿，他拍着额头叹了口气："唉，到底是年纪大了，想当初师叔我少年英姿，这首歌也骗过不少小姑娘的。"

千青忍着笑凑过去："哪里，唱得可好了，马上就有美人飞扑而来了。"

天印故意转着头问："是么？哪里？哪里？"

千青顺手掐了他一把。

天印笑着搂着她，安静了一会儿，千青忽然道："师叔，跟我说说你的过去吧。"

"过去……"天印轻轻拖出个尾音，却没有继续下去。

身后忽然有人在此时发出一声暴喝："好你个天印！我还以为青青说谎，原来你真对她下手了！"

二人同时转过头去，一道火红的身影已经大步而来，边走边捋袖子。千青连忙扑了上去："啊啊啊，师父您来啦！"

玄月被她抱个满怀，前进不了，只有指着天印继续骂。

天印叹了口气："我还以为要跟谁接头呢，原来就是你啊。"他撇了一下嘴："晚上熬夜游湖，只怕对保养不利吧。"

玄月立马安静了，伸手摸了摸脸道："啊，那我要少生气才行。"

"……"师父您还是一如既往的没原则啊。

第19章　折英

　　船舱里备了水酒，锦华夫人没带随从，亲自招待大家就坐，刚要开口说几句客套话，就听玄月的声音由远及近的传了进来："金花，金花，我来啦！"

　　锦华咬牙切齿地拍了一下桌子："是锦华！锦华！"

　　玄月低头进来，喊了一声："金花就金花嘛，那么计较干嘛？"

　　"好，那我以后就叫你'玄秀的妹妹'！"

　　"你个臭婆娘！"玄月瞪了瞪眼，终究无奈地摆摆手："好吧，锦华，锦华。"

　　"哼！"锦华得意地昂了昂脖子。

　　千青跟在玄月身后进来，本要坐去天印身边，却被玄月拉住了手腕："去哪儿啊？就坐在师父身边！"

　　"哈，哈哈，我本来就是要坐在您身边的呀。"

　　"那就好！"玄月哼了一声，顺带瞪了一眼天印。

　　天印掀了衣摆坐下，轻飘飘地说了句："师姐，莫生气。"

　　"啊，对，我不能生气。"玄月连忙按了按眼角。

　　锦华拍了一下手："好了，既然你也到了，有什么事就赶紧说吧。"

大概是为了保持情绪平和，玄月坐下时，连表情都没有了："我长话短说，闲杂人等请回避一下。"

靳凛自然不算闲杂人等，锦华是东道主，又是故交，当然也不算，所以到最后，闲杂人等就剩谷羽术和尹听风了。

谷羽术的脸色不是很好，但她最拿手的就是演戏，一转脸就换了副乖巧模样，行了个礼便退出去了。尹听风就比较死皮赖脸了，他整了整衣襟，忽然恭恭敬敬朝玄月行了个礼："参见师父。"

饶是再怎么端着，玄月的表情也变了："你叫我什么？"

"师父啊。"尹听风抬头指了指千青："您不是青青的师父吗？我是青青的未婚夫啊，那您也是我师父啊。"

"尹听风！"

千青刚吼一声，就被玄月抬手打断了，她上下打量了一圈尹听风，又瞄了一眼千青："你是她未婚夫？你什么来头？"

"在下江南听风阁阁主尹听风。"

玄月的表情这下算得上扭曲了。她这个小徒弟走桃花运了？一个天印不够，什么时候又多了个阁主！

"你……真的是她未婚夫？"玄月悄悄看了一眼天印。

后者似笑非笑："师姐，淡定。"

"啊，对对，我要心平气和。"玄月又按了按眼角。

尹听风巴巴地凑过来："师父，久闻您保养得当，形如少女，今日一见，果然名不虚传呀！我有个好主意，待我跟青青成亲后，您就将保养之法书写成册，由听风阁出售，届时您必定名利双收啊！您放心，我保证所得利益您七我三！谁叫您是我未婚妻的师父呢，那就等于是丈母娘啊！"说完他还一脸纠结，"不过这么年轻的丈母娘，我是不是该叫姐姐呢？"

"哎哟，瞧你说的……"玄月已经笑成朵花了。

锦华和千青见这二人你来我往，俱是一脸鄙夷，靳凛似乎觉得好笑，只有忍着。天印仍旧是那副表情，敲了一下杯口道："师姐，淡定。"

"啊啊，是了，总忘了这茬。"玄月连忙又按了按眼角，表情虽没了，看尹听风的眼神已经和善起来："既然不是外人，那就也坐着吧。"

"谢谢师父！"尹听风又端正坐好，朝对面的天印挤了挤眼。

咩哈哈，看你们天殊派是要一个会赚钱的女婿，还是你们叔侄乱伦的丑闻！

尹大阁主觉得自己这招实在太妙了，表情那叫一个怡然自得，直到千青伸脚踹了他一下，才算安分下来。

玄月饮了口茶，情绪终于完全淡定了，对天印道："今日来此，是为了武林大会的事，天殊派已经收到武林帖，二师兄提议你我二人去，师父也同意了，你意下如何？"

天印有些诧异："大师兄对此没有异议？"

"自然有，不过他暂时出不了门了。"玄月叹了口气："他起了不该起的心思，居然将念头动到了师父身上，多亏二师兄及时通风报信，师父才没事。但二师兄为救师父受了重伤，去武林大会的人选也就只有你我了。"

锦华闻言，忍不住"啊"了一声。

靳凛已经面无人色："师父他……不会吧……"

天印皱了一下眉，项钟迟早要栽在金翠峰手里，但是没想到会这么快，只怕对师父动手，本身就是金翠峰怂恿的。现在想想，金翠峰当初给他通风报信，给他机会离开天殊派，本就是计划好的。他走了，金翠峰将项钟引入死局，回头再让他去武林大会，届时内力全失的他成为众矢之的，天殊派再无主心骨，掌门之位自然也就是金翠峰的了。

可惜他不知晓天印的内力已经恢复，何况此事他已在信中透露给师父知晓，所以老爷子会接受金翠峰这个提议，倒也不奇怪。

玄月不知情，还念叨着师父决定得太草率了。锦华也觉得天印此时不适合参加武林大会，二人叽里呱啦讨论了一番，无果，只好又将目光投向天印。

天印微微转了个心思，还是没有将实话说出来。"既然如此，那就我们几个去好了。"

玄月见他面色沉着，以为他有了万全之策，也就不再说什么了。

尹听风忽然插话道："此次武林大会还在京城吗？"

玄月摇摇头："听说是在江南。"

"江南！"尹听风激动地站了起来，"嘭"的一下撞到舱顶，又立马抱着头蹲地不起。

千青憋着笑心里暗爽到不行，可是转头看到天印就笑不出来了。

他要去武林大会，那切磋武艺的时候该怎么办？

出了船舱，风已经转小，千青拉了一下玄月的袖子："师父，您这段时间有空，教教我功夫吧。"

"嗯？你怎么忽然刻苦起来了？"

"哎呀，刻苦是好事啊，难道您还不答应？"

"答应答应，明天就教你。"玄月急着去睡美容觉，敷衍了句就去找锦华了："哎，金花，快带我回你府上休息呀。"

"烦人！都说了我叫锦华了！"

两人一路笑骂着上岸而去，天印还没出船舱，千青倚在船头等他，看着岸上将熄未熄的灯火，说不上是担忧还是惆怅。身后忽然感到动静，她猛一扭头，却见楚泓从船尾走了过来。

千青暗自纳闷，难道白天感觉有人，也是他么？

正想着，忽然有人高声叫道："有刺客！"

千青吓了一跳，转头去看时，就见谷羽术提着裙摆急急忙忙地冲了过来。她的身后紧跟着几个黑衣短打的男人，手执大刀，身上还湿哒哒地滴着水，一看就是在水中潜伏久矣。

楚泓好歹是男人，见状脚步一闪就要迎上去，却被急着退避的谷羽术重重地撞了一下，他就站在千青旁边，连忙一侧一让，竟将千青撞了出去。

千青的腰重重在栏边磕了一下，人险些翻摔下湖，所幸被一只手拉住。堪堪站稳，只见眼前白光一闪，一柄长剑迎上了那几个挥刀砍至的刺客，剑花凌厉，看似简单，中间却含着万般变化，叫人躲闪不及，瞬间就结果了几人性命。有个男人受了伤，仓惶后退，口中大喊："初家余孽，是初家余……"

最后一个字没有出口，人已分为两截栽入湖中。

天印与靳凛最先冲出船舱，看到这一幕都有些吃惊。

千青看着刚才救了自己的人，已经张着嘴说不出话来。

那是个女子，左脸戴着半块面具，但她还是一眼就认出这是那晚要杀天印的人。

女子半挡在千青身前，倏然将剑架在楚泓肩头，冷冷地瞪着他："方才若是伤了我家小姐,就要你的命!"

"……"可怜的楚泓目瞪口呆。

尹听风在周围查看过一圈后,一脸遗憾地道:"是武林同道,看来天印兄失了内力后,谁都想要你的命呢。"

"那也是拜阁主所赐。"天印冷哼一声,转头问女子:"你怎么又来了?"

女子照旧声音冰冷,连看都没看他一眼:"本来要杀了你为我家公子报仇,但念在你救了我家小姐,就先饶你一命。"她收起长剑,转身朝千青跪了下来:"属下折英,近日方知小姐记忆已失,未能近身伺候,万死难辞其咎。"

千青错愕非常:"你……你是……"

折英抬头,眼中隐隐含泪:"属下是初家人。"

第20章 他摸你了？

难怪千青总感觉有人跟着自己，原来就是折英。

几人一起回去时，折英并未要求跟随。她认为自己出手已经暴露了初家人的身份，少不了会被武林正道追杀，千青好不容易保住一命，决不能留自己在身边。

千青跟着天印上了岸，转头去看船头，折英窄袖胡服，站在那里，笔直得像棵老松，她犹豫着停下脚步。

"你若想留下她，就去吧。"天印握了握她的手。

千青咬了咬牙，终究还是跑了回去。

"小姐……"折英见她回头，不免惊讶。

"折英是吧？那什么……"千青没做过小姐的记忆，实在无法适应她这种尊敬的目光，干脆移开视线不看她："你要是不嫌弃，还是跟我走吧。"

"可是这样会给您带来危险。"

"你武功高强，怕什么？"

折英垂了头："初家只剩小姐一人了，若您再出什么事，我……"

"就是因为初家人不多了，我才更要留你在身边。"千青直接拉着她就走：

"看你出手挺利落的，下个决定怎么这么难。"

折英只好不再说话，埋着头任她牵下了船。

楚泓见她过来，连忙躲到了尹听风身后，头上立即挨了他一扇子："出息！"

折英大概还对天印带着成见，一起走时，只远远地跟着，并未靠近。

走出去很远，谷羽术悄悄落后几步，扯了一下靳凛的袖口："你知道千青是初家人的事吗？"

靳凛摇摇头："我方才也震惊得很。"

谷羽术笑了笑，没再说话，眼神落在天印身上。当初他苦心孤诣地掩盖千青的身份，如今尹听风一出现，到底是怎么都藏不住了。不过，这倒是个好时机。她勾着嘴角笑得很畅快，仿佛这些日子以来的憋闷都在得知这消息的一瞬释怀了。

回到金府，锦华夫人已经安歇，千青不好打扰主家，便将自己的房间腾给了折英。刚要走，折英忽然叫住了她。

"小姐与天印已经到了这一步了吗？"

千青扭过头来，尴尬地笑了笑。

折英垂着头，长睫覆着眼眸，看不清表情："当初公子受到围剿，带着小姐与属下逃入密林，若非天印进来，他也许能逃过一劫。"

千青愣了愣，本要出门的脚步再也挪不动了："我当时也在？"

折英点头："小姐身子一向不好，那日公子本是要带您去京城就医的，却不想半路遭了埋伏。我们三人逃入密林时都已身受重伤。天印进来的时候，公子已将所有内力都转给了您，油尽灯枯，奄奄一息……"她别过脸，轻轻喘了口气："小姐既然与天印情投意合，身为属下自然不该多嘴，但我永远不会原谅天印当日的所作所为。"

"……他说他没动过手。"

"是没动手，可是他执意要带公子出去，公子已经只剩一口气，出去后那些武林正道岂会放过他？我连看都不敢去看一眼……"折英忽然转过身去，扶着桌沿轻轻颤抖起来。

千青被她的话吓到了，不自觉地后退着，直到靠上门才回过神来。

她失忆了，所以得知自己是初衔白的妹妹时除去惊讶，并没有多浓烈的感情。初衔白就像个符号，她会将他归为自己的亲人，却没办法找到对待亲人的感情，可是刚才折英的话却让她不得不正视这么一个人。

她无法想象被一群人包围在密林里的心情，恐惧，甚至绝望。而那个人人称作魔头的人，至少将生存的机会给了她。

初衔白，她第一次觉得这个人是自己的哥哥，血浓于水的亲人。

折英大概平复了情绪，转过头来，粗哑的声音放柔了许多："小姐回去吧，虽然天印的做法我无法接受，但他至少救了你。"

千青脑中纷乱，转身去开门，好半天才抓住门闩。

外面终于下雨了，天印的房里还亮着灯，显然是在等她。千青默默在门口徘徊了一阵，转头去了师父的房间。

真意外，玄月房里居然还亮着灯。

"师父……"千青推门进去，也不管她同不同意，直接往她床上一倒："今晚我跟您睡。"

玄月正在用帕子细细地擦脸，心平气和、面无表情地骂她："滚走，你自己没有房间吗？"

千青爬起来直接脱了外衫，又倒了下去。

"哎哟真是女大不中留，还会跟为师闹脾气了。"玄月走过来拍了她一下："睡里面去！"

千青见她同意留下自己了，听话地往里面挪了挪。

吹了灯，一下子安静起来，只能听见外面滴滴答答的雨声。千青伸手搂住玄月的小蛮腰，头埋在她颈边蹭了蹭。

玄月大概是觉得痒，忍不住笑起来，又连忙恢复面瘫："你还是小孩子吗？还撒娇！"

千青撇撇嘴，忽然问："师父，您知道我的身世吗？"

玄月一愣："你……是不是知道什么了？"

"尹听风说我是初衔白的妹妹。"

"那个臭小子！我就知道他无事献殷勤非奸即盗！原来是冲着你这个身份来的！"

"……师父,别转移话题。"

"哦……"玄月干咳一声:"其实我知道的也不多,当初你师叔抱着你来找我,只说让我好好照顾你,我追问再三,他才透露了点。其实我当时并不赞成他这么做,但他执意要留你,我也就只好帮他隐瞒着了。整个天殊派,除了我跟他,没有第三个人知道此事。"

千青没有应话,像是睡着了。

"对了,你跟天印发展到哪一步了?"

千青不自觉地蠕动了一下,姿势如同缩头乌龟。

玄月只有自己猜:"他摸你了?"

千青摇摇头。

"亲你了?"

千青又摇头。

"啊……原来什么都没发生啊。"玄月欣慰地拍了拍她的背。

千青无语凝咽……

折英的出现无疑是个转折,因为她坐实了千青的身份。起码尹听风是这么认为的。

他的身上还沾着雨水,是刚才去折英房外打探时落下的。但他没心思清理,就这么坐在房间里一动不动,暗暗思索着。

虽然千青是初衔青的事情是他提出来的,但其实他本人一直带着怀疑。

首先是这个消息出现得很突然,在他发现有一个长得很像初衔白的人出现时,很快就查探到他有个龙凤胎妹妹。顺利是好事,但是尹听风是做消息买卖的,他觉得自己并不是个江湖人,只是个商人。商人重利,但讲究信誉才能财源广进,所以经他出手的东西都必须可靠。这么多年摸索打探,早已寻出规律,越有名声的人,消息卖得越贵,打探起来也就越难。初衔白就属于这种,何况他在世时就神龙见首不见尾,如今死了却反而很容易就查到蛛丝马迹,怎能不叫人怀疑?倒是天印之前一直极力否认千青的身份,让他加深了几分确定。

其次是千青练的内功,他无法确切判定那是什么功夫,但可以确定只有内力高深的人才能练,因为看千青的吐纳方式,似乎暗藏几分凶险。如果是并不擅长武艺的初衔青,自然不能练这种功夫,可是如果她的体内有初衔白的高深内力,一切就好理解了。

所以经过今晚折英那一番叙述，尹听风不得不信了。

折英是初家人毋庸置疑，甚至她的地位已经算是初家管家，极有分量，不可能作假。

当初那场围剿，段飞卿的本意是"凡江湖人，见初衔白皆可诛之"，却没想到被与初衔白有私仇的门派歪曲利用，最后集结成团，暗中给他设了伏，由此才演变成一场围剿。尹听风得到消息赶去时，恰逢初衔白带着两人逃进密林，他甚至只来得及看一眼他的背影。

之后天印被推举入林查探，他也是知道的，所以折英的话与他亲眼所见并无出入。更何况最后天印的确是带了一具尸首出来，而那张脸也的确是初衔白。当时他还在心里默默惋惜了许久，虽然初衔白下手狠戾，但始终是不可多得的高手，不该得到这样毫无尊严的下场。

那么看来，是他当时忽略了跟着初衔白的两人中还有他的妹妹了。不过当时那么混乱，会忽略倒也是人之常情。

尹听风叹口气，捏了捏眉心："罢了，大概真的是我太谨慎了。"

一直站在角落随时待命的楚泓默默想：哦，我家公子又开始装深沉了……

第21章　今晚回来吧

千青醒来时，只听到玄月的声音从外面传进来，带着让人心安的泼辣劲儿："什么什么？千青是你家小姐？哎哟，那你赶快叫我一声夫人！"

并没有回应，门已被推开来，折英的身影出现在床前："小姐您醒了？我伺候您起身吧。"

"呃，不用了，我自己来。"千青讪讪地爬起来，心想自己平时就是伺候人的，哪能叫别人伺候啊。

洗脸时，对着水盆看着自己的脸，千青愣了愣，忽然觉得要是男子有这张脸，还是很好看的，难怪初衔白当初身边有那么多貌美少女。

"对了，当初跟着初衔白的那些姑娘们呢？"

"死伤大半。活着的，基本上都被瓜分了。"

千青挂着一脸水珠愕然转头："瓜分？"

折英露在面具外的嘴角忽然扯出道诡异的弧度："是啊，那些姐妹们都很美的。"

"……"

"这便是所谓的'武林正道'。这一年我走访各地，也找回了几个姐妹，她

们有的疯了,有的残了,还有一个被关在密室里充做禁脔,活活蹂躏而死……哦对了,这些'正道'似乎觉得公子武艺高绝与这些姐妹们有关联,所以还喜欢拿她们做药……"

"别说了!"千青捂着嘴冲出了门。

折英苦笑了一下,转头时就见玄月倚着门,静静地看着她。

"真巧,我也讨厌男人。"

"我讨厌的是武林正道。"

"差不多啊,武林正道几乎都是男人。"

"……"

玄月撩了一下头发:"我说,徒弟都做小姐了,好歹我也过过瘾啊,你真的不愿意叫我一声夫人吗?"

"……"折英忽然觉得,她家小姐变成这样,大约就是拜错了师父的缘故……

吃了早饭,千青好受多了,开始缠着玄月传授她武艺。

玄月本还以为她只是随口一说,没想到她居然是来真的,只好耍了一套剑法,然后用手挡着阳光迅速躲回房间去了。

那一刻,千青忽然很想跟她断绝师徒关系……

玄月教她的这套剑法算不上天殊派里精湛的,但贵在灵巧。可惜她刚才实在很敷衍,以至于千青舞了几遍就开始迈上了自创的大道,也难为她,居然还能耍通顺了。

在天殊派的时候,她很少练武,偶尔为之也是做做样子。但是现在不同了,她必须要练好武艺,如果武林大会无法帮到师叔,至少也不能拖累他。

手中的剑越来越快,剑气扫落枝头树叶,纷落似雪。千青忽然觉得这场景有些熟悉,仿佛很久之前也有人在树下陪她练过剑,她甚至都看到了他的白色衣角。阳光穿透枝叶洒在他的肩头,他停了下来,轻轻笑着问:"怎么不练了?"

千青呐呐地张了张嘴,有人伸手在她眼前挥了挥:"发什么呆呢?"

她猛地回过神来,眨了眨眼:"师叔?"

天印抿了抿唇,看了她许久,才轻声问:"昨晚你去哪儿了?"

"我……去师父那儿了。"

"师姐不让你跟我在一起么？"

"……"千青垂头盯着鞋面。

天印叹了口气，牵起她的手，拿开了她手里的剑："怎么忽然想起练武了？"

"武林大会要到了……"

天印诧异地看了她一眼："所以你是打算学好本事保护我么？"

千青抬头讪笑："……是不是有点异想天开了？"

天印笑着揽住她："怎么会，我感激你还来不及。"他松了手，执着手里的剑甩了一下，示意她看："既然要学，我就把天印十四剑传给你好了。"

千青连忙摆手："那怎么行，这是逾矩了，被师父知道，我要挨罚的。何况您……也不是我师父……"最后一句话声音越来越低。

天印故意贴过去道："是啊，我不是你师父，那是你的什么？"

"……"千青觉得她真是搬起石头砸了自己的脚。

天印低笑一声，不再打趣，快速舞起剑来。

剑这种武器看似简单，却极其难练，因为是双刃，练得好伤人护己，练得差伤人伤己，练得顶好的，不伤人也能护人。

听风阁曾在武林谱里特地描述过，当今江湖以剑成名的高手寥寥无几，武林盟主段飞卿算一个，他的剑术贵在精，招式不多，却总能击中要害。初衔白也算一个，他的剑术贵在杂，因为采纳众家之长，最后剑法完全无迹可寻，让人难以捉摸，便很难取胜。而天印的剑术则属于快，他的天印十四剑曾经被众人讹传的版本很多，有的说只有一剑，有的说有五剑，眼力稍好的也说只有十剑，而对方能感受到第十剑的时候，通常已经瘫在地上了。

关于这段记载，武林谱中第一次摒弃客观，直接用十分叹惋的语气做了结尾：如果这三人能比试一次，哪怕是随便其中两人能比试一次，也好啊！

天印的剑很快舞完，千青看完的第一感觉是，怎么没有内力的人也能将这套剑法舞得剑气四溢呢？不愧是原创的主人啊！

天印将剑递还给她，笑道："你可看清了？"

"看是看清了，不过我担心我练了，以后就要改口叫你师父了。"

"不错，你还会打趣起我来了。"天印走过来双手抱住她的腰拉她入怀，笑着抵住她的额头,"今晚回来吧。"

千青忽然有种错觉,他说这句话时,简直像是在叫她回家一样。

舞了一通剑回房时,身上已经汗湿了。千青打算去折英房里洗个澡,刚走上走廊就见她站在那里,眼神有些复杂。千青料想她大概是刚才见到自己跟天印在一起的画面了,心里也有些不是滋味。初衔白出了事也许是要怪天印,但天印又是她的救命恩人,到底该恨该爱,她自己也很矛盾。

可能折英也知道她的想法,并没有说什么,只默默地跟着她的脚步。

到房间门口时,千青忽然想起什么,转头问她:"对了,以前我经常跟初衔白……我是说我哥哥,一起练武么?"

折英怔了一怔:"小姐想起什么了吗?"

千青摇摇头:"很模糊的片段,只大概记得他似乎爱穿白衣。"

折英轻轻点了下头:"是的。"

晚上到底还是去了天印的房间。千青被他拉着倒在床上时,忽然觉得有些难受,终于还是推开他坐了起来。

"怎么了?"天印从背后环住她。

"我想起了初衔白……"

天印忽然沉默,直到千青觉得被他环着的身子都僵了,才听他轻声道:"不管折英跟你说了什么,我都不后悔我曾经的所作所为,因为不那么做,你就活不下来。"

千青心头一震,忽然泛出一丝酸楚:"我有什么重要的,值得你们一个个这么冒险。"

天印扳过她的脸吻了一口:"比你自己想象的重要很多。"

窗外的月光透进来,隔着一层纱帐,浅浅的倒映入他的眼里,千青忽然觉得自己从没了解过这个人,即使这个人如今已跟她密不可分……

大约是这两天受了一些刺激,夜里千青忽然开始做梦。

一望无际的雪原,有人穿着雪白的衣裳走过来,像是要随时都要融入这片雪地消失不见,他的手里执着剑,到了跟前才看出剑尖上沾着点滴血渍。

"为什么不让我杀他?"

千青坐在马上,顺着他的手指看过去,远处雪地上氤氲着一抹紫色,好半天才看出那是个人。

他似乎很生气，说话时带着重重的喘息："他输了，该死不是么？"

千青笑了，她听见自己的声音，很低，带着一丝回味："不能杀他，因为我喜欢他……"

大雪簌簌而下，千青抬手呵了口气，白雾散去时，那抹紫色已经站了起来。她眯着眼睛看过去，想看清他的样子，只听到他带着笑意的声音随风远远送过来："我算不算是唯一一个活着见过初衔白的人啊？"

身边人影一动，似乎又要上前解决了他，却被千青拉住了："让他去吧，我就喜欢他这份洒脱。"

"哼，手下败将有什么好喜欢的！"

千青又笑了，提了一下缰绳，调转马头。身边的人骑着马跟在她旁边，仍旧在嘀咕个不停，她没有理会，走出老远再回头去看，那抹紫色还在，似乎站了很久……

第22章　现世

从梦里惊醒时，天还未亮，千青直直地盯着帐顶发呆。

这个梦会不会是她以前的记忆？穿白衣的应该是初衔白，那么穿紫衣的是谁？她一遍又一遍回想，希望想起更多，却再也没有头绪了。

身旁的天印动了动，伸出手臂来搂住了她："怎么醒这么早？"

千青没有做声，因为不知道怎么回答。难道要说："啊，我做了个梦，这才知道原来我以前喜欢的是一个穿紫衣服的男人呢！呵呵呵……"

她倒是希望那个人是天印，但是整个天殊派都知道天印钟爱黑色，偶尔换一换，也顶多是素白，稍微带点颜色的，他都绝不会多看一眼。

天印尚未完全清醒，之前那一问也有些心不在焉，这会儿察觉千青半天没有回应，才又睁开眼来看她。千青仍然一副呆愣愣的表情。他忽然起了坏心眼，故意伸出一只手沿着她的腿缓缓游上去，经过胸口高耸时，有意无意地撩拨了一下，千青呆愣的表情顿时被打破，吸了口气，脸已经红了。

"师叔，别……"

"别什么？嗯？"天印的手指在那一处盘桓不去，打着圈圈，故意挑逗她，却是一副正儿八经的表情，看得千青气闷不已。

尝过云雨滋味后，她自然懂得天印接下来要做什么。可是千青现在心里纷乱得很，根本没有心情，他搂着她时，吻着她时，只会让她更无法遏制地去猜想自己的过去。

天印已经凑过来要吻她，千青却扭头避开了。她坐起来套上外衫，沉默着一言不发。

"怎么了？"天印跟着坐起来。

"没什么，只是觉得……我们不该这样。"

"不该？"

千青转头看他："师叔，你了解过去的我么？连我自己都不了解。而且，我也不了解过去的你……"她垂下眼睛，无意识地揉着自己的衣角："也许那晚……我们不该那样的……可能我们做错了……"

天印没有说话，她也没勇气去看他的神情，穿好鞋就急急忙忙跑出了门。

天已大亮，她沿着回廊漫无目的地走着，这么长时间来第一次有了烦恼。这种感觉，就算以前因为天印和大师兄也没有出现过。之前面对天印犹豫不决时，他用一种决绝的方式彻底断了她的后路，就算是意乱情迷也罢，被占了身子，她也不可能再去看别人。可是现在事情产生了变化，若说折英的出现还只局限于良心上的不安，那以往的记忆则是真正的冲击。如果她以前有过心爱的人，甚至真的有一个未婚夫，那么她现在的所作所为，简直为世人所不齿。

何况跟自己的师叔……已经很让人不齿。

经过花园时，有人在练功，千青只听到簌簌响动，感觉那动作该十分流畅，一时好奇就走了进去，然而举目四望，却没看见半个人。她的脸色变了变，将军府也闹鬼吗？

"嗖"的一声，有什么从身后掠过来，千青大惊失色，差点尖叫起来，那道影子已经越过她落在了面前的假山上。

"哟，是青青啊，一大早就来看我吗？"

千青抬头一看，不是尹听风是谁。

"鬼才看你呢！"

她骂了一声要走，转身的刹那却忽然惊呆了。然后慢慢的，用一种近乎凝滞的速度转了回去，眼睛紧紧盯着他身上的衣裳。

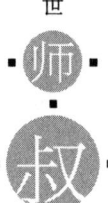

紫色的。

她差点忘了，紫色是尹听风钟爱的颜色，当时他从马车里出来时，就是一身紫色，这几乎已经成为他的标志。

"尹听风……"

"嗯？"

"江湖上还有别人喜欢穿紫色吗？"

尹听风下意识地低头看了一眼自己的衣裳，对她纠结的神情十分不解："不知道，反正除了我之外，也没有人能穿的这么好看吧？"他故意拂了一下袖子，深沉地眯了眯眼："难道你不觉得，紫色特别符合我的气质么？"

"……"千青没空照顾他的自恋，急忙问出关键："那你见过初衔白么？"

"见过啊。"尹听风遥望天际，一脸神往："我跟他比武输了，但他没杀我，啧，这大概就是传说中的惺惺相惜吧。"

"……"

千青心头雷声滚滚。

开始看尹听风，他就是个天上有地下无的金蛋蛋，可等凑近了，才发现他本质就是个粪球球。但是她现在再也没资格嫌弃这个粪球球了，因为她自己就是喜欢这个粪球球的屎壳郎。

冤孽……

千青失魂落魄地出了花园，尹听风看着她远去的背影，百思不得其解。

楚泓从一边绕过来，给他递了块手巾擦汗，就听他问道："你说她这是怎么了？盯着我看了半天，又魂不守舍地走了，什么意思？"

"嗯……"楚泓摸着下巴寻思着："莫非直到今天她才发现公子您仪表非凡，从而彻底倾倒于您的风采之下了么？"

尹听风受用地点点头："我觉得你说的非常有道理，那我们不如趁热打铁，将她哄走吧！"

楚泓闻言顿时来了劲："公子所言极是，我这就去给您制造机会！"

"诶？如何制造？"

"把她挂树上啊！"

"……"

楚泓乐颠颠地追千青去了，踏上回廊，刚转了个弯，就对上了冷冰冰的折英。

片刻后……

"救——命——啊——"

尹听风一听，以为那是暗号，喜滋滋地提起轻功就要去救人，帅气地飞掠到了目的地后却目瞪口呆。

楚泓以五花大绑的悲催姿态被挂在树上，摇来荡去，又摇来荡去……

虽然英雄救美计划一再搁浅，但尹听风欣喜的发现千青开始对他没那么抵触了。甚至下午他请她给自己参详一下轻功步法，她也没有拒绝。

二人坐在树荫下休息时，尹听风终于忍不住问她："青青，你怎么忽然对我好起来了？"

千青看了他一眼，想起自己就是个屎壳郎，满心悲凉："我想多点刺激，早点回忆起往事来。"

"诶？我有这种效果？真没想到啊！"

千青沉痛地闭眼："谁说不是呢……"

跟他面对面相处了一天，连吃饭练功也没回避。尹听风也配合，有问必答，看样子似乎比她本人还积极。可惜收效甚微。唯一的进展就是，千青终于确定尹听风不是自己的未婚夫。因为说到此事时，折英立即冒出来十分不给面子地拆穿了他。

确定身上没有婚约束缚，千青轻松了许多，回房时才察觉这一天过得有多累。跟过去的自己搏斗，的确不是件容易事。

她靠着房门歇了歇，忽然发现自己不自觉地回到了天印的房间。连忙想要离开，天印已从屏风后走了出来，脸色有些阴沉。

"你今日陪了尹听风一天？"

"我……"千青犹豫着，不知道该不该说实话，大概说了实话后果会更严重吧。

天印走过来，一手扣了她的腰，一手捏住她的下巴，迫使她仰起头看着自己："我太宠你了，所以你学会闹脾气了么？"

"师叔……"

第22章 现世师叔

千青觉得自己又回到了初去伺候他时的心情，战战兢兢，如履薄冰。原来她心里对师叔除了爱意，竟还怀着几分惧意。

　　然而天印脸上的怒色很快又褪去了，无奈地闭了闭眼，再睁开时，竟显露出几分失落："也罢，如果只是我一厢情愿，又何必这般强求。反正这也不是第一次了，口口声声山盟海誓的人，终究难以长久。"

　　千青何曾听他用这种语气说过话，心都揪起来了，见他转身要走，想也不想就从后抱住了他的腰。

　　"师叔，我没有要离开你，真的……"

　　烛火轻跃，天印没再说话，抬手覆上她的手背，嘴角轻轻牵出抹笑。

　　武林大会的日期已定，玄月开始催促几人准备上路了。锦华夫人不开心，成天唉声叹气个不停，见到谁都要问一句："不多留两天么？"可见她有多寂寞。

　　谷羽术因为要赶回洛阳与师父会合，无法与几人同行，便提前一天告辞。靳凛万分不舍，一心想找个机会与她单独说说话，可临到分别谷羽术也没给他机会，硬是扯上了千青一起。

　　三人各怀心思走出城门，再不能远送，谷羽术忽然拉住千青的手道："我有些话想与你私下说。"

　　千青诧异地看了一眼身后神情黯然的大师兄，心想她不会拉错人了吧？

　　谷羽术拉着她走远了些，确定靳凛无法听到，才开口道："你觉得眼下的情形，你撑得住么？"

　　千青愣了愣："啊？"

　　"我是说，你是初家人的身份已经落实，万一被江湖上的人知道了，情形可能会失去控制，你撑得住么？"

　　千青张了张嘴，回答不上来。

　　"天印师叔尚未恢复，本身已三番两次遭遇暗杀，再加上你这件事，只怕到时候会变本加厉啊。"

　　"可是初衔白已经死了……"

　　"只要是初家人，有逃得过的吗？"

　　千青脸色微微泛白，默然无言。

谷羽术将她的神情仔仔细细看进眼里，笑了笑，又握了她的手："你就当我随口一说吧，我也是担心你而已，你可要千万保重啊。"

　　千青心不在焉地点头："你也保重。"

　　直到此时，谷羽术才转头看了一眼靳凛，却也没说什么贴心话，翻身上马，一夹马腹便奔了出去，干脆得很。

　　靳凛叹了口气，走过来叫千青一起回去，二人俱是一副霜打的茄子样。

　　没走几步，就见折英迎了上来，她似乎已经习惯暗中保护千青，总能悄无声息地出现。千青还在想着谷羽术的话，也没心思搭理她，默默无言地走着路，好几次差点撞着人。

　　经过闹市，折英瞥了一眼旁边的靳凛，忽然凑近千青耳边低声道："小姐，霜绝剑现世了。"

　　千青怏怏地"嗯"了一声，等走出去一丈远才反应过来，猛地扭头看她："你说什么？"

　　霜绝剑？那不是初衔白的剑？

第23章　初衔白的妹妹

每个武林高手几乎都有一个与之相配的标志，这个标志有可能是一门绝技，有可能是一个名号，也有可能是一件武器。

初衔白遭围剿之后，霜绝剑不翼而飞，很多人都将之抛诸脑后了，却没想到如今会再次出现。折英可没有听风阁那种隐秘的消息来路，所以连她都知道的时候，整个江湖早就风波四起了。只是因为千青等人一直只在将军府内活动，才没有注意到。

这事儿千青免不了要问问天印，但他显然不愿多提初衔白。夜深人静，正是说悄悄话的好时候，他不仅没回答千青的问题，反而一脸哀怨地看着她。

"青青，你很久没让我碰你了。"

"……"要不是下不了手，千青其实很想砸个杯子过去。

你给我正经点儿啊！

天印走过来搂着她，继续哀怨："你成日陪着尹听风，却不理我，好不容易独处，又来问初衔白的事，你心里究竟有没有我？"

"……"这种时候千青觉得没必要说话，因为她根本说不过他。

天印也不说了，他开始动作。

这一夜极尽缠绵，可千青仍旧没得到想要的答案。不过她也没心情去考虑那么多了……

踏上去往江南的行程后，霜绝剑现世的消息开始在耳边频繁响起。

尹听风早派人去打探过消息，手下禀报说霜绝剑的确是出现了，但并没有人看清执剑人的相貌，所以无法判断那人身份。于是一行人的心思都变得微妙起来。

时已入秋，尹大阁主的马车里却仍然稳稳地放着两大桶冰块。值得庆幸的是他没再带那些美男子，否则这一路还不跟游街似的，如何能够赶路。

千青因为相貌的缘故，被安排与尹听风同车，天印表面仍然是没有内力的，所以也跟着坐了进来，不过楚泓认为他只是来防着自家公子的。说到楚泓，他比较惨，倒不是因为他要负责赶车，而是因为折英就坐在他身边。

玄月是毫不吝啬展露自己外表的，所以跟靳凛各骑一马在前开路。江湖人没那么多讲究，为了赶路一切从简，沿途也没投宿，吃的都是能崩掉牙的干粮。不过连尹大阁主这种金蛋蛋都没开口抱怨，其他人自然也没啥好说的了。

等出了长安到达下个大集镇，尹大阁主才恢复本质，打发楚泓去置办吃穿，一切东西只管往贵的选，因为他从小受到的教育便是"便宜没好货"。

既然要休整，千青就爬出了尹听风的马车。跟"新欢旧爱"同处一车，她还真没办法做到淡定，何况天印总喜欢当着尹听风的面挑逗她，她的定力还有待修炼。

此时马车停在官道，抬头就能看到满眼树木，远处是连绵起伏的山脉，十分幽静，周围几乎没有其他行人。

折英正站在路旁远远望着那片山林发呆，千青心生好奇，跳下马车问她："你在看什么呢？"

折英回神，犹豫了好一会儿才道："从这里过去十里，就是去往京城的道路了。"

"啊，是吗？"

"当初公子就是在那里遭伏的。"

"……"

折英转头："小姐想去祭拜一下吗？待会儿我们应该会经过那边的岔口，如果您愿意，我们就停下去上柱香。"

千青点了点头："也好。"

天印忽然挑开车帘看过来，脸上神情无悲无喜："需要我陪同么？我知道他葬在哪里。"

千青没想到他会有这样的提议，愣了愣道："他有墓？"

"有。"

折英冷哼了一声："不用了，我知道在哪儿，何况这是初家的事，你算什么？"

天印微微笑了笑，放下了车帘："也好，随你们便吧。"

马车行到半道，果然看到了折英所说的那个岔口，千青下了车，跟着折英一起朝岔路上走去。看似很好走的路，越往里却越曲折，千青忽然生出一丝熟悉感，这证明她以前的确是来过的。

折英带着千青朝对面树林里走，越走越密集。里面的树木参差林立，高大粗壮，连阳光都被遮住了，很容易就会迷路。折英每走一段就要停下来看看周围的树，大概是靠标记来认的。

大约又走了几百步，折英停了下来，千青抬头看去，几乎一眼就看到了那座坟，孤零零的卧在那里，茅草占据其上，耀武扬威地随风摆舞。

折英慢慢走过去，在坟前跪倒。直到此时千青才想起祭品和纸钱都没带，这样实在不像是来祭拜。于是她走过去，将坟头的杂草都拔掉，就当减少一些愧疚。

忙活半天才有空去看折英，这才发现她在哭，不是悲天跄地，也不是呜呜咽咽，只是默默地流着泪，泪水从面具下面滑出来，落在她的衣摆上，已经沾湿了一大片。

千青想要安慰她，可又不知道怎么说。这情形让她很内疚，因为折英这么伤心，简直比她更像初衔白的亲人。她不好意思再站着，也跪了下去，想起这里曾经发生的惨状，心里的哀戚一点点涌了上来。

待了一会儿，折英抹了抹眼泪来扶她，说回去还要花些时间，现在不走，回到原处天就要黑了。

千青点点头，转身时却忽然感觉有什么从身后一闪而逝，眼角余光只能勉强看出那是道白影。她心里直打鼓，这树林太阴森了，不会是初衔白的鬼魂回来了吧。

折英因为寻找标记，已经走出去一段，千青不敢耽搁，连忙跟了上去。二人一路无话，直到踏上官道，折英忽然拉住了她："小姐小心。"

千青一愣，极目远眺，马车停离她的位置不过几十丈的距离，能看到一群人手执刀剑正在与玄月和靳凛混战。

"怎么会这样？"

"不是冲着天印来的，就是冲着您来的，我们先看看。"折英环视左右，伸手揽住她的腰，提起轻功跃上了旁边一棵大树。千青连忙抱住树枝不让自己摔下去，担忧地看过去，发现那群人没有蒙面，这么不避讳，必然是江湖散派，因为就算出了岔子也难以被找到源头。

既然是散派，那这些人会对他们发难也就好理解了，江湖太大，总有那么几个是有眼无珠的。

玄月接连杀了好几人，却连眼都没眨一下，千青忽然觉得自己从没见识过真正的江湖，或者见识过，也早忘记了。

一个汉子挥刀朝玄月冲了过去，她忽然轻巧地跃起，凌空刺出一剑。

那汉子身材魁梧，又是使刀，可见不擅灵巧，按照预想，这一剑本该正中那人肩窝，之后玄月落地再斜挑一剑，便能轻轻松松将他制服。没想到剑尖即将没入他肌理那刻，他竟脚步往后几个急转，生生退开了去。玄月吃惊不已，发现自己轻敌的一刻，那人的大刀已经从侧面扫来，罡风凛冽，直扑她面门。她只有落地后顺势压低身子躲避，但这样也就必然会让自己陷入死局，因为这会使她背后暴露，届时那人只要转一转刀口，就能解决了她。

靳凛见状忙过来助阵，险险挑开那一刀，很快又被其他人围住。玄月终于站直身子，对尹听风喊道："臭小子，还不来帮忙！"

尹听风蹲在马车上摸着下巴一脸深思："我在想他们的目的是什么呢。"

"你等活捉了他们再慢慢想！"

那魁梧汉子冷笑道："不用想，我直说就是了，把初衔白的妹妹交出来，我们就饶你们不死！"

千青一愣,这一刻心中所想居然是:谷羽术的话终于应验了。

她连忙去看马车,车帘挑开,天印半边身子露了出来,但楚泓挡在那里,一时半刻倒没有危险。

"呸!好大的口气!"玄月甩了一下剑,"敢当着天殊派和听风阁撒野,你们是活得不耐烦了!"

"哼,若无把握,我岂会贸然前来?"他一刀挥过来:"你们天殊派也不过如此!"

那一刀在半道就遇到了阻碍,因为折英忽然杀了进去。听到对方目的的时候,她已经跃了出去,此刻刚好到达战场。自后方突袭,又是从上往下的方向,她占尽了优势,一剑刺出,快而且狠,挑开那汉子的剑后,转瞬就砍了两个人,转身时,脸上的面具在阳光下泛出刺眼的反光:"谁敢动初家小姐,先问过我手上的剑再说。"

那大汉怔了怔,旁边有个瘦小的老头凑过来附在他耳边低语了一阵,他当即面露恍然:"原来是初家余孽,我说这剑法怎么瞧着这么邪气!"

"邪气?哼,剑邪气不要紧,只怕跟你们一样做人邪气!"

"口出狂言,先杀了你这个丑八怪再说!"

一群人蜂拥而上时,千青很不小心地从树上摔了下来。这群人都不是泛泛之辈,何况千青这一摔动静也实在太大,立即引起了众人注意。

天印一眼就看到远处树下的人,立即对尹听风道:"快去救人!"

尹听风提起轻功掠了过去,那群人也跟着疯狂地冲了过去:"是初衔白的妹妹,一模一样,真的一模一样!"

天印跃下马车,想要跟过去,被靳凛拦住:"师叔,我们去就好,您保护自己重要。"他捏了捏手心,朝远处树林扫了一眼,最终还是决定按兵不动。

尹听风已经拉起了千青,但随后就又陷入了新的包围。他正在考虑硬拼和爬上树逃走哪个毁坏形象少一点,那最出风头的大汉就又冲了上来。可是随即,他又直直地倒了下去。

他的背后插着柄剑,几乎没有人知道那是什么时候发生的,甚至在他一声不吭地倒下去后很久,才渗出一丝丝血渍来。

所有人都目瞪口呆,好一会儿才有人惊呼出来:"是霜绝剑!"

第24章　天印不是好人

几乎是同时，众人的目光便一致投向了剑射出的方向，那是与这里隔着一条官道的树林。

有道身影慢慢显露出来，起初是个大致的轮廓，稍近些可以看出那是个白衣青年。他踩着厚厚的积叶走了过来，却几乎没有发出一丝声响，这表明他身怀上乘武艺。

青年提着一只空剑鞘，步伐迈地很慢，可以料想他的内心十分平静，这种平静与刚才掷出的那一剑十分吻合，简直如同老禅入定，仿佛滔天巨浪也无法撼动他的内心。

随着接近，他整个人渐渐暴露在众人眼前。千青顿时懵了，不为别的，只为那张脸。

若不是彼此身材不同，她简直以为那是另一个自己。

白衣青年像是毫不在意周遭氛围，他在一丈之外站定，淡淡看着千青："阿青，我来接你了。"

"……"

该用什么心情来形容此时的状况。从没有想过，有一天他会再出现，用这样

突兀的方式，甚至直接毫不避讳地暴露在所有人面前。

那些侥幸存活的刺客在见到霜绝剑的一刻就也不敢逗留，连滚带爬地跑了，也没人有心思去追。

万籁俱寂，过了许久，折英才呐呐地叫了一声"公子"，然后她转头看向千青，神情十分复杂。

尹听风被这声呼唤拉回思绪，瞠目结舌地指着他："初衔白……你你你……居然没死！"

玄月和靳凛已经跑了过来，但他们都没有见过初衔白本人，所以听到这个名字后，除了惊讶地在他和千青脸上来回流连来流连去，根本不知道该作何反应。

初衔白缓缓接近，抽出霜绝，安静地在死尸衣裳上擦拭干净，收回剑鞘。像是没有听到尹听风的话，他起身后，直接道："折英回初家山庄待命，暂时不要在江湖行走。阿青跟我走，马上出发。"他的声音不高，咬字却十分清晰，语气平和，但无法忽视其中的威严。

折英几乎立即就要应下，怀疑其中有诈才没有动作。她转头朝后看了过去，天印正迈着步子朝这里走来。

"站住！"一直很平静的初衔白忽然抽出剑指着他："再接近一步就杀了你！"

"别！"千青终于说出话来，实际上她到现在还没消化初衔白复活的事实，她只知道天印不能死。

"哥、哥哥，师叔……我是说天印，既然你还活着，就只有可能是他救了你不是吗？你为何要杀他啊？"

初衔白忽然冷笑起来，这一笑颇有些邪佞之意，让折英的眼神都有了光彩。因为这就是属于初衔白的笑容，若说之前他的平静是经历过大起大落才历练出来的从容，那这不经意的笑，则将他还原到了过去。

"你不需要知道太多，只需要照我的话做。"初衔白照旧剑指着天印，一手揽着千青，神情戒备地缓缓扫视了一圈，"没一个好人，我怎能将你留在这群人中间。"

尹听风顿生不满："喂，我是好人啊，忘了当初我们比武的事了吗？好歹也算故交啊！"

初衔白挑眼看了看他："尹听风？记得，你不错，我很欣赏你。"

不知为何，被这人人畏惧的魔头夸赞，尹听风居然生出一丝骄傲来，等他回过神来的时候，初衔白已经带着千青退出去很远了。

"慢着！"天印上前几步，目光落在千青身上，又缓缓扫过初衔白："你有什么证据证明你是初衔白？初衔白的尸首当初是我亲手带出密林的，绝不会有假。"

"有没有假要问你。"初衔白冷哼，"我要带走的人，没人能阻止得了，难道你想死在我剑下么？那样也好，正好可以替折英报仇。"

千青一愣，下意识地去看折英，发现她居然也愣了一愣，然后十分突兀的，她忽然朝初衔白跪了下来。

"属下谨遵公子命令，马上就回初家山庄待命。"说完她竟真的直接转身走了，显然已经承认了初衔白的身份。

这么一来，尹听风等人也开始相信了。初衔白刚才的话里必然包含了一些信息，这信息显然只有他、天印和折英知道，而这就是证明他身份的关键。

天印不再说话，表情阴沉得可怕。

千青开始犹豫，其实刚才差点被杀时她就有了犹豫。现在来看，她的身份已经暴露，再留下来，只会引来更多的暗杀和围堵。没想到更糟的是，初衔白竟对天印十分抵触。那么即使她想留下，也没有可能了。

她绝对相信初衔白可以摆平这里所有人。

"你要带我去哪儿？"

初衔白低头看了她一眼："去一个安全的地方，有人暴露了你的行踪，你现在出现在哪儿都很危险，除了跟我在一起。"

跟她想的没有区别。千青看了一眼天印，终于点了点头："好，我跟你走。"

"青青……"

初衔白的速度太快，在她点头后的瞬间已经携着她朝后退去，千青甚至都没看清天印的表情，他那声呼唤也散落在了风里，很不分明。

往南十里是个很小的集镇，千青跟着初衔白到达时天已黑透。初衔白显然很

谨慎，在镇子口雇了两匹马，又跟老板买了些自家做的馒头做干粮，就带着千青上了路。

千青跨上马后，朝东边望去，按照原定路线，天印他们应该已经到达那边的镇子，休整之后，再继续前往江南。不知道武林大会他能不能应付。

"走了。"初衔白轻拍了一下马臀，哒哒的马蹄声在夜晚分外清晰。

千青跟上去问他："哥、哥哥，我们接下来要去哪儿？"她问得很小心，因为仍旧对他带着几许生分。

初衔白转头看了她一眼，可惜神情在黑夜里看不分明："你以前都叫我阿白的。"

"啊，是么？我失忆了……"

"我猜也是。"

大概因为之前的经历，他的话并不多，整个人都透出一丝寒冽，千青不由得闭了嘴。

"我们去江南。"

"啊？"完全没料到他会又开口，千青好半天才回过神来："我们也去江南？"

"嗯，去武林大会。"

"……"

千青现在已经回归平静，所以能清楚地思考很多事情，比如初衔白是不是要去武林大会大开杀戒，一报当年的仇恨？这是非常有可能的，这就能解释他为何忽然突然在这个节骨眼出现了。

可是，那算是安全的地方吗？

千青忽然觉得他的思维好难理解……

到了入夜时分，二人不再赶路，但也没有投宿。初衔白在道旁找了个僻静地方生了火，又翻了翻刚才置办的行李，找了件披风给千青披上，然后就坐在火堆边一言不发。

千青吃了两个馒头，怎么也睡不着，悄悄看着他被火光映照的脸，寻思着要不要问一问过去的事，可又不知道该怎么开口。

她没开口，初衔白倒先说话了："你是何时发现自己在天殊派的？"

"啊？哦……一年前吧，我醒过来的时候就在天殊派了。"

"那看来你至少昏睡了大半载。"

"啊，我伤得那么重么？"

初衔白看她一眼："很重，但后来具体如何我也不知道。"

"呃……也是啊。"千青讪笑。

初衔白用树枝挑了挑火堆，让它烧得更旺，又问："是天印救了你？"

"嗯……师父是这么说的。"

初衔白沉默着，表情看起来有些神秘莫测："他不是什么好人，你最好离他远一点。"

"啊？"千青一时没回味过来："你说什么？"

初衔白抬头看着她，一字一句地复述了一遍："我说天印不是好人，你离他远一点。"

"……"

第25章 玄秀

按照常理推测，初衔白肯定还是为了当初围剿的事迁怒天印。千青无法解释什么，因为她没有立场，要选择亲人还是爱人，向来是最艰难的事情。她只是在想，为什么初衔白说的理由不是天印跟他有仇，而是他不是好人。这是一个道德层面的谴责，忽然压在一代高手身上，让她很费解。

初衔白说完这话就铺了一块薄毯径自睡下了，千青也躺了下去，默默无言地望着满天星斗。

她必须承认自己此时此刻很想念天印，即使他一点也不受自己兄长的待见，即使明明跟他才分开几个时辰。她生平第一次理解了什么叫做牵肠挂肚，之前一直以为是他硬将自己拉入了他的世界，原来不知不觉间，自己还是沉沦了，甚至开始变得离不开他。那他呢，是不是也在想着自己？

大概白天惊吓太多，千青躺着没一会儿就迷迷糊糊地睡了过去。

她又开始做梦，梦到初衔白，他远远地在舞剑，剑气煞煞，人影都飘渺起来。显然他那时的脾气远没有现在这么淡定，三不五时就要爆发一下，一通剑舞得乱七八糟。千青先是笑他，然后就开始指点他，梦里她语气那么淡然悠闲，简直像个尊贵的女王。

然后梦境开始变得乱七八糟起来，一会儿又到了那个茫茫雪原，果然看到了尹听风的脸，千青这时就发现自己变成了一只屎壳郎，悲愤地昂起触角要咆哮的时候，又看到靳凛在练武场带着师兄弟们练剑。接着天印就出现了，他指着她怒叱："你究竟喜欢过多少人？"千青委屈得想哭，一睁眼又发现周围变成了一片密林。

她坐在那里，只看到眼前都是血，折英捂着胳膊坐在一边，旁边是背对着她的初衔白，看样子正在运功调息。

折英看着她道："没办法，人太多了，除非上天遁地，否则根本逃不出去。"

她的声音还算平静，但气息已然不稳："姐妹们呢？能不能搬到救兵？"

"恐怕很难，我只看到闰晴和紫慕冲出去了，但即使她们能搬到救兵，也远水救不了近火。"

"那……"

"等等！有人来了！"折英忽然打断她的话，转过头去，层层叠叠的树影里缓缓走出一个人来，玄衣随风鼓舞，信步悠闲，如在赏景。

"是前两年刚在武林大会夺了第一的天印。"

"啊，是他啊……"千青的声音居然变得愉悦起来，接着却重重地咳出口血。

折英惊呼出声，还没来得及扑过来扶她，天印已经飞掠到了跟前，他居高临下地看过来，忽然笑了："我有法子救你……"

话音未落，一直静坐的初衔白忽然提剑朝他挥了过去。

"别！"千青猛地惊醒，入眼是一蓬树梢，再往上是蓝天白云，天早已亮了。

"做噩梦了？"

她转头，火堆上烤着一只野味，肥油淋漓，溅在火堆上滋滋的响，初衔白的脸在烟雾后朦朦胧胧。

"嗯。"千青坐起来，一摸额头全是冷汗。

初衔白随手抛过来一只水壶："洗把脸吧。"

千青接过来时立即就想道谢，可想起太客套就不像亲人了，又没开口。

吃了东西，二人再次上路，但没走多远，初衔白就一勒马头停住了。

"跟了这么久，阁下该现身了。"

千青听他这么说，立即就四下扫视，头转的跟拨浪鼓似的也没发现有谁跟着，正怀疑他是不是想太多了，后方忽然掠来一阵风，接着身后一沉，有人落在了她的马背上，竟连马匹都没惊动。

"哎哟故人，你实在太警觉了，我听风阁的轻功独步天下都逃不出你的耳朵啊。"

千青扭头，对上尹听风那张欠抽的脸，立即就联想到梦境，没好气道："你来干嘛？"

"担心你嘛。"

"虚伪。"千青用胳膊肘抵了一下他的胸口："下去！"

"让他跟着吧。"没想到初衔白居然给了允许，千青目瞪口呆的时候，他已经打马朝前去了。

尹听风笑嘻嘻地跟他客套了两句，低声对千青道："我来看看情况，你是不是很感动？"

千青抽了抽嘴角："你，下去！"

天印那边此时已经行到了驿站。

玄月始终对千青的离去不满，三不五时地冲天印叹气，那意思分明就是在指责他连留个人都留不住。

留不住你还招惹她干嘛？招惹了你又留不住！玄月好几次都想摇晃着天印这么吼，实在是对着他那张阴沉的脸没法儿说出口。最后她干脆夸尹听风，还是那小子够义气，立即就追过去了，天印你这么不积极，总有一日会被挖墙脚，我恭喜你啊哈哈哈……

驿站里有一队人几乎与他们同时到，看样子是个江湖门派，领头的是个眉目温和的中年女子，正站在院内指挥门人卸车喂马，一身藏青素衣，安详得像是个看透尘世的老尼。她转头时，刚好看到大步走进来的玄月，忽然眉眼生动起来，急走几步上前唤她："月儿！"

玄月的脚步顿了一下，看清她的脸，张口就骂了一句粗话。

老尼身边一个姑娘当即抽了剑上前道："大胆！居然敢骂我们掌门！"

玄月挖着鼻子说："是啊，我就骂了，你来咬我啊！"

姑娘气得要挥剑过来，被老尼拉住了，她叹了口气："月儿，这么多年了，你还是不肯认我这个姐姐么？"

玄月望天："我不认识你。"

天印从玄月身后走过来，看到老尼愣了愣："玄秀，好久不见了。"正准备上前去叨叨几句，却被玄月拦住了。

"你也不认识她。"

"唉，师姐，何必呢？你们毕竟是姐妹。"

玄月白了他一眼，径自走进驿馆："那我也不认识你了。"

"……"

在驿站里换了马匹，又置办了干粮，接下来至少要赶五百里才能到达下个集镇，所以大家多留了一天以作休整。

玄秀与天印是故交，又听谷羽术说了他的症状，便要过来替他看一看。天印本有意隐瞒内力恢复的事，却也想知道真正缘由，便还是悄悄对她说了实情。

仔细听完天印的话，又给他诊过脉，玄秀皱起眉头道："你这情形，倒让我想起了一件往事。你可还记得当年我与玄月都钟情同一个男子的事？"

天印点点头，不知她为何会提起这段往事，因为这并不是个让人愉快的回忆。

"那男子是唐门的，你也知道吧。"

"嗯。"

"唐门善使毒，按照他的说法，他们每隔几年便会研制新的毒药，这么多年下来，一代又一代，如今唐门究竟掌握着多少毒药，只怕连他们自己也说不清楚。我认识他时，他们正在研制一种克制内力的毒药，因为必须要求无色无味无法察觉，所以一直没有成功，彼时他因这事十分苦恼，这才说漏了嘴。如今你这情形，一直查不出缘由，倒让我想起了这个可能，会不会这种毒药已经问世，而且偏偏就用在了你的身上呢？"

天印的表情没什么变化，只是搁在桌上的那只手紧紧握着杯子，看样子似乎要将它捏碎才甘心。

玄秀道:"你也别太担心,凡事无绝对,待我回去再查查古籍,也许会有什么新发现。"

天印叹息一声,拱手道谢:"那就有劳了,但我内力恢复的事,还希望你暂时别透露出去。"

玄秀诧异:"为何?这个消息虽然还没闹到人尽皆知的地步,但只要有点耳力的都该知道了,透露出去不是正好能威慑那些宵小之辈么?"

"不需要威慑,我有些迫不得已的缘由,以后再告诉你吧。"

玄秀听他这么说,只好不再强求。临出门前,她忽然又道:"听闻你身边收留了初衔白的妹妹,可有此事?"

天印微微一笑:"谷羽术告诉你的吧?是有此事,但初衔白已经将她带走了。"

"什么?"玄秀以为自己听错了:"你说初衔白?他没死?"

"是啊,"天印轻轻呢喃,"他竟然没死呢……"

当晚谷羽术是想来找天印的,但被靳凛半路拦住了。可怜的大师兄做梦都在等她的"师父回复",谷羽术要应付他,终究没能去成天印那里。

所幸她没有来,天印今晚有客。

他正坐在桌边摆弄一盘棋局,江湖人士很少有这份闲情逸致,在他做来倒丝毫不觉突兀。

没多久,耳边传来"嘟嘟嘟"三声轻叩,但不是来自房门,而是窗户。并未等他回应,窗户已经被推开,先后闪入两道黑影。

一高一矮两个黑衣人轻巧的接近,天印却只专注地盯着棋局,似乎对他们的到来半分反应也无。直到他将一盘子上密密麻麻排满了棋子,左边略高的黑衣人忽然道:"您这局要输。"声音粗哑,难听至极。

"哦?"天印终于看了他一眼。

黑衣人道:"因为您的胃口太大。"

天印微微一笑。

右边的矮个显然没什么耐心,直接开门见山道:"武林大会就要到了,你真的不跟我们回去?"

天印推开棋盘,坐正身子,仿佛就在等这一刻到来,回答的气定神闲:"我如今内力全无，就算回去了也做不了什么。"

"什么？"矮个惊怒："那你上次还指使我们对付尹听风！亏我们还以为你回心转意了！"

"是啊，可是你们不也没成功么？说起来，你们到现在才现身，不也是因为忌惮他？"

"你……"矮个怒不可遏地分辩："我们是为你着想，不想连累你身份暴露而已！"

天印好笑："我的身份就是天殊弟子，与你们无关，不劳费心。"

矮个还想发作，被高个及时拉住："江湖上的确在流传你内力已失的消息，不过我们并不信。别小瞧自己，即使你失去内力，也照旧对我们有用处。何况我们跟了你这么久，替你救过人，也替你害过人，不论结果如何，诚意在这里。我还是那句话，相信你总有一日会回来的。"

他拱了拱手，算是告辞。二人又退到窗口，天印忽然夹起一枚棋子道："谁说我会输，你们就是因为小瞧别人，才会落得如今地步。"

两个黑衣人的眼神都变了变，隐隐透出杀机，但终究没有发作，先后跃了出去。

第25章 玄秀

第26章　千风破霜剑

千青最近很不开心,她被初衔白告知的一个事实冲击得头晕脑眩。

那是三人一起晚饭时发生的事。尹听风那个骚包有的是钱,显然是冲着初衔白的面子,一到市集便冲进酒楼包了一间雅间,点了一桌的山珍海味,看得千青差点操板凳砸他。

我们在一起的时候怎么没见你这么大方啊混蛋!

初衔白没什么表示,只是默默地吃菜,举止很优雅,尹听风就在旁欣赏。没话说实在尴尬,千青把自己爱吃的都抢光了之后,就开始找话题活跃气氛,接连问了初衔白几个没营养的问题,比如"你之前有喜欢的女孩子吗","你为什么喜欢穿白衣服啊","初家山庄有多少财产啊"……

初衔白的回答就一句话:"等你想起来自然就知道了。"

千青无奈,抓耳挠腮了一阵,问了个很二的问题。

"阿白,你多大了?"

当时初衔白和尹听风齐齐扭头,俱是一副看傻瓜的表情。

初衔白搁下筷子,认真地看着她:"没人告诉你吗?"

千青想了想,摇摇头:"师父说不知道我多大,知道身份后我也没问过这事儿。"

初衔白又执起筷子夹了口菜:"我今年已经二十有五了。"

千青愣了愣:"啊?那我呢?"

初衔白默默抬眼:"你跟我是龙凤胎,你说呢?"

"……"千青受打击了。

她一直认为自己肌肤娇嫩,顶多十八九啊,怎么一下子就飙升到了这个岁数了啊!

不过仔细一想也是,初衔白成名很早,没有二十五才奇怪呢。千青纠结的是,原来都这把年纪了还一直以为自己是单纯少女,过往的她简直就是个王婆啊!

尹听风显然感受到了她的情绪,悄悄挪过来道:"没事,我不会嫌弃你比我大的。"

千青这下真的操起板凳砸过去了。

大概是这顿饭不干净,尹听风这只金蛋的肠胃太娇贵,忽然开始上吐下泻,弄得几人的行程也耽搁了。

过了市集,再往前百里就可到达渡口,届时必须要弃车坐船,因为那是前往江南的唯一途径。也就是说天印他们也必须要走这条路。千青的急切是可想而知的,她其实十分盼着能有个偶遇,没想到尹听风那货关键时刻掉了链子。

她跟着初衔白窝在一间茶摊里喝茶,百无聊赖等待尹金蛋的第二十八次出恭归来。男女有别,她无法亲自去提溜尹金蛋,初衔白太大神,她又请不动,只好忍耐着,拣了根筷子去拨茶杯里的茶叶玩。

这一拨,她忽然"咦"了一声,抬头扫视了一圈这茶摊。没旁的客人,除了她和初衔白,就是老板。那是一对老夫妇,女的面黄肌瘦,佝偻着身子在烧水,她家老伴儿坐在锅炉后吧嗒吧嗒抽旱烟,顶上遮风挡雨的油毡布却是崭新的。

"发现了?"初衔白抬眼看了看她。

千青点点头,将茶杯往他面前一推,压低声音道:"这茶叶开水泡开后自然透明而偏浅绿,毫不浑浊,一看就是好货啊,可这里明明是个路边小摊来着。"她抬手指指顶上:"油毡布是新的,不会是刚摆上的摊子吧?"

初衔白道:"叫他们过来问一问就知道了。"他抬手敲了一下桌面:"店家！"

"哎！"老妇擦了擦手，立即过来招呼："客官有何吩咐？"

初衔白忽然端起茶朝她泼了过去。

老妇吃惊，下意识地一偏头，那茶水便泼到了后面一人的身上，淋了一头一脸。

尹金蛋怒气腾腾地走过来："故人你泼我水干嘛呢！"

初衔白并没有答话，反而一脚踹上他的小腿。尹金蛋顿时栽了个狗啃泥，一柄宽口白刃的大刀将将从他脑后扫来，初衔白抓起霜绝一挡，正砍上剑鞘，滋的冒出一丝火星。他的手却未移动半分，视线顺着刀口移到老妇的脸上，之前佝偻的背早已挺得笔直，枯槁的面貌也显露出了精神来。

"陇西二盗？不想在此碰上。"

老妇的眼睛闪了闪，也不管刀还跟他的剑抵着，惊喜地转头对老汉喊："哎老头子，初衔白居然认识咱们俩哎！"

老汉手里的烟斗已经直飞过来，"当"的一声撞开纠缠的刀剑，冷哼一声走过来："出息！被这种魔头认识是好事吗？"

"啊，说的也是。"

老妇手腕一转，握紧了大刀，复又袭来，这次倒不是朝着初衔白，而是冲着尹听风。但尹听风岂是善与之辈，早就提起轻功掠开去了，刀口连他的衣角都没碰到。老妇很不满，便调转方向又去进攻千青，口中还念叨："先杀妹子也是一样的。"

初衔白拍案而起，霜绝铿然出鞘，旋身疾走，剑尖直指她膻中穴，未等她做出抵挡，剑尖上扬，又去刺挑中府穴。老妇不及他速度，只好不管千青先自保，一面咋咋呼呼叫老汉来帮忙。

那老汉才是狠角色，看着木讷，出手却是又快又狠，从袖中滑出一片三寸来长的薄刀，唰地一捻，一分为二分握在手，便朝初衔白削了过来。他的内力显然在老妇之上，下盘稳实，蹭蹭突进，知道初衔白擅长剑法，便招招直取初衔白下方空门。

初衔白并不避让，反而直接一剑横扫过去，剑气扑杀，击在他下巨虚，老汉顿时下盘崩溃如散沙，扑通一下跪在地上。

老妇本要去捉千青，却被尹听风挡了道，此时见状不妙，只好不再纠缠，忙上前扯住老汉后领，一路急退，瞬间便窜入了道旁的林子。

尹听风蹲在桌上，捧着脸看着初衔白将剑收回鞘中："你不去追？"

"为何要追？"

"初衔白从不留手下败将。"

初衔白斜睨他一眼："你是说你吗？"

尹听风被噎了一下，气闷地挥手道："我的意思是说这不符合你的风格！"

"是啊，我就该杀了那些手下败将，然后再来一次围剿。"

"……"尹听风不说话了。

初衔白叫过看傻了的千青："走吧，上路。"

尹听风又变成了金蛋，捧着肚子朝桌上一躺："哎哟我肚子又疼了。"

初衔白似笑非笑地哼了一声，并不理他，直接朝前走。

千青则一脸同情地看了他许久，最后送了两个字："活该。"

"……"尹听风悲愤地扭头，没把她哄走就算了，现在还把初衔白这尊大佛给弄出来了，要是再完成不了任务，回到江南也安生不了。谁能理解他拖延时间的良苦用心啊！

知道胡搅蛮缠没用，他只好又爬起来跟着二人翻身上马，照旧没脸没皮地跟千青挤一匹。

千青摸着马脖子安慰道："没事没事，你暂且熬一熬，等到了地方让这位尹大阁主出钱给你多找几匹漂亮母马乐乐。"

尹听风抽了抽嘴角："禽兽！"

初衔白骑着马走在前面，尹听风伸手扯住千青手里的缰绳，示意她慢一点，等跟前面的人拉开一段距离，才低声道："你不好奇那陇西二盗是何人么？"

千青学着他神秘的语气问："何人？"

"他们是雌雄二盗，以往常在陇西一带劫杀商旅，被青云派追杀出了边界，许久不在江湖走动了，后来听说投靠了西域的魔教。"

"哦……"千青不解："那干嘛要杀我们？"

"初衔白人人都想杀啊。"

"……"

第26章 千风破霜剑

师叔

"不过……"尹听风摸着下巴盯着前面的白色背影:"他怎么不用自己的成名绝技呢?"

千青疑惑:"他有成名绝技?"

"当然有!千风破霜剑啊!不然他那把剑怎么会叫'霜绝'?"

"啊……"千青恍然大悟,但随即又开始忧心,初衔白一现身就惹来追杀,前途堪忧啊……

尹听风见她神情有异,趁机道:"不如你现在就跟我走,我带你去投靠武林盟主,绝对可以护你周全,我发誓!"

千青默默扭头看了他一眼:"你,下去!"

天印将再次出发的时间安排在了晚上。这个安排没有告诉玄秀,玄月很开心,靳凛却很失望,他本来还以为能跟谷羽术一路同行了呢。

楚泓照旧是他们的车夫,对于伺候尹听风以外的人,他大概有些不满,一路都没有好脸色,也不开口说话,像个赌气的孩子。

今晚的月色有些古怪,照在大道上竟有些泛红,凄凄离离地铺洒了一路,瞧着有些可怖。天印抬头看了看,忽然想起多年前他第一次见到初衔白,也是在这样一个夜晚。

他抬起左手,想起掌心消失的血线不知哪一日就会忽然再次出现,心里也似照进了这惨淡的月光。

白日里尹听风的信到了,说初衔白要去江南,那么他们下一站应该就是前方的渡口。天印算了算时间,觉得自己这时候去见千青,时机刚刚好。

第27章 缺口

靳凛单人快骑,短短一日已经离渡口仅百里之遥。周围没有可以歇脚的茶寮酒肆,他拴好马,随便找了块路边大石坐了,拿出干粮慢慢填肚子。

无论是在家里还是在派中,靳凛都一路平顺,无风无浪。如今身为大师兄,还颇得师祖老人家的赞赏,少年得志,意气风发,自然还在不识愁滋味的阶段。可自从师父项钟出了事,靳凛就明白,过往自己生活的圈子是多么的单纯无害,或者说表面是多么的单纯无害,这样的反差让他的心里生出了一丝丝的忧伤。

于是苍茫古道边,一马踟蹰,一人独坐,大师兄开始严肃地思考人生。

远处有哒哒的马蹄声传来,将他的思绪打断,靳凛抬眼去看,一个青衣素面的少女骑着马到了跟前,本一路疾驰,看到他时却忽然"吁"地一声勒了马。

少女看着他道:"这位小哥,往前可是前往江南的方向?"

靳凛点点头,继续思考人生。

少女问了路却不急着走,眼睛在他腰间一扫,翻身下马,大步走到他跟前:"你是天殊派的?"

靳凛又点了点头,继续思考人生。

少女也不介意,在他面前蹲下,托着腮看他:"天印现在走到哪儿了?"

师叔
SHISHU
（上）

靳凛这才去看她，惊愣了一愣，这少女相貌平平，一笑起来竟叫人移不开视线，恍恍惚惚那张脸似变了模样，黛眉杏眼，娇俏可人，竟是他心心念念的谷羽术！

"羽术！你怎么来了？"

少女眨着眼睛一脸天真："是啊，我来了，你想我么？"

"想！"

"那你告诉我，天印现在走到哪儿了？"

"师叔在后面，我先行一步，按照估算，此时他们距离此处应当还有两百里。"

"嗯，真乖，那么那个女孩儿呢？就是初衔白的妹子。"

"千青吗？"

"对，就是她，她在哪儿？"

"她被初衔白带走了。"

"你不知道她在哪儿？"

"不知道……"

少女原本娇笑的脸陡然一冷，哼了一声："没用的东西，留你也没用！"

靳凛本已昏昏欲睡，忽然被她的话惊醒过来，眼前哪是什么谷羽术，分明还是那个相貌平平的少女，而她早已跃起，眼看就要一掌朝他天灵盖拍来。

靳凛连忙朝侧面一滚，那一掌险险擦过他腰侧，拍在他身下巨石上，竟裂了一道大口子。靳凛再不敢大意，这女子来路不明，有惑人之术，又内力深厚，下手阴狠，只怕不是善类。

他脚下一划，扎稳下盘，正准备拔剑接招，一柄剑从斜向刺入，扎在那女子身前，阻了她的脚步。

靳凛和少女都一愣，齐齐扭头看去，已有几名彪形大汉飞掠过来。其中一人示意靳凛退后，其余几人围住那少女，剑尖朝里，将她困住。靳凛这才看清这些大汉竟是蒙古装扮。

少女环视一周，冷哼道："原来是青云派的，呸，这么倒霉遇上你们！"她显然是在他们手上吃过亏的，并不纠缠，足尖一点，冲天而起，脚在其中一人剑上一踏，便直直朝路边马匹掠去。

在她身后停着一辆马车，十几个蒙古汉子团团围在那里，她连看也没看一眼

136

就连忙策马而去，看样子竟有些像逃。

靳凛正莫名其妙，赶车的大汉用一口流利的汉语叫他："这位少侠，请过来说话。"

靳凛走过去，心中多少有些忐忑，青云派是武林盟主的门派，那么车里坐着的人可能就是武林盟主段飞卿了。

赶车的大汉年纪已有四十出头，面目刚正，说话却很温和："刚才那个少女可是西域魔教的左护法，还好你命大。"他冲靳凛笑了笑，抬手掀起帘子，对立面的人道："华公子，人到了，你要问什么快问吧。"

靳凛心生疑惑，段飞卿不是姓段么？

立面的人朝外探了探身子，似有些不便，只露出半张脸来，却让靳凛目瞪口呆。

那是个年轻男子，脸色苍白，看起来十分虚弱，他靠着车厢，问靳凛："你是天殊派的？"

靳凛顺着他的视线看了一眼腰间，默默伸手扯下标志："是。"

"天印是你什么人？"

"……是我师叔。"

苍白柔弱的华公子脸色沉凝，沉默了一瞬又问："那他救的那个姑娘，现在何处？"

喂你们不要问题问得这么类似啊，下面不会又来一次突然袭击吧！

靳凛正色道："这位公子见谅，为保师妹安全，我不会透露她行踪的！"

华公子一愣，忽然笑了："看来你待她不错。"他朝后一靠，身子隐入黑暗，忽然说了句："谢谢。"

靳凛还没反应过来，布帘就落下了。赶车的大汉朝他拱了拱手："多谢这位少侠了，但烦请别将见过我们的事透露出去。"

他们对自己有救命之恩，这点要求，靳凛自然一口答应。

马车缓缓从他身边驶过去，靳凛想起华公子那张脸，始终觉得有些诡异，还是决定加紧赶路去渡口。

千青和初衔白这一路可谓惊心动魄，继"陇西二盗"之后，陆陆续续各种刺

第27章 缺口

师叔

杀他们的人就没间断过。一直蛰伏不动的魔教也纷纷露了个脸，不过一看就是陇西二盗那种的小角色，初衔白往往剑还没出鞘就结束战斗了。

刚开始千青和尹听风还是很紧张很警觉的，可到后来看到初衔白以一当百轻松无比，就放宽心了。

前天又有三个猥琐大叔来围攻几人，千青跟尹听风就蹲在一边围观初衔白以一敌三，还时不时点评两句。

尹听风道："你看那尖耳朵的脚迈错了，我估计这下要断胳膊。"

千青点头："可不是，阿白要是下手狠点儿，直接就把他整只胳膊给卸了。"

"那不可能，故人从不用这种法子杀人，他嫌脏。"

"你倒是了解。"

"那是，他有可能是我未来大舅爷呢。"

千青"啪"的赏了他一记爆锤。

今天更精彩，刚走上大街就有个漂亮姑娘朝初衔白扑了过去："阿白，你还记得我吗？我是你的慧莲啊！"

千青"哎哟"一声，急忙招呼尹听风："快去买瓜子，今天这个戏码好看哎！"

尹听风哪用她吩咐，早颠颠儿地捧着一大把瓜子花生核桃酥来了："过去点儿，我这位置看不清楚。"

初衔白一掌挥开倒贴女，转头冷冷地扫过来。

"啊，上路上路！"二人连忙丢了吃的装严肃。

感谢苍天大地如来佛祖，美丽的渡口，悠悠的江水哟，终于出现在了眼前。

尹听风那边还在跟艄公讲价，千青已经率先跳上了船，粼粼水波荡漾千里，她的目光逡巡过往来船只，忽然想起天印那晚倚舟作歌的场景，心情跌宕。

唉，师叔，你的速度怎么这么慢呐……

"哎呀！"她抱着肚子在船上一躺："我肚子疼，今天走不了了。"

初衔白默默看着她，不言不语。

尹听风扶额，好歹你想个新招数啊，炒我的冷饭有意思么？故人铁定不会答应你的！

初衔白道："那就多留一天好了。"

"扑通！"尹大阁主悲愤地栽进了江里。

天印的速度还算快，靳凛下午到了渡口，他们只晚了一个晚上加一个上午。

玄月惦记着千青，刚到渡口就问了好几个船家有没有载过两个一对龙凤胎兄妹，听说二人出现过，但似乎并未离开，这才松了口气。

天印多日没等到尹听风的信，知道他大概又想私自把千青拐跑了，便不再依靠他，但楚泓在场，也不好直说，只好暗示靳凛出去打听打听消息。靳凛想起那日遇到的魔教左护法，有些担忧，便将此事告诉了他，谁知天印听后并不惊讶。

"那是魔教的惑心术，意志薄弱者最容易中招，这说明你心里有了缺口，往往见到的是你最想见或者最害怕的人。"他叹了口气："其实我们也遇到了。"说完转头看了一眼楚泓，后者脸上一阵青一阵白，哼哧哼哧喘了几口气，愣是没说出句话来。

靳凛莫名其妙，但也没多问，又将遇到华公子的事儿说了。他记得承诺，但师叔不是外人，不过说得也很简略，只说看见青云派的马车里坐着一个男子，与一人相貌有些相似。

"折英……"

刚说出这个名字，楚泓就炸毛了："什么折英！我才没有看到折英！我会那么害怕她么？哼！"

"……"靳凛忽然明白他为什么刚才脸色不对了。

天印的神情变得很微妙，但显然不是因为楚泓的话。他仔仔细细将初衔白出现后的事情想了一遍，再联系靳凛的话，忽然明白了："原来如此……"

起身走到窗边，这间客栈临江而建，一眼便可看见江帆远影，青天碧汤。他笑了笑，转身朝外走："靳凛留下，我自己去。"

街边有个首饰摊子，天印从边上经过，又忽然折了回来。他捏起一根簪子看了看，忽然想起自己似乎还没给过千青什么像样的东西，就算是定情信物也没有一件。

有女子掩口痴笑的声音传来，天印愣了愣，转头去看，是位蓝色华服女子，但千青穿的是天殊派弟子的统一服饰，自然没有这般华贵。

他忽然有些好笑，难不成自己心里也有缺口了么？

第27章 缺口

师叔

第28章　波此波此

千青此时正躺在船上望天。初衔白打发尹听风去租船，她也跟了出来，然后就溜到一边，租了条小船出来泛舟。

好吧，其实是为了找人。

"师叔啊师叔……"她翻了个身，头疼地挠船板："你怎么这么慢哟……"

两岸盛翠，碧水中流，趴在船头，从这个角度望向远方，觉得自己像是躺在了巨大的镜面上。她伸出手指，闷闷不乐地戳破镜面，看着里面倒映的云彩碎裂拼合，忽然又生出了几许懊恼。

既然下定决心要走，就是不想再拖累他的，为什么还要犹犹豫豫拖泥带水？何况看他这模样，还不如尹听风积极，显然也不在乎，为什么总是她在惦记着！

她哼了一声，坐起身来，摇船回岸。但她显然不擅长做这种事，摇了半天，船也没动几分。之前不曾在意，径自随着水流漂出这么远来，这下要怎么回去？

正盯着岸边傻眼，忽然听到有人在笑，她一愣，循声去看，只见一艘小船晃晃悠悠地从后方驶来，也看不见人，只听见有人在船舱里面轻声哼着歌。

"隰桑有阿，其叶有难，既见君子，其乐如何。隰桑有阿，其叶有沃，既见君子，云何不乐。隰桑有阿，其叶有幽，既见君子，德音孔胶。心乎爱矣，遐不谓矣，中心藏之，何日忘之……"

千青的心突突的差点从胸口跳出来，连忙站起身来，却忘了自己还在船上，船身摇晃，险些将她抛下水去。她扶住船舱，小声唤道："师叔？"

天印从船舱里探出头来，微笑着看她："姑娘被困住了吗？要不要到在下船上来，我送你回去。"

千青哪用他开口，两艘船甫一靠近，立即就跳了过去。小船吃不住这一下，又摇晃起来，天印赶紧伸手把她扯进怀里，笑道："姑娘太莽撞，这模样也敢出来泛舟，不怕跌入江中喂鱼么？"

"哪里来的鱼？"千青故作惊悚地推他，"哎呀，公子你是鲤鱼精变的么！快放开奴家，奴家是好人啊！"

天印嗤笑："我不是鲤鱼精，我是水伯，专门来骗小姑娘下去做压寨夫人的。"

千青嘿嘿笑了，勾着他的脖子道："怎么办啊水伯，我哥哥是个厉害角色，你敢抓我去做压寨夫人，他要大闹你家洞府的。"

"没事，本座有一骁将名唤玄月，你哥哥敢来，我就放她去对付他！"

"啊……大王不要吃我……"千青捂着脸装柔弱。

天印扑哧笑了起来，点着她的脑门儿夸她："我看我们以后没饭吃了可以去唱戏，你演得真像！"

千青忽然一本正经地看着他："那我们就去唱戏吧，别涉足江湖了。"

天印笑了一下，但那笑明显只浮于表面："人在江湖，岂是轻易就能退出的？别说傻话了，如今你的身份暴露了，初衔白也出现了，整个江湖都已被惊动，甚至连西域魔教都出动了，早就晚了。"天印抬手摸着她的头发："真希望还把你藏在天殊山里。"

"有什么问题吗？"千青拉下他的手包在掌心里，"我只担心阿白不喜欢你是个障碍，其余并不在意，只要你愿意，我们也别去什么武林大会了，直接逃吧！"

"逃去哪儿？"

"去……"千青语塞，的确，有人的地方就有江湖，他们能逃去哪儿。

天印将她的脑袋按入怀里，手摸上她的脉息，转移了话题："心法练到第几

第28章 彼此彼此

师叔

层了？"

"啊，还没冲破第四层……"千青嗫嚅："都怪尹听风一直打断我。"

天印不自觉地皱了皱眉。

千青看到他的表情，心生疑惑："怎么了？"

"没什么。"天印从袖中取出买来的簪子递给她："我还不曾送过什么给你，这个喜欢么？"

千青接过来，一时怔忪，待回神，心里已满满当当充斥着欢喜。这是他第一次送东西给她，应当算是定情信物了吧。

可是……她摸摸随便绑着的头发，面露尴尬："喜欢是喜欢，我不会梳头……"

在天殊派，大家都装束从简，她也不觉异常，如今在江湖行走，光鲜亮丽的闺秀看多了，有时也生出几分打扮之心，可是她就是笨手笨脚什么都不会，最后还是老样子。

"这有什么难的。"天印笑着接过簪子，长指挑她的发，曲结环绕，推入簪子："看，不就行了？"

千青探头对着水面照了照，气闷道："你还有这手艺，给多少姑娘梳过头了？"

"嗯，我数数……"天印装模作样地掰着手指头："哎呀，本座抓的压寨夫人太多了，数不过来了呢。"

千青扑过去要咬他，天印仰面被她压倒，连忙道："嘘——小声些，尹听风来了。"

千青凝神去听，果然听到那厮在岸上喊她。她哼了一声，把头埋在天印胸口："我没听见。"

天印笑了笑，手掌拍了一下船舷，小舟便晃晃悠悠朝江心去了。

千青浑然不觉，趴在他胸口听着一阵阵的心跳，忽而觉得心安，又忽而觉得烦躁。她想跟这个人在一起，可是兄长不让；她想鼓舞勇气跟他走，可他自己也有些推诿之意。她不明白为什么自己是初衔白的妹妹就要引起这么大的混乱，江湖之大，竟无他们的容身之处么？

天印的手轻拍着她的背，像是安抚。千青抬头去看他，却发现他神情怔忪，不知道在想些什么，眼神定定的似已出神。她也定定地看着他，然后低头去吻他的唇。

天印愣了一下，回过神时，她正在笑，颇有几分得意的意味。他的表情却有些恍惚，伸手揽住她就势一个翻身将她压住，抬手遮住了她的眼睛："别笑……"

千青以为他被自己取笑了不好意思，伸手又去扯他的手："为什么不让我笑？"

天印没有回答，他已经俯下头吻住了她。

毫无情欲的意味，这个吻细致而清浅，带着怜惜，甚至有一丝不敢惊扰到什么的畏惧。对于千青而言，却觉得此刻的他们比任何时候都要亲密。她想要叫他一声"师叔"已经在喉咙里滚了滚，最后出口时，却变成了他的名字。

"天印……"

第一次这样叫他，千青居然有些忐忑，尤其是在感觉到天印的身子微微僵了一下时。然而下一刻，他却更用力地抱住了她，手臂紧紧卡着她的腰。千青甚至生出种错觉，觉得他浮在茫茫大海，把自己当成了一根救命的浮木。

"青青……"他的脸埋在她的颈边，轻声问："你可以为我做任何事么？"

千青一愣："当然。"

天印坐起身来，看着她，神情前所未有的陌生。但千青觉得那是自己看错了，因为他很快又笑了，忽然扭头朝舱外道："阁主别来无恙？"

"哟，你挺警觉的嘛。"尹听风的脑袋从上面探下来，朝二人意味深长地一笑："我以为能欣赏到什么让人脸红心跳的好戏呢，啧啧啧……"

那一连串的"啧"让千青火冒三丈，爬起来就要去抽他，尹听风已经飞掠到旁边的小船上去了。

"哎呀这位大姐气急败坏啦！哦对了天印兄，恭喜你，你算不上老牛吃嫩草了，这位大姐芳龄二十有五了哦，比你也小不了几岁了哦！"

"尹！听！风！"千青站在舟头指天怒吼："大姐我要去江南拆了你的老巢！"

尹听风伸开双臂热烈欢迎："来啊来啊，我带你去，快跟我走！"

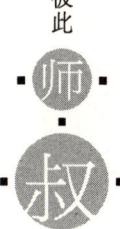

"……"

第28章 彼此彼此 师叔

四下静了一瞬，天印忽然对尹听风道："烦劳阁主转告初衔白，千青我带走了。"

他说着就要撑船离开，倒让千青吃惊不小："你不是不肯跟我一起走的吗？"

"我当然不跟你走，是你跟我走才对。水伯抢了压寨夫人，自然要回洞府享用去了。"

千青咧嘴笑了，忽然又觉得不太妙，万一初衔白追过来……

"站住！"

乌鸦嘴啊————

初衔白立在舟头，白衣当风。话音刚落，长剑已然抬起，剑气在水面带起一道涟漪。尹听风一脸无辜地摊摊手："我也不知道他什么时候跟来的。"

初衔白冷冷地盯着天印："你要是识相些，就把人留下！"

千青连忙挡在天印身前："阿、阿白，冷静啊，师叔其实是好人，你别误会……"

"好人？"初衔白冷哼："误会的是你，好人会随便对自己的师侄下手么？好人会给你练这种功夫么？"他从怀中取出一本册子丢在千青脚边。

千青捡起来一看，正是"天印十四剑"的心法。

"这是师叔传我的内功心法啊，怎么会有问题。"

"内功心法？"初衔白冷笑："这要问问天印大侠了，'天印十四剑'真的有配套的内功心法么？这套心法，只怕另有来历吧？"

尹听风拍了一下手道："故人你说的很有道理，我也觉得有古怪啊，可是我死活想不到那是什么内功。"

初衔白斜睨了他一眼："你这么蠢，当然想不到。"

"……"尹听风没生气，反而愣了一下。

他骂自己的感觉，怎么这么熟悉呢？

天印笑了笑："是非曲直我不多言，如果你是真的初衔白，我倒会知无不言，言无不尽。"

尹听风和千青俱是一怔。

初衔白却已直接掠了过来，一把揽过千青朝岸边飞去，身形如白鹤临水，片刻便落了岸。千青急忙转头要喊天印，被他点了穴昏睡过去。他却并没离开，反而站在岸边，远远地看了过来。

这步法身形实在太有特点，尹听风这才回神，轰的一下炸了："他大爷的，原来是那小子！"

天印朝岸边遥遥拱手："看来盟主是铁了心要带走千青了，不过我并不放心将千青交给你。"他勾着唇沉沉笑了："敬告盟主，这般欺骗别人，可别引火烧身。"

"初衔白"回了一礼，声音清晰地送了过来："彼此彼此。"

第28章 彼此彼此

师叔

第29章　段飞卿

话一说完，"初衔白"便带着千青离去。尹听风跟在他后面回了客栈，一进大门就立即蹭蹭奔到二楼，一脚踹开千青的房门。

"段飞卿你这个混蛋！！！"

千青已被好好安顿在自己床上，"初衔白"一脸淡定地走出来，抬了一下手，示意他跟自己走。尹听风捋了捋袖子，捏紧拳头跟着他到了隔壁的房中，刚关上门就飚了。

"段飞卿！你居然骗我！我说这个初衔白怎么看着这么冷，原来是你假扮的！"他冲上去要掐他的脸："你给我把面具撕下来！"

段飞卿面无表情地一脚踹上他的膝盖："要是那种随便就能撕下的拙劣面具，我能瞒你们这么久么？蠢货。"

"……"尹听风半蹲在地上，一手摸着膝头，一手怒指着他："亏你还是武林盟主，居然用这种下三滥的手段，你不觉得可耻吗？"

段飞卿仍旧面无表情："亏你还是听风阁的阁主，居然察觉不到我这种下三滥的手段，你不觉得可耻吗？"

尹听风大怒："老子要退出武林联盟！"

"准了。"

"老子要跟你绝交！"

"本来就不熟。"

"……"尹阁主内伤地捂住胸口，怏怏地在桌边坐下。

段飞卿见他安分了，从袖中取出一只小瓶子，走到水盆边，拔去木塞，将瓶中药水全部倒入了盆里。一盆清澈的水顷刻间被染得泛绿，他取了毛巾，将之沾湿，细细地敷起脸来。

尹听风一直注意着他的动作，只见片刻后，他将毛巾拿开，脸颊和下巴边沿已经有了明显的褶皱。他这才伸手将面具整张撕了下来。

那张面具一看就不是普通货色，托在掌心薄如蝉翼，应当是真正的人皮面具，尹听风与段飞卿认识已不是一日两日，自然知道他并不擅长易容之术，更遑论会拥有这种东西，顿时心生古怪。

"段飞卿，是谁给你易的容？"

段飞卿转过头来，明明生了一张精致的脸，却偏偏半分表情也无："说了你也不认识。"

"这天下有我听风阁不认识的人吗？"

段飞卿不咸不淡地"呵呵"了一声，其实连眼珠都没动一下。

尹听风又怒了："老子要退出……"

"准了。"

"你大爷的！"

段飞卿又擦了一遍脸，坐到了他对面："行了，告诉你也无妨，的确是别人替我易的容，想必你也见过，不过我们现在都称呼他为华公子。我已安排门人保护他前往江南，此时应该快到这里了。"

尹听风一脸嫌弃地看着他："华公子？这么难听的称呼肯定是你取的吧？"

段飞卿知道他是想套话，压根不予理会："天印猜出我身份的时间，比我预想的早了很多，我想可能就是因为他知道了华公子的存在。果然是个难缠的对手。"

尹听风哼了一声："管他难不难缠，反正千青现在都在你手上了。对了，你还没告诉我为何一定要将千青留在身边呢。"

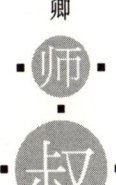

"为了保护她。"

"啊？"

段飞卿看了他一眼："千青不该死，当初的围剿是我的错，我必须要负起责任。"

"切，难道你觉得她待在天殊派会有事吗？"

"嗯。"

"……"

"跟着天印，她早晚要出事。"

"……盟主大人，请问您从哪儿得出的结论？"

"华公子。"

尹听风一怔："那个华公子究竟是什么人？为什么认定天印会对千青不利？"

"无可奉告。"

"……"

尹听风默默骂了句大爷的，慢慢消化着这个消息。

他也怀疑过，天印这种成名江湖的高手，想要什么样的美人儿没有，为何偏偏对千青青睐有加？而且根据他这段时间的了解，千青不仅致使天印失去内力，光是身份也足以让他陷入困境。可天印不仅毫不在意，反而还极力倒贴引诱，的确很不正常。

"嗯，段飞卿，我想通了。天印还真有可能是有所图，否则为何他跟千青都生米煮成熟饭了，也没有提过要娶千青呢？"

段飞卿陡然愣了一下："你说什么？天印已经跟她……"他的眉头皱得更紧："若是千青记起过去，不知会掀起怎样的波澜。"

"嗯？"尹听风不太明白。

段飞卿没再多言，忽然耳廓一动，起身快步走到门口，拉开门朝右一看，转身道："不好，千青走了。"

尹听风连忙走过来，果然发现千青的房门大开。

"我去看看。"他当机立断，提起轻功，直接越过栏杆，踏着沿街屋顶飞掠而去。

千青正在奔跑，从听到段飞卿的话后她就再也待不下去了。

对于一个没有记忆的人来说，最害怕的就是遭受欺骗。本以为自己找到了亲人，虽然陌生，但想到那层血脉关系，总还有几分安慰，可现在却发现一切都是假的。什么哥哥，什么阿白，原来竟是武林盟主。她觉得自己已经身不由己地陷入一场解不开的局里，周遭迷雾弥漫，她看不清所有人的面孔，只有逃离。

至于说师叔会对她不利，她不信。她相信师叔不会骗她，那些情话不会作假，师叔是正人君子，绝不是坏人。

她停下脚步，将头上的簪子拔下来，好好收进袖中，这才继续朝前跑去。

她要去找天印，也许他还在江上。

"千青！"

尹听风的声音从背后传来，千青心中一紧，知道自己轻功比不上他，却又不想理会，仍旧只顾埋头朝前冲。

已是夜幕初降时，她跑得太急，自然看不清前方情形。一辆马车当街驶来，眼看就要冲撞上去，她吓得倒抽了口气，脚步下意识地一点一移，身子一轻，竟飞身而起，直接越过马车，轻巧地落到了对面。

不可思议，太不可思议。

千青站起身来，怔怔地盯着自己的双脚看了许久，直到尹听风的声音再次接近，才又奋力朝前跑去。这次她已经有意识地模仿前面的动作，果然又使出了轻功，只是还不太熟练，加之气息不稳，难免断断续续。

于是沿街路人只见一蓝衣姑娘像升不了天的风筝一样忽上忽下一路飞腾扑跳着过去，后面几十丈外跟着个紫衣翩翩的贵公子，他飞得倒是够潇洒够利落够飘逸，但偏偏就是追不上那只风筝。

最后贵公子终于停了下来，一脸震惊地看着远去的人影喃喃自语："她什么时候会这么厉害的轻功了……"

天印的确还在江上。他仰面躺在船上，顺水逐流，眼神如暮色四合的天空一般暗沉。

千青的声音顺着江风远远吹过来，他听到时还以为是自己生了幻觉，直到撑船靠岸，才确定那是她本人。

"你怎么又回来了？"

"他又不是我哥哥，我怎么能跟着他！"千青的声音已隐隐带了哭腔，要不是考虑到天印如今根本抵挡不了段飞卿，她甚至会责怪他将自己弃之不顾。

天印看了一眼她身后："他们肯放你出来？"

"我自己跑出来的，尹听风没有追上我。"

天印眼中闪过惊异，不过天色昏暗，千青并没有注意。他叹了口气，似无奈似好笑，伸出手来给她："上来吧。"

千青立即跳上了小船，一把搂住他的腰："水伯，你带我走，永远别在人间出现了。"她的头埋在他的颈边，温顺而可怜。

天印抬手抚着她的发，默然不语。

江风大作，船身摇摇晃晃，他这才拉着她走进船舱。

"前些时候我就在怀疑这个初衔白是假的，但我能力有限，无法阻止他带走你。如今你既然回来了，我这就带你离开，我们去别的地方，等你练好内功再计划其他。"

"就我们两个人走吗？不等师父他们了吗？"

"嗯，这不是你希望的吗？"

千青一句话在喉头滚了滚，想要问他为什么执着地让自己练内功心法，但终究还是没有问出口，只是固执地拉着他的手，不肯放松。

天印叹了口气："我要出去撑船，你还没吃饭吧？我们总得先找地方吃饭。"千青这才松开手。

小船朝对岸驶去时，尹听风的身影已经出现在岸边。虽然天色昏暗，天印还是一眼就认出了他，嘴角露出微微的笑。

对岸只是个小村子，只有一间客栈，小而破败，跟先前所在的镇子一天一地，如同两个世界。

客栈小二说客房只剩了一间，因为白日里来了十几号人，将房都占得差不多了。以天印与千青的关系自然不用介意共处一室，但当着外人，千青还是会不好意思，出于回避，她便先行去找房间了。

整个客栈由四排屋子围成四方形状，当中院子露天，种了不少树木，全被用来拴客人的马匹了。千青进去时，只见一个做蒙古打扮的汉子在喂马，倒没闻到多重的马粪味儿，看来这里平常客人真的很少。

几乎所有屋子都亮着灯，千青朝那间没点灯的房间走，经过一间屋子时，忽然听到里面有人说话，声音有些居然熟悉。她愣了愣，停下了步子。

"谁在外面？"

有人猛喝了一声，将千青吓了一跳。房门吱呀一声拉开，一个蒙古大汉小山般的身子出现在门口："咦，是个女子。"

有人轻咳了几声，脚步清浅地走过来。大汉立即让开身子，千青便看见门口多了一个清瘦的人影，穿着一身白衣，因为逆着光，叫人看不清神情。

"青、青青……"

千青怔住，他怎么知道自己的名字。

清瘦男子一脚踏出门来，拉住她的手，冰凉的触感让她下意识地缩了一下手指。

"青青，我终于见到你了。"

"你是……"

"我是阿华啊。"男子拉着她朝门口凑了凑，侧过脸来，让烛火照在自己身上："你不记得我了吗？"

千青愕然地睁大了眼睛："阿……华？"

男子扭过头咳了两声，轻喘着道："是啊，我是曾经朝夕陪伴在你身边的人啊。"

千青觉得脑子被陡然敲开了一角，有什么开始隐隐涌动。

第29章 段飞卿 师叔

第30章　华公子

"青青。"

天印从远处走过来，脸色有些不好看。千青陡然回神，这才想起自己的手还被这个自称"阿华"的男子握着，连忙松开，走上去挽住他的胳膊，像是要证明什么，急切道："我们走吧。"

天印转头瞥了一眼阿华，但他已经转身回了房间，独留一道清瘦的背影，以及门口处那小山般的蒙古汉子。

由青云派护送，看来他就是靳凛口中说的华公子了，真没想到能在此遇上。天印不动声色地揽着千青离去。

小二很快送来饭菜和热水，千青这一天心情大起大落，没想到临晚还遇到这么一出，难免有些心不在焉。天印并没有多说什么，催她吃完饭，又亲手绞了毛巾给她擦脸，然后坐在床头忽然道："我问过小二，往北三十里有个景致不错的小山，山上有猎户留的空屋，我们不妨去山上住上一段时间，正好你还可以趁这段时间好好练练心法。"

千青抿了抿唇，终于忍不住问他："为什么你一定要我练到第五层？有什么作用吗？"

天印拥着她在床边坐下，笑了笑："自然，对你的身体有好处。"

"只是这样吗？"

"不然你觉得还有什么？"

千青垂了眼帘，默不作声。她很想将听到的话拿出来一次问清楚，但又不知该如何问出口。也许师叔会觉得自己不信任他吧。

明明只是自己跟他的事，为什么忽然横生这么多枝节，甚至连武林盟主都要来横插一脚。千青心生不甘，忽然来了脾气，伸手勾住天印的脖子，将唇送了上去，重重地吻他。天印猝不及防，下意识地后仰，人已被千青推着躺倒在床上。被褥太薄，他的背都被床板磕地生疼，忍不住低低地闷哼了一声。

这一刻，千青居然生出了几许畅快。

什么过往，什么伦常，这些东西也许一辈子都甩不开，但现在她忽然觉得无所谓了。有种东西叫嚣着在她体内冲撞，那是颠覆一切的快感。她转头吹灭烛火，褪去鞋袜爬上床，跨坐在天印身上，一手按住他的肩头，一手去解他的衣裳。

天印明显地愣了愣，之前他看着这个青涩的姑娘如何一步步被他拉入未知的世界，现在她居然已经学会展露风情了。

他要她练内功就练吧，反正这颗心已经交给他了，他要自己做什么不行？恍惚中，千青只觉得眼前所有的一切都不真实起来，只能感觉到彼此，干脆什么都不管了吧。

人说小别胜新婚，这一夜几乎是彻夜纠缠，沉沉睡去时已不知是什么时辰。

一场久违的梦境造访了千青。她正在树下练剑，阳光穿透枝桠缝隙洒下，被凌厉剑气扫落的树叶似镀了层金，于枝头地下纷落翻飞时，似有了生命的彩蝶。

一剑刺出，有人抬剑来格挡，"叮"的剑吟声中，他的白色衣角落入眼中。千青的剑停了下来，他便也跟着停了下来，轻轻笑着问："怎么不练了？"

"你是谁？"千青看不清他的脸，但是觉得声音很熟悉。

这是初衔白吗？她一直认为这就是初衔白。

"你不记得我了吗？"他开了口，眼前的迷雾一层层剥去，他略带苍白的面容出现在眼里。

"你怎么会跟折英长得这么像？"千青后退了一步，不敢相信地看着他：

"初衔白呢？初衔白在哪儿？"

他像是没有听见她的话，凝视着她的眼神带着深深地怅惘："我是阿华啊，我是曾经朝夕陪伴在你身边的人啊。"

"初衔白在哪儿？"千青提高了声音，阿华却仍然念叨着那句："我是曾经朝夕陪伴在你身边的人啊。"

她忍无可忍，猛地从睡梦中惊醒。

然而就在这一瞬，有些东西忽然在她心头闪过，一个名字在口中呼之欲出。

"做梦了？"天印不知何时已经醒来，侧身看着她，窗外天色已泛灰白。

"嗯……"

"想起什么了么？"

千青犹豫片刻，摇了摇头："没有。"

天印没有说话，半晌，低头吻了一下她的额角，起身穿衣："走吧，我们现在就走。"

拉开门出去时，千青才发现天印早已做足准备，连干粮都已备齐。他行事一向有计划，看来带她来此，再去往山上，也不是临时起意。不知为何，意识到这点，她居然有点不安。

经过那个阿华的门口，她顿了顿步子。房门紧闭，显然他还没起身。千青犹豫要不要将他的事情告诉天印，但他显然也不是很在乎，从小二那里牵了匹马过来，招呼她出发。

刚出了院子走上道，就看见不远处停着的马车，千青看到车边的蒙古汉子们时就吃了一惊，车帘已经掀开，露出阿华苍白的脸。

"青青，你要去哪儿？"他说话时看也不看天印，简直视他如无物。

千青有些无措，看看天印，却发现他脸上的表情根本看不出什么情绪。

"我……你怎么堵在路上？"

阿华扯了一下嘴角："我想跟着你，我说过以前我一直都陪在你身边的。"

"不不，不行，我不需要人陪。"千青回答得简直有些口不择言。

阿华终于看了一眼天印，忽然对千青道："你方不方便与我私下说几句话？"

千青小心翼翼地看向天印。

他似乎并不介意，牵着马朝前走去："我去前面等你。"

千青吞了吞口水，朝马车走去。

"上来说。"阿华示意她上车，已经有个蒙古汉子给她放好踩脚的墩子，千青只好硬着头皮上车坐下。

"你还没想起我来吗？我不是骗子。"

"哦……"千青抿了抿唇，她从梦里惊醒时，已经记起他的名字。

折华，折英的弟弟，的确是曾朝夕陪在她身边的人，但难保他不是第二个段飞卿假扮的。也许还有别的无聊人士来趟她身世的浑水也未可知。

大概是看出了她神情里的戒备，折华叹了口气："实不相瞒，昨夜段盟主已经来找过我，但我没有说出你的下落。其实是我将他易容成初衔白的，你别误会，我们并无恶意，我与折英都是初家的人，当然不会害你，相反是要护着你的。"

"怎么个护法？"

"离开天印，他会害了你。"

千青作势要走："看来你们真是闲得慌，我与师叔如何，轮不到你们操心！"

"即使你被他骗了也不在乎吗？"

千青探出马车的半边身子又缩了回来。

"如果我说天印一直在骗你，你肯定不信。但你仔细想想，他对你的态度正常么？除了甜言蜜语，他有没有给过你什么实际的承诺？"

"……"

"还有那本天印十四剑的心法，我昨夜已看过。"折华的声音微微一顿，严肃起来："那是转功大法。"

千青一愣。

"知道转功大法是什么么？修炼之人练到第五层后，就能将一身内力转给别人。转功大法保护的是被转之人在转功时免遭外来内力乱走经脉引起的痛苦，防止走火入魔用的。如果天印给你练这套心法，那么他所觊觎的，就是你的一身内力。"

"……不可能，我武功平平，哪来的什么内……"话还没说完她就停了话。

因为她想起折英说过，初衔白曾将一身内力都转给了她。

"不，师叔不是这种人，我绝不相信你的话！"她直接从马车上一跃而下，快速朝前方跑去，像是要逃开身后的追兵。

"华公子，要不要去追？"一个蒙古大汉问折华。

折华的手紧紧揪着白色的衣摆，许久才摇了一下头："算了，随她去吧，能说的都说了，我们远远跟着就好。"

实际上没多久，千青就停下了奔跑的脚步，甚至还像尊雕塑一样呆站着一动不动。

在她的前方，是几个缠斗在一起的人。一个相貌平平的少女，还有之前她见过的陇西二盗，三人围攻的是天印，而后者正有条不紊地见招拆招，长剑在手，玄衫翻飞，身形快如闪电，剑招大开大合，气势雷霆万钧。

总之都不是一个已经失去内力的人能做到的事。

千青忽然觉得脑子有些发懵，师叔真的骗了她……

第31章　左护法

　　陇西二盗这次显然比对付段飞卿他们卖力，可能这对老夫妻最擅长的是配合，二人一攻一守左右辅助，那个相貌平平的魔教左护法才是主攻，手里的武器居然是一柄巨大的剪刀，舞起来都带着风声。天印的剑斜挑过去，恰好被她一剪子夹住，左护法很是得意："哈，你以为你的剑是初衔白的霜绝么？到了我的剪刀下面，马上就要成废铁了！"

　　天印回以一声冷笑，忽然手腕一转，那柄剑尖端一抖，居然软如蝮蛇，嗤的一声刺入她的右肩。左护法吃痛，自然大怒，刃口一滑，顺势去剪他的手，但天印擅长的就是快，没等她接近，剑身曲回抖动着抽出，在她左臂上又划了一道。

　　鲜血顺着胳膊躺下，左护法后退几步站定，连看也不看一眼伤口，反而对着天印柔柔地笑了起来。陇西二盗趁机上来攻击天印，为她的惑术制造机会。天印足尖一点，踩着老妇的宽背大刀冲天而起，居然化守为攻，直接从天去刺左护法的天灵盖。

　　右边的老汉爆喝一声冲上来，挥着烟斗直袭他中府穴。天印从上落下，本避无可避，手中剑招却变化多端，偏了寸许挑开他的烟斗，剑尖最后刺入左护法的肩胛。虽是赢了，也没能将左护法一击致死。

大概那三人已经意识到天印的狡猾多变，干脆一起攻了上来。天印落地站定，剑尖一抖，正等着拆招，那老妇忽然眼尖瞅到了千青，立即嚷嚷起来："左护法，先抓初衔白的妹子再说！"

千青这才回过神来，连忙要掉头跑，身后疾风已经袭来，老妇的笑声阴森森地传入耳内："跑不掉的好姑娘，乖乖死在我们手上吧！"

天印立即提剑掠过来，还没来得及救人，左护法跟老汉紧跟而至，眼看就要顾此失彼，远处忽然飘来一阵甜腻的香味，他一怔，忙对千青道："青青，快捂住鼻子！"说完自己也抬手紧紧掩了口鼻。

左护法和陇西二盗没他这么警觉，察觉过来的时候已经浑身无力，软绵绵地瘫在了地上晕了过去。

天印退到千青身边，示意她跟自己走，千青来不及过问他内力的事，埋头跟着他朝前冲。之前的打斗将二人的马给吓跑了，现在两人只能徒步奔走。循着上风口一口气走了两里，刚将手拿开深深吸了口气，忽然有只手伸到了眼前，手心里有颗白色的小丹丸。

千青顺着那只手视线缓缓上移，那是个一身紫衣的青年，面貌普通，神情却很特别，视线落在人身上，叫人无端生出一股寒意。他将手在发呆的千青眼前抬了抬："吃了这颗药，可以祛毒。"

千青转头去看天印，发现他面前也站着一个同样身着紫衣的送药青年，不过天印没有她这么犹豫，他已经将那颗药丸吞入口中。千青这才意识到刚才那阵甜腻的味道可能带毒，却不知这些人为何会等在这里给自己解药。心中腹诽着，那颗药已经吞进了腹中。

天印身边的紫衣青年长得倒是很漂亮，见千青吃了药，他朝天印抬手做了个"请"的手势："掌门已在此处恭候多时，请随我来。"

千青注意到天印听到这话时，脊背陡然僵硬挺直了一下。然后他转头冲她点点头，跟着那个青年朝前走去。

四周几乎都是半人高的茅草。两个紫衣青年步履款款地在前引路，却俱是一言不发。千青一肚子疑问，但又不知该从何问起，最后只有沉默。

大约行了一里地，两个青年停了下来，面前是一片密集的杂树林，漂亮青年道："掌门说请天印大侠进去一叙，这位姑娘请在此稍做休息。"

千青几乎是下意识地拉了一下天印的袖口,他转过脸笑了一下,拍拍她的手背,拉下她的手,跟那个青年走了进去。

剩下的青年大约不太好意思单独面对千青,转身朝远处走开了几步。又有几个与他穿同样服饰的青年人过来跟他说话,千青干脆靠着一棵树干坐了,盯着那几人左看右看,猜测这是哪个门派。

忽然,她想到了什么,猛地跳起身来问那个青年:"这位大哥,请问一下,你们门派里的人都穿紫色衣服吗?"

正说着话的几个青年齐齐扭头看过来,不约而同地点了点头。其中一个看上去年纪较小,比较爱说话,补充了一句道:"对啊,我们唐门弟子都穿紫衣的。"

"唐门……"千青喃喃着坐回去。

尹听风爱穿的紫色偏浅,而唐门弟子穿的是偏深的紫色,这紫色乍一看没什么特别,却勾起了千青心里的那个结。

当时在梦境里出现的那个雪地里的紫衣男子,那个她亲口承认喜欢的人,她本以为是尹听风,现在才确定那个人穿的是这种深色的紫衣。难道是她弄错了?她真正喜欢的人……其实是唐门中人么?

千青无力地往树干上一靠:我到底喜欢过多少人啊?神呐,你带我走吧……

天印此时已经随领路的青年走到树林深处,头顶枝叶盘结,阳光都很难穿入,于是在他对面站着的那道背影便看起来有些模糊。至于背影左右各站着的一个黑衣人,简直就快融入背景消失不见了。天印也不在意,只看了一眼就移开了视线。

"真是受宠若惊,居然劳驾掌门亲自来见。"

左侧那个稍高的黑衣人开口道:"我说过,你迟早会回来的。"

"可是我也说过,我失去了内力,回来也做不了什么。"

"你刚才已经动过手了。"

天印冷笑:"那不算什么,也许哪天我的内力就又会消失了。"

当中的背影终于转了过来,慢慢走出几步,露出一张中年人的脸,面白无须,姿容颇有几分风流味道,可以料想年轻时该是何等英俊。

第31章 左护法

师叔

正是唐门掌门唐知秋。

天印笑着朝他拱拱手："唐掌门，有礼了。"

唐知秋也笑了，这一笑竟与天印有几分神似："这么客气做什么，按照辈分，你还要叫我一声堂叔呢。"

"呵呵，唐掌门千万别这么说，我可高攀不上。"

右侧的矮小黑衣人跨出一步，似要发火，被唐知秋抬手拦住。

"天印，明人不说暗话，唐门如今今非昔比，我希望你回来助我们一臂之力。"

"哦？唐门不是很好么？能下毒，能使坏，我觉得掌门您是多虑了吧。"

唐知秋皱了一下眉，没有计较他言语中的不善："唐门与青云派向来不和，偏偏青云派连出两任盟主，我们唐门总遭打压，这样下去怎么好得起来？"

天印挑眉："这些与我何干？"

矮小黑衣人终于爆发了："天印！你最好合作点儿！小心我们将你当初那段不堪往事抖落得江湖尽知！"

"不堪往事？"天印冷笑："你随意好了。放眼当今武林，成名的那些正道有几个是干净的？"

"你……"

唐知秋狠狠瞪了黑衣人一眼，打住了他的话头，转头时又变得和颜悦色起来："天印，你本来就是我唐门弟子，现在回来，也是应该的。"

"唐掌门此言差矣，我可不算什么唐门弟子，十年前我就被贵派逐出门派了不是么？"

唐知秋脸上闪过尴尬，复又笑道："过去的事都过去了，如今整个唐门都希望你回来，你有实力，终有一日会将段飞卿拉下武林盟主的位子，届时整个武林都是你的，唐门也有好日子过。"

"且不论我是否能胜得了段飞卿，我的内力可是会无故失去的，所以我早就言明，我无法帮助唐门光大门派。"

"呵呵……"唐知秋忽然笑出声来，声音阴沉，难得的是表情居然还有几分慈祥："你有没有听说过鸢无这种毒？我实话说了吧，你之所以会失去内力，就是因为中了鸢无，这毒药出自唐门，也只有唐门有解药，如果你不想最后变成一个废人，甚至丢了性命，最好还是答应我们的要求。"

天印的脸色沉了下来："说了半天，总算说到重点了。"

"怎样？是否要回到唐门，我现在就要答复。"

天印默然不语。

唐知秋朝林外看了一眼，意有所指般道："那个叫千青的姑娘，你倒是很重视，她的事情我也一清二楚，你在计划什么我也看得明白，但是这一切能否实现，首先取决于你能否活着。"

天印看着他，许久，微微一笑："堂叔说的是，我跟你回唐门。"

千青在外等了差不多有半个时辰，才总算见到天印的玄黑衣角。

"师叔！"她立即冲上去："我们可以走了吗？"

天印的视线轻轻落在她身上，又移开："从今以后别再叫我师叔了，我已经决定叛出天殊派。"

"……什么？"

第32章　唐门少主

迷迷糊糊的，像醉了酒一样，千青醒来时只觉得脑袋发沉，搞不清自己的处境。

天已经黑了，四周除了风声，就是偶尔的鸟啼和虫鸣。有人扶着她的背帮她坐起来："青青，你没事吧？"

千青定了定神，这才认出面前的人是折华。

"你怎么来了？"

"我一直远远跟着你，之前发现你跟天印进了这片林子却一直没出来，就找了进来，结果就发现你昏睡在这里，发生什么事了吗？"

千青怔怔的说不出话来，她记起来了，天印进去跟那个什么掌门说了半天的话，出来就说要叛出师门，接着就……

接着她就没有意识了。

她连忙爬起来找人，那些紫衣的唐门弟子一个都不见了，看来是天印故意把她丢下了。

"青青，到底发生什么事了？"折华跟在她左右，说完话就捂着嘴轻咳了几声。

"我不知道……"千青喃喃了一句，揉了揉太阳穴："不行，我得去找师叔。"

折华见她要走，连忙伸手拉住她："你一个人去吗？"

"不然还能怎样？"

"我陪你去。"

"……啊？"

折华眼神黯淡："我知道没办法阻止你，但我想要陪在你身边。"

这语气很不对劲，千青的身上蓦地起了层鸡皮疙瘩，心里生出一个猜想。

折华不会对她……

神呐，您还是带我走吧！

到底还是跟折华一起上了路，不为别的，就冲他有马车。天印大概也就早走几个时辰，有马车的话，赶上的可能要大很多。

千青注意到随行的蒙古汉子们少了不少，好奇地问折华，他解释说："这些都是青云派的门人，盟主好意派他们保护我去江南，如今我半路改道追着你，自然要给他一个交代，便叫他们回去了。"

千青点点头，讪讪道："其实我到现在也就只记起你的一个名字，除了你是折英的弟弟外其余一概不知，你能不能说说你以前的事？"

除去好奇，这其实也是在试探，但折华并不介意，几乎立即就娓娓道来。

"我与折英是一母同胞的姐弟，但从小就失散了，所以折英是在你身边长大的，我却一直到十六岁那年才被你们找回来。当初流落在外，吃的苦实在太多，进了初家后，你对我百般照顾，我便立誓一生一世都对你忠心不二，可惜后来出了围剿的事……"他垂下眼帘，搁在膝头的手指微微颤抖着，显然再也不愿回忆起那段往事了。

千青听得很仔细，但总觉得哪里有些不对，想了好半天才找到症结，原来他说了这么多，却半个字都没提到过初衔白。

可惜她没来得及问，因为去前面探听消息的青云门人回来了，他说发现了天印等人的行踪，不是回四川唐门，而是朝着江南方向去的。

折华道："武林大会要在江南举行，而且江南有唐门的别馆，他们会去那里落脚倒也不稀奇。"

千青心急难耐，急忙催促大家加快速度追人。折华并未多言，只是神情有些失落。

路不是官道，不算好走，折华身子不好，马车颠簸的厉害，他一张脸惨白得吓人。千青不敢催了，刚好天也黑了，几人便在路边停下休息。

入了秋后，晚间已经带了明显的凉意。折华担心千青着凉，拿了件披风给她披上。千青注意到披风的颜色恰好也是紫色，心情有些低落。

"对了折华，我有件事想问你。"千青犹豫着道："既然你以前一直都陪着我，那你知道我以前……有没有过喜欢的人？"

折华的神情一瞬间黯淡下去，半晌才开了口，语气飘忽："有过。"

千青的心紧了一下："是唐门的人吗？"

"是。"

千青的心都揪住了，还真的是搞错了。这一刻的心情居然是喜忧参半，不知道是该庆幸自己终于摆脱了尹大金蛋那个噩梦，还是该怅惘自己又凭空整出个唐门的家伙。失忆这么久以来，头一回觉得好气又好笑。

千青想问问清楚那个唐门的人到底是谁，但折华又剧烈地咳起嗽来，她只好先忙着给他找水顺气。这一通忙完，也没心情继续跟他一个病人纠结自己的事儿了，只有嘱咐他好好休息。

这一觉睡不好是必然的，千青被折华留在马车里休息，尴尬和焦急让她几乎就没怎么合眼。天一亮，大家又立即上路。沿途终于出现了城镇，在驿站喂马时打听了一下，天印离他们的距离已经不远。

"天印为什么会丢下你？"折华问这话时，显然已经忍耐了很久。

"因为……"千青自己也一片茫然，好一会儿才慢吞吞地道："大概是不想我再跟着他了吧。"

"不太可能，我猜是有了更重要的目的，天印做事向来都有目的。"

千青又想起他说天印利用自己的话，心情一下子跌到谷底，说出的话也有些没好气："你还真是了解他。"

折华愣了愣，喃喃道："你本比我更了解他。"

"……"

可能是打听来的消息不准，接下来整整半个月快马加鞭，也没看见天印的影子。一直到了江南地界，才总算打听到天印等人身在唐门别馆的消息。

这一路心急如焚，吃睡不好，千青整个人都瘦了一圈，但她一跳下马车就要往唐门的别馆冲："我现在就去找师叔。"

"等等，你这样太心急了，先好好休息一下吧。"折华自己一脸疲倦，偏偏还这般关切地叮嘱她，千青于心不忍，终于还是点了点头，跟他进了客栈。

武林大会召开在即，客栈内都是往来的江湖人士，一进门会发现桌上的刀剑比饭菜还多。千青没心情管这些，只想好好吃顿饭再睡个觉，现在只要一想到师叔的事，她的脑仁都发疼。

青云派的蒙古汉子们比较扎眼，一进门就引来众人围观，他们便干脆回房用饭去了。折华跟千青在角落里选了个位置坐了，刚叫来小二点菜，忽然听到邻桌的一个中年人说道："真没想到，青云派的人也来了，看来武林盟主这次要现身了，上届武林大会天印拔了头筹是因为盟主未能参加，若是这次盟主亲自出场，不知结局如何啊。"

坐在他对面的一个年轻人接话道："盟主若是现身，少不了要跟他比武，可万一输了，只怕盟主的位子也坐不稳了。"

那中年人瞪了他一眼："年轻人就是不知天高地厚，青云派坐镇江湖这些年来，武林可没出过什么大乱子，若是换了天印，那就不好说了。你没听说么？天印都已经叛出天殊派了，这种背弃门派的人，武功再高也没资格做盟主。"

年轻人脸红着分辩："我听说天印本来就是唐门的人，哪能算是叛出呢。"

"那就更不行了，"中年人左右看了一眼，压低嗓门儿道："唐门在江湖的口碑可差着呢，天印若是曾经出身唐门，只怕情形会更糟吧。"

年轻人显然也赞成他这个说法，皱了皱眉不做声了。

千青根本没想到这个消息已经传开。之前天印突兀地说要叛出师门时，她还觉得不真实，现在从别人口中听到，顿时浑身都充满了无力感。她不理解他这么做的原因，更无法接受他因此而丢下自己的事实。这是不是说明，他以后就再也跟她没有交集了？

"原来天印叛出天殊派了。"折华看了她一眼，神情有些微妙。

"嗯……"千青心不在焉地回了一句，起身回房："我吃不下，先去睡了。"

折华看着她的背影，轻轻叹了口气。

实际上千青根本没有回房，在客栈后院溜达了一圈，就从后门出去了。

唐门虽然在江湖上算不上高调，但要找他家的别馆还是不难打听的。千青几乎是一路跑过去的，路上还尝试了几次上次无意间使出来的轻功，开始仍旧跟上不了天的风筝一样扑腾，后来就好多了，甚至已经能在半空凌空踏上几步。不过落地还是有些不稳，险些一个跟头摔个狗啃泥。正无语凝咽的要爬起来，头一抬就看到面前一扇剥了漆的红木大门，两边各站了一个紫衣青年，当中匾额上豪迈地书写了两个大字："唐门"。

千青激动的热泪盈眶，爬起来就朝门口冲，对两个门神一样的唐门弟子如同见到了亲人："两位大哥，烦请通报一声，我找我师叔。"

"你师叔？"左边的青年一脸怪异："你师叔怎么会在我们唐门？"

"啊，就是天印。"

"什么？"青年的表情更怪异了："你没弄错吧？天印是我们唐门的少主，什么时候成你师叔了？"

千青听到"少主"两个字就觉得难受："我说真的，有劳您二位给通报一声吧，我有重要的事要找他。"

青年可能觉得这姑娘脑子有病，干脆不理睬她了。

千青正着急得不行，忽然看到院内有人走过，正是那日给她和天印引路的漂亮青年，连忙招手叫他："哎哎，大哥！"

那人见到她怔了一下，朝门口走了过来："你怎么来了？"

"我想见一见我师叔，请您通报一声行么？"

"这……恐怕不太方便，少主他……不会再见你了。"

千青呆了一下："什么意思？"

"意思就是你以后都别来找他了，临走时他故意丢下你，就是要跟你一刀两断了。"

"一刀两断？"千青以为自己听错了，胸间腾地窜出股怒火来："你把他叫来，我要听他亲口说！"

对方显然不想答应，皱着眉不吭声。

千青又气又急，胸腹之间真气乱岔，甚至觉得自己就快要爆了，咬了咬牙道:"那好,你就跟天印这么说,他叫我练的心法已经突破了第五层,看他愿不愿见我。"

漂亮青年愣了愣,转头走了。

千青一直目送着他的背影消失,才轻轻吐出口气来,平复下翻涌不息的情绪。

她忽然有些后悔,为什么要用这句话引他出来?如果他真的出来了,是不是就说明他在意内功比她这个人更多?看来自从听折华说过他在利用自己后,多少还是受了影响,因为这话不像赌气,倒像是试探。

"少主,人在那里。"

千青一怔,抬头去看,天印正朝门口走来,仍旧一身玄衣,却与往常大为不同,脸上的表情陌生的几乎要叫她认不出来。他目不斜视,到了跟前,一句多余的话都没有:"你真的练到第五层了?"

千青的喉头梗了梗:"果然要这么说你才肯见我吗?"

天印轻描淡写地看了她一眼:"不然呢?除了这个,我想不到别的见你的理由了。"

"……"

第33章 救我……

千青本就对他丢下自己不满，现在又见他是这种态度，心头陡地就窜上了一把浮火，用力握了握拳才将之压下："师叔，你不能背叛师门，现在外面都传开了，万一传到师祖耳中怎么办？"

天印轻轻一笑，眉眼间尽是促狭，很是无所谓："既然决定叛出，自然早就想到了这一步，该怎么办就怎么办。"

"……你难道一点都不在意自己名声受损么？"

"名声算什么？我要的从来就不是那些。"

千青一愣："那你要什么？"

天印眼神沉如幽潭，轻拂了一下衣摆，优雅地笑了。他相貌虽好，引人注目的却是身上散发出的风度，如山居隐士自有风骨，举手投足间总有一丝道逸仙风，便叫人一眼认定，这是个正人君子。即使此时此刻，身处这诡异的唐门别馆，他也没有被丝毫侵染的迹象，说话微笑，都是千青熟悉的温和淡然，也仍旧是她心目中那个不可动摇的高手师叔。

可他施施然走近，俯头在她耳边低语的却是："我要你的一身内力。"

千青猛地睁大双眼："你说什么？"

"他说得还不够清楚么？"院中忽然有人接过了话。千青转头去看，那是个姿容得体的中年人，白袍黑靴，很是精神，表情却带着浓浓的戏谑意味。他的身后还跟着两个黑衣人，只看一眼二人身形，千青几乎立即就认出这是当初在天殊山上见过的那两个。

原来天印早就跟唐门纠缠不清了……

左右四周都围了不少唐门弟子，大概都对这位新进门的少主有什么感情八卦很感兴趣。唐知秋也不阻拦，笑容可掬地道："天印，你布的一场好局啊，人家都说英雄难过美人关，我看女子才最容易受感情蛊惑，不愧是我唐知秋的侄子，将这宝库养在身边调教得这么服帖，真有本事。你瞧瞧，现在她都送上门来让你把内力拿去呢。"

天印转头对他笑了笑："堂叔谬赞了，不是侄儿有本事，"他指了指千青，"是她太蠢罢了。"

千青看着这张陌生又熟悉的脸，觉得自己像是在做梦："师叔，你是在开玩笑吧？"

"玩笑？"天印哈哈笑出声来，甚至一手扶了腰，简直有些乐不可支："没错，过去我与你说的那些情话的确都是玩笑。"

"……不，我不信。"千青喃喃着后退了一步。

"信不信由你，事实如此。若不是因为你有用，我何必煞费苦心地将你藏在天殊派呢？其实以我现在的状况，根本不适合取你的内力，所以才将你丢了下来。我猜你根本就没练到第五层吧？这不过就是你要见我的一个借口。"

千青苍白着脸点了一下头："没错，我的确是在骗你。"

"这说明折华将我要取你内力的事情告诉你了，不然你也想不到这个借口。"天印扶额叹息："既然你都知道了，我就该取了你的内力，可偏偏现在不是时候，你的内力太霸道，我现在的状况，拿了只会害了自己。不过再等下去，我又怕会便宜别人，看来只有将你这个宝库废了才能安心啊。"

千青大惊，不敢置信地看着他。

天印随手抽出身边一个唐门弟子腰间的长剑，一步一步接近，目光落在千青身上，温柔似海，如同过去每一次揽着她诉说衷肠时一般。

"师叔……"

尾音还梗在喉间，天印忽然窜到她左侧，白光一扫，脚跟腱处微凉。千青吃痛地单膝跪下，呻吟了一声，鲜血顺着足踝汩汩而出，淌到地上。疼痛让她说不出话来，她喘着气，想抬头去看他的脸，右脚跟腱处又是一凉，顿时失去支撑摔坐在地上，眼睁睁地看着双脚颤抖抽搐，鲜血在地上弥漫开来，然后彻骨的疼痛侵袭而至。

身上开始大颗大颗地冒冷汗，她哆嗦着，无力大声叫唤，也说不出完整的字眼，只能发出"嘶嘶"的抽气声。

连一向以阴毒闻名江湖的唐门弟子都被眼前的场景震慑的发憷。唐知秋拍了拍手道："想不到还是个有骨气的姑娘，脚筋被挑断了都不吭一声，天印你的眼光不错啊。"

天印没有说话，他扔了手中长剑，在千青身边蹲下。她只能用手撑着身子后退，看着他的眼里已经染上恐惧。

"青青……"他抬手拂去她额头上的冷汗，笑得很温和："很疼吧？没事，废武功都是这样的，熬一熬就过去了。"他的手顺着千青的脸轻轻抚摸着，最后滑过她的脖子，落在她的琵琶骨上："记住，以后再也不要相信任何男人的话了。"

话音刚落，那两根修长的手指猛地一用力，"啪嗒"一声脆响，几乎将在场所有人都震住了。

千青猛地吸了口气，仰起头来，琵琶骨断裂的巨大痛苦连身强力壮、武功高强的成年男子都无法承受，更别说她一个弱质女子。她的喉间压抑着破喉而出的嘶喊，最后却只变成了痛苦的游丝，因为一点点口腔震动也会让她感到莫大的痛楚。

头顶明明是夕阳暖照的蓝天，她却觉得自己身处地狱。从未想过自己付出真心所爱的人，会用这样的方式对待她……

院落四周围了一圈人，全都鸦雀无声，地上躺着的女子轻轻抽搐着，鲜血几乎要将她身上的蓝衫染透。

天印站起身来，拍了拍手，转身就走，连看都没有多看一眼："好了，这下解决了一个大麻烦了。"

"啧，真是个命硬的姑娘。"唐知秋看着犹自喘息的千青啧啧摇头，视线落在天印身上:"就扔在这儿?不太好吧。"

天印脚步不停:"那就劳烦堂叔派几个弟子将她丢出去吧。"

"行,没问题,不过这半死不活的不是要她受罪么?我可不忍心啊。"唐知秋随手招呼了几个人:"来啊,将那瓶毒鸩丹喂她吃了,早点送她上路吧。"

天印脚步一顿,头却仍旧未回:"堂叔考虑得果然周全。"然后继续朝前走去,不疾不徐,像是什么都不曾发生过。

千青躺在地上,看着他的黑色衣角消失在眼里,喉间忽然发出一阵诡异的声响,嘴角扯出一丝笑容,看起来让人悚然。

眼前是茫茫血雾,心中是沉沉死灰……

麻烦?天印,原来我只是你的麻烦么?

夕阳隐去时,千青被丢到了荒郊。

她能感到身下冰凉的泥土,能感到脸颊边微凉的吹风,却感觉不到自己的心情。感官前所未有的敏感,疼痛铺天盖地的侵袭,身体里有什么在乱走,顺着食道涌上来,在口边溢出,鼻尖弥漫的全是腥味。

她觉得自己一定就快要死了。

真可惜,在最后的时光里,看清了这个男人的嘴脸,却没看清自己的过往,她连当初自己身上究竟发生过什么都记不起来,就要不明不白的上路了。

"咦,这是……千青?"

千青的眼珠动了动,勉强看清身边站着个牵马的少女,杏眼桃腮,美丽如初。没想到再见她还是这么美好,自己却如此狼狈不堪。但她没有时间却理会那些,她只想求生,于是努力地想开口求救,一张嘴却扯动断裂的琵琶骨,浑身痉挛,最后只是无助的呻吟。

有人快步走上前来,大惊道:"真的是千青,怎么弄成了这样?"

千青见到是大师兄靳凛,心中一酸,眼泪滚滚而下。

"千青,你别担心,师兄一定救你。"靳凛知道不是问话的时候,急忙起身对谷羽术道:"我马上回去找帮手来,羽术你会医术,这里就拜托给你了。"说完立即提起轻功朝镇子里飞掠而去。

"拜托给我?"谷羽术在千青身边蹲下来,震惊的表情褪去,居然一片平静。

千青喘着粗气，忍着剧烈的疼痛低吟："救我……"

"什么？我听不见。"谷羽术做附耳倾听状。

千青只有提高声音，忍着疼痛又说了一遍："救……我……"

"呵呵……"谷羽术忽然笑了，双手托着腮低头看她，表情很愉悦："还是听不见呢。真奇怪，千青，是谁将你害成了这样啊？还真是解恨呢！"

千青已经没有力气，只能虚弱地喘气。毒已经发作，口鼻溢出血来，连眼睛都血红一片，她能明显的感觉到自己的生命在流失。

真是可笑，原来她的身边全是欺骗。段飞卿假扮的哥哥，口口声声说爱她的师叔，还有这个人前善良，背后恨不得她早点死的谷羽术。

千青的视线渐渐模糊起来，意志也涣散了。

有什么意义呢？还不如抛开这一切，死了就能一了百了了……

"青青！"迷迷糊糊茫然了不知多久，远远传来的呼唤让她蓦地振奋了一下，但也只是一下而已。

她听到有人脚步踉跄地跑到她身边来，小心翼翼地托着她坐起，手都在颤抖："青青，能听见我说话吗？我是折华啊。"

千青轻轻闭了一下眼，算是回答，虽然她已经连人都看不清。最后失去意识前，似乎还听到了尹听风的声音，但她已经没有精力去辨认。

"青青！"折华见她紧闭双目，吓了一跳，颤抖着手去探她的鼻息，察觉还有呼吸才松了口气。

尹听风刚刚飞掠到跟前，看到千青躺在他怀里浑身是血，怔愕了好一会儿。靳凛跟在他身后过来，看到眼前状况，惊讶地看着谷羽术："怎么会这样？"

谷羽术一脸哀戚："靳凛师兄，对不起，我医术不够高明，只怕……救不了千青了。"

"不行，求求你一定要救救她！"折华小心将千青放下，忽然朝谷羽术跪了下去："求你，她不能死，决不能死！"

谷羽术吓了一跳，退后一步道："你这是做什么？救不救得了哪是你跪一下就能改变的？"

靳凛也急了，拉着谷羽术的胳膊道："羽术，你想想法子吧，这是我师妹啊，一条人命啊！"

谷羽术委屈地咬唇："连你也不信我么？我是真的救不了，不是不救她。"

"是么？"尹听风忽然冷哼了一声："听闻玄秀掌门有意将掌门之位传给你，原来你的医术也不过如此，看来等武林大会见到她老人家，我一定要请她再好好掂量掂量才行了。"

谷羽术的表情一僵，皱紧了眉头，不甘不愿地看了一眼千青，终究从怀里掏出了银针包："我只能尽力一试。"

靳凛松开她的胳膊，脸上隐隐闪过一丝失望。

折华连声道谢着站了起来，因为太急，身子晃了晃，被尹听风伸手扶住才站稳。

谷羽术在千青身上几大穴道用了针，又取了粒丹药喂她吃了，没好气地看了一眼尹听风："我已经尽力了，她脚上的伤口已经止住血，但断裂的琵琶骨除非找到续骨良药，否则永远都长不好。而且她中了毒，我身上带的解药只能缓解毒性，无法根除。接下来怎样，只能看她的造化了。"

尹听风皮笑肉不笑："如果你早点能施以援手，我想情况应该会好很多。"他弯腰抱起千青，冷笑了一声："劝你小小年纪不要太阴狠，常在河边走，哪能不湿鞋呢？总有一日，会有报应的。"

谷羽术脸上一阵红一阵白。靳凛看了她一眼，抿了抿唇，终究也转身走了："我去看看千青。"

"……"尹听风是一派之主，谷羽术斗不过他还不算丢人，但连靳凛都这么对她，她就憋闷了。

不过不要紧，她忽而又得意地笑了，千青这样子，定然是活不下来了，跟一个死人有什么好计较的……

第34章 节哀

吃罢晚饭,有人闪身进了天印的房间,正是那日领他去见唐知秋的漂亮青年。他如今被派到天印身边听候使唤,天印也终于知道他的名字叫珑宿。

"少主,都打听清楚了。"天印坐在桌边翻着一卷武学典籍,珑宿俯下身在他耳旁低声道:"下午的确有璇玑门人经过荒郊。"

"嗯,那日我们进入江南地界时,她们离我们已不过百里,算算时间,的确是该今日到。"

"千青姑娘……"珑宿小心观察着他的表情,始终看不出什么情绪,便继续道:"没有发现她的踪迹,应当被璇玑门人救了吧。"

"那就好。"天印合上书,无奈般叹了口气:"虽然是利用,但我也没那么铁石心肠,做个废人总比做死人强。"

珑宿并不是个恶人,相反还很同情千青。他也耳濡目染过一些男女情事,戏折子里那些男欢女爱的调调听得也不少,不觉自发地脑补"少主必然深爱千青姑娘,可能只是忌惮掌门,或者有什么不得已的苦衷才会下此重手",于是忍不住好言宽慰他:"少主不必担心,千青姑娘一定没事,有新消息属下会尽快通知您的。"

"担心？"天印挑眉："我为何要担心？你不会以为我对她是真心的吧？"他不屑地嗤笑了一声："弱肉强食，这便是江湖，她身在其间，却没能力保护自己，能怪得了谁？你身为唐门弟子，倒善良起来了，难怪唐门一代不如一代。"

珑宿不想他绝情至斯，心里一阵阵惊骇，面上却不敢表现出来，赶紧附和了一句便退了出去。掩门之际，又忍不住朝里面看了一眼，那君子端方的背影黑衣肃杀，在薄薄的暮光里看来，如一把刚出鞘的剑，决绝、冷硬，全然不是外人所传的第一高手正派威严的模样。

也是，这可是他们唐门的少主。

走到半道，有个同门师兄过来叫他去见掌门。珑宿已经猜到会有这一遭，并不惊讶。

唐知秋坐在太师椅里喝茶，见他进来，亲切地招招手："珑宿啊，天印的胃口还好吧？"

珑宿不傻，知道他是想问天印的反应，老老实实地回答："好，比在路上时胃口好了许多。"

"嗯，看来今天的事他压根没放在心上嘛，不过这也是好事啊，做大事的人哪能有牵挂呢。"

"掌门说的是，少主不仅没反应，甚至还……"他顿了顿，小心翼翼地接着道："甚至还有些绝情。"

"呵呵，这说明他学聪明了，十年前他要是够绝情，就不会被逐出唐门了，还好现在知道改了，不然唐门怎么能依靠他？"唐知秋摆摆手："好了，你下去吧，好好伺候着少主，他可是要成为武林盟主的人。"

"是……"

珑宿离去后，唐知秋摸着手里的茶盏似叹非叹："可惜了，可惜了，那样一个人物，居然就这么凋零了，呵呵呵……"

尹听风脚程快，先行一步带千青入城去找大夫去了。折华身子不好，落后了一步，心里急得很，偏偏他运气不好，路上竟被几个参与围剿初衔白的武林人士认了出来，差点遭了毒手，好在靳凛及时赶到。

二人脱了险，一起继续入城时已是弦月初上，靳凛扶着他道："你这样可不行啊,当时折英露面也常遭追杀,我看你还是把脸遮起来的好。"

折华敛目叹息:"你说的没错,我也是怕青青认不出我,却没想到她根本谁都记不起了,偏偏只信任天印。"

说到千青,靳凛不禁叹惋:"千青瞧着迷糊,可对谁都没坏心眼,也不知道是谁会下这么重的手,若是让我知道,一定要替千青讨个公道!对了,师叔宠她得很,也不知他去了哪里,怎么会任由千青遭了这罪?"

折华的脸色瞬间阴沉下来,一把推开了他:"你师叔宠她?哼,我看你还不知道他已经是你们天殊派的叛徒了吧!千青忽然弄成这样,十有八九就是因为他!"

靳凛愕然地看着他气愤离去的背影,莫名其妙:"叛……徒?"他忽然想起路上听到的那些传言,心中暗叫不妙,连忙回去找玄月商量去了。

这一夜自然没一个人合得了眼。

玄月跟着靳凛去尹听风安排的地方会合时,恨不能生出双翅膀会飞。

楚泓急着见到自家公子,急急忙忙冲到目的地,却发现眼前是一座破败的土地庙,在月光下看来颓然地可怜,连屋顶都塌了一大片。他转头看向紧跟而至的靳凛:"你不会说错地方了吧?"

"没有,就是这里,千青伤得太重,无法移动太远,你家公子便就近找了这个地方。"靳凛一边说着,一边引着玄月进了屋。

"青青……"饶是这一路做足了心理准备,见到眼前场景时玄月还是惊呆了。

千青仰面躺在一堆干草上,身上盖着尹听风的袍子,身上的蓝衫露了一些在外面,全是斑驳的血渍,干涸后的色泽在朦胧的烛火下看来如黑色的污浊,将她灰败的脸色衬得越发青白。

"这……这……"玄月按着胸口粗喘了几口气,忽然一把揪住旁边尹听风的衣领:"混蛋,你不是跟在她身边的吗?怎么让她变成了这样?"

尹听风的神情少有的沉凝,甚至有些悲戚:"对不住玄月师父,半个多月前她就跟天印走了,是我没看好她……"

"天印……"玄月忽然想起什么,松开手扑去千青身边:"青青,你师叔呢?到底是谁害得你这样?师父一定要他求生不得求死不能!"

千青紧闭着双目，毫无反应。

玄月的脸都白了，想伸手去摇醒她，被尹听风伸手拦住："别碰她，她的琵琶骨断了，一点小动静都会疼得死去活来的。"

"什么？"玄月震惊地看着他："居然有人弄断了她的琵琶骨？"她勃然大怒，转身就要出门："我要去找天印，问问他是怎么照顾人的！居然任由千青被害成这样！"

"师叔您别冲动！"靳凛连忙拉住她："天印师叔内力没了，说不定遇到了更糟糕的情况啊。"

"更糟的情况？"一直没说话的折华坐在破庙的角落里，几乎没人注意到他瘦弱的身影，大概是觉得靳凛的话可笑，他的喉咙里发出一连串的古怪声音："你们天殊派尽出些笨蛋吗？难怪天印能骗得你们团团转。难道这一路的传闻还没听够？天印已经叛出天殊派，成了唐门的人了。"他顿了顿，似笑非笑："啊，不对，应该说他本来就是唐门的人。"

玄月转头看他，没有驳斥，反而问了句："你是谁？怎么会知道天印的过去？"

靳凛一愣，她这话显然已经承认折华所说的都是事实了。

折华低咳了一声："我是折英的弟弟折华。天印此人我早就认识，早到他还在唐门时……哼，那时的他算什么东西，不过一只蝼蚁罢了，谁都能轻而易举地杀了他。只恨我当时没能除了他，留他如今祸害人间！"

"华公子！"靳凛听不下去，忍不住开口打断："您没有真凭实据，最好不要血口喷人！"

玄月抬手阻止他，紧紧盯着折华："所以你的意思是……是天印害了青青？"

"不是他还有谁？青青为了追他回头，几乎不眠不休，甚至趁我不注意悄悄去找他，不出几个时辰便成了这幅模样，你说这是由谁造成的？"折华有些激动，倏然站起身来，又剧烈地咳嗽起来，掩着口坐了回去。

玄月说不出话来，转头去看千青，眼神沉沉浮浮，似明白了什么，又似不敢相信。

难怪天印会忽然对千青感兴趣，果然是有所图吗？

"靳凛……"她语气低哑地唤了一句:"写信给师祖,告诉他,我天殊派出了叛徒,并向他老人家请示……是否要清理门户。"

"师叔!"靳凛惊讶地看着她。

玄月的目光定在千青身上,隐隐有了泪光:"去吧……"

靳凛终究出了门,玄月在千青身边蹲下,小心翼翼地抚了抚她的发:"乖孩子,你一定能熬过去的,你看师父保养得这么好,可不适合演什么白发人送黑发人呀,对吧?"她努力地想笑一下,结果终是没忍住,眼泪一颗一颗地滚落下来,在千青染血的衣衫上晕出凄凉的哀伤……

大约第三日的子时,千青醒了过来。

十分突然。

眼睛看不清楚东西,仔细辨认许久才看出是在晚上,有人背对着她坐着,面前燃着一簇篝火。她终于回忆起之前发生了什么,也感觉到了彻骨的疼痛,忍不住低嘶了一声。那人转过头来,相貌看不分明,模糊间觉得似乎没什么表情。

他问:"你醒了?"

千青不能说不能动,只能闭一下眼睛。

"你应该记得我的声音吧,我是段飞卿。"

千青又闭了一下眼睛。

段飞卿凑近了一些,俯下头看着她:"我早告诉过你天印不是好人,你现在相信了?"

千青这次没有闭眼,反而抽着嘴角笑了一下,尽管这会引起琵琶骨处的伤疼,却更能表达她的心情。

段飞卿的神情淡的近乎冷漠:"大概诸事皆有因果,你以前也不算什么好人,如今走到这一步,我已经尽力,也算是还了欠你的债了。"

千青并不明白他的意思,而他已没了说下去的意思。

"你的时间已经不多了,还有什么话要交代么?"

千青于是明白,自己这是回光返照了。

段飞卿坐直身子:"顺气凝神,将气息压在喉间轻吐出来,减少震动,可以缓解你的痛苦。"

千青照着他的话做了，许久，终于说出句话来："有话说……"

"说。"

"第一，告诉我师父，别替我报仇，这世上……我最不希望的，就是她出事。"

"好。"

"第二，大师兄……叫他离谷羽术远一些，我怕他有一日会被她害了。"

"好。"

"第三，折华，我不知道他是真是假，若是真，叫他和折英一起断了初家人的身份……好好生活；若不是，那就去死吧……呵，我如今最痛恨欺骗了……"

"……好。"

"第四……"她微微喘了口气，这才有了继续说下去的力气："我已记不起前尘过往，也不想在这荒诞的世上留下什么，我死后，草席裹尸，就地掩埋即可……"

段飞卿终于忍不住道："没有话要对天印说么？"

"没有。"千青又喘了口气："还请你最后替我感谢一下尹听风吧，他是唯一一个骗过我，而我不恨的人了。"

段飞卿默默点了点头。

千青睁大眼睛，盯着黑黢黢的屋顶，那片黑色似乎成了个洞，要将她吞噬吸入，又忽然成了一片衣角，一头乌发，以及那人一转头的一抹笑。

"呵、呵呵……"明知道这样笑会让自己疼得死去活来，她还是忍不住。

迷迷茫茫间，只听一声巨响，似乎是门被撞开了，有人跌跌撞撞地冲过来，近乎蛮横地把她搂在怀里："青青，你会没事的，你不能死，你不能再死一次了！"

千青存着的一点怀疑在感到他滴在肩窝的眼泪时忽然消逝了，这应当是真的折华吧。

"千青……"尹听风在她对面蹲下来，凝视着她的眼睛："再撑一撑，你能熬过去的，想想你过去多生龙活虎啊……"话音忽然哽住，他怆然地闭了嘴。段飞卿拍了拍他的肩，微微叹息。

千青忽而笑了一下："你们……都挡着门，别让我师父进来，她叫起来……

我受不了……"

折华更用力地搂住了她："青青，你不能放弃，再撑一撑，再撑一撑就会没事了……"

千青抬头望向那篇虚无的黑暗，心里蓦地浮出那首歌来。

"心乎爱矣，遐不谓矣，中心藏之，何日忘之……"

"中心藏之，何日忘之……"

半刻后，玄月出现在了门口，还没冲进来就被守在门边的楚泓一把拦住了。他略带哽咽，又强作镇定："玄月师父，节哀……"

第35章 千青已经死了！

回到唐门后的第七天，天印得到了第一枚解药。这是预料之中的事，如果仅仅一颗解药就能解了他身上的毒，唐门又岂能操控得了他。

秋日气候越发明显，只是接连好几日都不见太阳，重云层叠，天空阴沉沉的，想下雨又下不来的样子，叫人觉得很是憋闷。

天印住的地方风景独好，推开窗就能看到一汪碧池，岸立假山叠石，常青碧树。虽不及北国雄浑大气，但幽静别致的江南风情，是再薄凉的秋日也掩藏不住的。

珑宿来找他时，他正端着一碟鱼食在喂鱼，看着闲情逸致，却似有些心不在焉，因为那些食料已在窗台上落了不少。

"少主，掌门请您去见两位贵客。"

天印搁下小碟，取了帕子拭了拭手，不紧不慢地问："什么贵客？"

"属下只看见是两个女子。"

天印失笑："最近倒总是有女人来找我。"说着人已朝外走去。

珑宿看着他的背影，心里默默腹诽：明明还惦记着千青姑娘不是？

来找天印的的确是两个女子，巧的是还都是熟人。

师叔 SHISHU 上

唐知秋在大厅里陪二人说话，模样恭敬，两个女子却明显态度高傲，尤其是其中那个少女，眼睛就没平视过人。

天印一掀衣摆走入厅内，一眼瞧见那个少女，脸色便有些不好。

正是那日与他缠斗的魔教左护法。

可等他看到右边坐着的女子，脸色就更不好了。

"天印……"她显得很局促，手绞着衣摆，眼神扫过他，又落到对面的左护法身上，颇为无奈。

天印叹息："金花，没想到你还是回到魔教了。"

左护法忽然大怒而起："混账！我们堂堂圣教，高居西夜国教之尊，你居然敢称呼我们为魔教！"

锦华连忙起身道："左护法息怒，这里毕竟不是在西夜国内，天印也是心直口快。"

左护法斜睨她一眼："哼，不愧是老相好，你倒是护着他。不过丑话说在前头，教主虽然允许你回来继续做右护法，当初你叛教的罪名可还挂在这儿呢，最好别惹怒我！"

锦华的脸色白了几分，不再作声。

天印冷笑："左护法好大的威风，差点叫我忘了你是我的手下败将了呢。"

"你……"左护法"唰"地亮出明晃晃的剪刀来。

"哎哎，这是做什么？"唐知秋忙起身来劝，堆了一脸的笑："如今都是自家人了，万万莫要伤了和气啊。"

天印蹙了蹙眉："什么自家人？"

"啊，忘了跟你说了。"唐知秋笑着道："我们唐门与圣教早就两家一体，同进同退了。"

左护法闻言，不屑地翻了个白眼，显然并不把唐知秋看在眼里。

天印瞧得真切，所谓的两家一体，只怕是唐门依附魔教，沦为一个踏脚石了吧。很显然，这个在西夜国内举足轻重的魔教已经不满西域一隅，有意拓展中原武林了。

呵，真是痴人说梦啊。

左护法见天印不做声，以为他是怕了，下巴昂得更高了："实话说，那日与你交手，发觉你还真有几分本事，不过是真本事还是假本事，还要看你之后能否将唐门发扬光大了。教主金口，若你做得好，可以保你做中原武林之主，唐门也能成为中原武林独尊，但若是做得不好，哼，你自己掂量着吧。"

现在就一副万派之主的架势了？天印但笑不语。

唐知秋见他并无出格反应，心中松了口气。

左护法显然就是来放个话的，没耐心再待下去，翻了个白眼便要走。锦华只好跟上，与天印擦身而过时，悄悄伸手捏了一下他的小指。

这是二人年轻时的小把戏，有些人前不好说的话，要约个时间人后说，便需要一些小动作来打暗号。比如捏小指，意思就是晚上三更来找你。

天印自然照做不误，晚上吃过饭便早早休息，半夜却又悄然起身，在屋内点了一支短芯蜡烛，烛火昏暗，但方便锦华找来。

到了三更，锦华果然闪身进来了，整个人罩在一件漆黑的斗篷里，像是个鬼影。

"天印，时间紧迫，我只说几句话。"她掩好门，还不放心地张望了一眼，一走近便急急地道："衡无现身了。"

衡无是魔教教主，不过不是名字，而是西夜语，相当于"主人"或"主公"的意思，如官职一般是个头衔，谁是教主，谁就是衡无。只要稍微对魔教有些了解的人都知晓魔教教主失踪过一段时间，甚至一些武林正道还因此认定魔教必将一蹶不振，可是现在他又回来了。

然而天印闻言却毫不惊讶："我知道。"

锦华一愣："你知道？"

"嗯。"他摆了一下手，显然并不想听这个："你为何又回到魔教了？"

锦华脸色苦楚："衡无回来了，我又怎么可能逃得掉。"

天印似觉得好笑："当初你不就逃过一次么？现在再逃一次又如何？"

"不行，这届衡无太强大了，我会死无葬身之地的。"锦华忽而颤抖了一下："我已经是中原诰命夫人，还被他死捏在手心里，你可以想象他的手段。"

天印皱了一下眉，没再说话，二人陷入死寂般的沉默里。

"好了，我得走了。"锦华回神，将斗篷遮遮严实，走到门边，忽然又转头看着天印，神情里竟含了几分哀婉："天印，若是我出事，你会救我么？"

天印走过去，轻轻捏了捏她的脸颊："当然会，别胡思乱想。"

锦华拍开他的手："鬼才信你，你现在心里只有那个丫头了，男人都是只见新人笑，不闻旧人哭的。"

"那个丫头？"天印好笑："哪个丫头啊？"

锦华跺脚："千青啊！"

天印无奈摇头："别人不知道也便罢了，你该知道我是什么样的人，我会对她那样的人动真心么？"

锦华没有说话，反而直愣愣地看着他，分外认真。许久，忽而叹息一声："我当然知道你是什么样的人，你有再深的城府，再高明的武功，也总有一样是无能的。"

天印微微一怔。

"你不懂如何去爱人。"锦华转身，手搭上门闩："我听说失忆的人对身边任何人都很谨慎，如果你能让一个失忆的人相信你还爱上你，那说明你本身已经不是在演戏了。不过，这些也许你自己也不曾意识到。"她拉开门，隐入黑暗。

天印怔怔的对着合上的门站着，良久，发出一声嗤笑："笑话，是不是演戏，我自己岂会不知？"

他有些愤怒地转身，桌上那支顶着微弱光芒的蜡烛忽在此时熄灭，他陡然愣住，就这么默默站了许久……

武林大会即将举行，此次由江南的听风阁承办。有小道消息称，盟主段飞卿觊觎听风阁那雄厚财力许久，所以这次才将地点定在了江南。不过让人意外的是，一向爱出风头的尹大阁主居然直到最近才露面，而且面色不善。

后来有人看到段盟主也出现在了听风阁，便猜想这一向不和的二人又闹矛盾了。再说让听风阁出钱，尹大阁主有不满也是正常哇。

唐知秋有意让天印以新身份在众人面前亮相，便让他带了十几个身手好的弟子先行去听风阁。天印恰好不愿卷入他跟魔教的那些破事儿，欣然领命。

不过话说回来，此时的他除了乖乖听话，还能做什么呢？

唐门别馆在金陵城内，而听风阁则位于扬州城，天印只有经由镇江，再渡江去扬州。

天气仍旧不好，到渡口那日，黑云沉沉低垂，仿佛将对岸的山头都压矮了一截。江水涨高了不少，白落落的一片，看着平静，扑入眼帘时却叫人不自觉地噤声畏惧，似横阔白亮的一柄割喉利刃。

珑宿去租船，回来后对天印道："少主，船家说这天气很古怪，最好别出船，我们要不要再等一等？"

天印正望着江面沉思，珑宿又叫了他一声才回过神来。

"嗯，那就再等一日吧。"

没想到这一日耽搁，却意外遇上了故人。

靳凛几乎一眼就看到了江边迎风站立的玄黑人影，身为大师兄的镇定和机灵展露无遗，他立即示意同行的楚泓帮忙遮掩，将玄月带走，以避免造成不可估计的后果，这才小跑着过去。

"师叔……"一声叫出口才觉得不对，靳凛神情尴尬地站在天印身后。

不想他连头都没回一下："靳凛么？别来无恙。"

"……"靳凛有很多话想问，被他这么一回，居然不知该从何提起。

"今日天气仍旧不好，看来你们也过不了江了。"

靳凛抬头看了看天，忽而惨淡地笑了一下："是啊，老天爷比人有情有义多了，竟也懂伤怀为何物呢。"

天印自然明白他指桑骂槐，却只是不屑地笑了一声。

若说之前还带着疑问，这声笑已将靳凛心里的怒火全都勾了出来，转头看到不远处谨慎盯着他的唐门弟子，那团火烧得更旺了："师叔，不，现在我该叫您一声唐门少主了，千青是因为去寻你才落得那般地步，难道您一点都不在意吗？"

天印一手撑在腰间，悠闲地似在欣赏对岸风光："我向来在意的只有自己。"

"……"靳凛咬了咬牙，不吐不快般道，"尹阁主派门人打探过，听闻那日对千青下重手的人就是你。此事我还不曾告知玄月师叔，请您解释清楚，免得造成误会。"

天印低笑了一声："没什么误会，的确就是我。"

"……"靳凛脸色铁青，手一把按上腰间长剑，那些唐门弟子立即向他迫近了几步。他闭了闭眼，似在努力克制，再睁眼时，已隐隐含泪，"千青没了。"

天印的背影陡然一僵。

靳凛忽而抽出长剑，愤怒地吼道："你听见没有？千青已经死了！"

第36章 毒发

三匹快马在土地庙前停下，天印率先翻身下马，丢开缰绳，扫了一眼靳凛："你最好别骗我，否则别怪我不念旧情。"

靳凛苦笑了一下："如今的你，心中还有旧情一说么？"

天印没理他，大步朝庙里走。身后的珑宿疾步跟上，被他阻止："我自己去看看，你在外面等着。"

珑宿只好留下。靳凛却是由始至终都一动不动，显然本就打算让他独自面对这一切。

土地庙并不大，一眼就能看到头，靳凛之前不仅说千青已于前日去世，还说折华在此地守丧，但天印粗粗一扫便发现庙中根本空无一人。正打算出去找靳凛算账，忽而感到有风从神像后方吹来，他走过去一看，才发现这里还有个后门。

门板已经被蛀得不像话，一半斜挂在门框上，另一半不知所踪。天印身量高，将头低了又低才穿过去。后方竟是一个院子，茅草足有半人高。不过当中一块显然有人清理过，平整得很。

他忽而呆住。

那块地上立着座坟。

新坟，可以看出表面的土还带着湿润的色泽，在周边茅草包围之下，几乎要被人忽略。坟前竖着个木牌，简陋粗糙，连上面的字也粗糙得很——

"千青之墓——师父玄月泣立"。

字用血写成，比平常更加歪七八扭，玄月的字迹向来难以模仿。

天印一步步走过去。

靳凛本身就不会骗人，更别说性情率直的玄月。天殊派号称大派，除了武艺精湛之外，行事作风却简直可以说单纯，只出了一个骗子，那就是他天印。所以他完全可以相信眼前的一切。

千青，确实已经死了，就埋在眼前这片土地之下。

天印几乎面无表情，手搭在木牌上时，除了觉得木头有些刺手之外，心情甚至可以称之为平静。

一年前他抱着她回天殊派时，她也跟死了一般，可后来还是熬过来了。她根本不是个容易死的人，可是现在她就躺在脚下。

"死了……"他盯着坟头，低声喃喃，"居然真死了……难以置信，你熬过了那样的险关，居然会死在我手里……"

手下的触感似乎变成了她的发丝，不久前她还扑进他怀里说："水伯，你带我走，永远别在人间出现了。"

呵，他没信守诺言，她便自己走了，此后真的不会再在人间出现了……

"咔哒"一声，木牌在他手下碎成两半，颓然地掉在地上。他忽然抽出腰间的剑，几剑削去坟头，然后蹲下去铲土。

死也要见尸！他骗了她这么久，谁知道她会不会反过来骗他一次。

最好是骗他，那样下次见到她还可以好好算算账！

剑并不适合铲土，他干脆丢开剑用手去扒，泥土松散，填得并不严实，比想象中进行得快，不出半刻便深入了一尺。这过程里他几乎什么都没想，思绪是空的，大概根本不知道该想些什么。

手指忽然碰到什么，僵硬冰冷的触感。他的手指滑过那熟悉的布料，蜷缩了一下，缓缓收回来。

手心里躺着那支他送的簪子。

"呵、呵呵……"天印忽然笑起来，像是看到了好笑的东西，那笑声到后来居然变成了放声大笑:"哈哈哈……哈哈哈哈哈……可笑,可笑!居然真的就这么死了,居然就这么点儿能耐!"

他瘫坐在坟旁,恶狠狠地瞪着坟墓,出离愤怒:"你以为我会伤心么?我怎么会为你这种人伤心?我不过是在利用你而已!就算你孤零零地死在这里,我也不会多看一眼!"

他想撑着剑站起来,却有些脱力,试了几次才堪堪站稳,正跌跌撞撞地要出去,靳凛出现在了门口。

"千青遗言交待,她既记不起前尘过往,死后便草席裹尸,就地掩埋。"靳凛看着他的眼神像是看一个陌生人:"本来连碑都不立的,但没人拦得住玄月师叔,她待千青如同己出……"

天印一动不动,似在听他叙述。

靳凛冷哼:"怎么?你不会以为她有什么话留给你吧?没有!半个字也没有!若是我,也断然不会留什么话给害死自己的人!"

天印冷笑一声:"好得很,如此才算断得干净!"

靳凛气急,正要发作,却见到他身后坟墓一片狼藉,当即大怒,抽出剑便朝他袭了过去。然而剑尖还没触到他衣角,人已飞了出去,甚至都没看清他何时出的手。

天印的剑指在他眉心,冷哼一声:"居然带我来看这些无谓的东西,简直半分意义也无!"

话音未落,他已收剑走入庙中,头也没回一下。

靳凛受他一掌,又急火攻心,猛地呕出口血来,转头看着坟头,苦笑摇头:"看看,我们都瞎了眼,他就是这么对我们的。"

孤坟残败,无处话凄凉……

珑宿在外等候许久,终于见天印走了出来,却见他衣裳和手上都沾了不少泥土,一向清朗飘逸的姿容现在竟狼狈不堪,赶紧迎了上去:"少主,您这是……"他想问问究竟发生了何事,但身份又要求他必须压抑好奇心,说出的话又生生咽了回去。

天印面色无波:"回去。"

"啊?哦哦……"珑宿回过神来,连忙去给他牵马,再回来时,却发现天印一动不动地站着。

"少……"刚开口说了一个字，眼前的人忽然栽了下去，单膝跪在地上，倏然喷出口血来。

"少主！"

珑宿慌忙上前扶他，却被天印一把挥开。他拭了一下唇角想要站起来，口中却又溢出血来，捂着胸口跌坐在地。

"我不伤心……我岂会为你这种人伤心……你凭什么值得我伤心！"他喃喃着，抬手擦去血迹，视线扫到左手掌心，上面的血线几乎贯穿了整个手掌，鲜红欲滴。

"哈、哈哈哈……死了的好！反正我身边只留有用的人！你算什么！"他撑着地面站起来，刚朝马匹走了一步，喉间一甜，又吐出一大口血来。

"少主，您毒发了！万万不能再动心火，属下马上带您回去！"珑宿上前扶他，却被他一把揪住衣领。

"今日的事，敢透露出去半个字，我便杀了你！"

天印狠狠地瞪着他，浑身是血，睚眦欲裂，珑宿只觉心惊胆颤，连连点头称是。

他这才松了手，一头栽倒在地，昏死过去。

段飞卿和尹听风大约是半个时辰后到的。玄月不傻，在渡口看见了唐门弟子，接着就发现靳凛不见了，很快便猜想到了几分。恰好段飞卿和尹听风不放心她的状况，特地过江来迎接，得知消息后便立即赶了过来。

千青去世前后还不出三天，他们着急离开，其实心里也有几分过意不去。所以这趟来，也等于是祭扫了。

然而刚到庙前，居然发现地上有一大滩血渍，二人感到不妙，连忙冲到土地庙后方，又见靳凛躺在一边昏睡着。

段飞卿走过去检查了一下靳凛的状况，对尹听风道："并无大碍，是受了伤，但没伤到筋脉。"

话刚说完，视线扫到坟上，他的神情忽然生了点变化。

对段飞卿这种面瘫来说，有表情变化是非常不可思议的，所以尹听风立即就走过去查看，一眼看见坟头，怒火就腾地烧起来了。

"妈的，我要杀了天印！"他怒不可遏，脸都青了："我马上就发悬赏令，谁取了天印的头，我就给他一万金！"

"别太冲动，搞清楚状况再说。"段飞卿淡淡道。

"我冲动？他害了人家还不够，现在还做出毁墓掘尸这种惨无人道的事来，你还叫我别冲动？我可不像那畜生一样没良心，就算跟千青泛泛之交，就算冲着她哥当初放过我一马，我也该为她出这口恶气！"

段飞卿仍旧语气淡淡："你一向自视风雅，忽然脏话连篇，还不叫冲动？"他伸手捻了一小撮泥土，递给尹听风看："人死了三天了，天气不好，又草草掩埋，照理说该腐败了，可这土里干净得很，不像葬过人的样子，但是这里面却有尸首……"

尹听风一愣："你什么意思？"

段飞卿没有接话，自顾将土拨了拨，对尹听风道："这里面躺着的尸首不是千青。"

"什么？"

"这个人埋下去最多才一天，死期倒是与千青差不多，也是女子，但你看她里面的衣服。"他剥开那层外面染血的蓝衫，露出一角完好崭新的丝绸寿衣。

"……"

段飞卿拍拍手站起来："我们是在千青去世当晚离开的，玄月师父他们是第二日一早，只有折华坚持要留下守丧，而且玄月师父也说他一直安慰她节哀顺变，催促她上路。"

尹听风似乎明白了什么："你是说……"

段飞卿点点头："折华也不见了。"

他转头看向天际，月亮已露出轮廓："初家有很多不为人道的武功路数，如果有一天死人复生，我也不会奇怪，但前提条件是，这个人至少不能死透，否则岂非颠倒阴阳了。"

尹听风皱眉："可是我们亲眼看着千青咽气的啊。"

段飞卿的表情有些意味深长："当初你也看着初衔白咽气了不是么？"

尹听风忽而惊骇："你你你……这话又是什么意思？"

段飞卿负手而立，忧心忡忡："意思是，武林真的要不太平了……"

第37章　伪君子

天印躺在床上尚未渡江的消息很快就传到唐知秋耳中，他立即派了心腹过来。珑宿在房门口一眼看到那个一身黑衣的高个身影，下意识地咽了咽口水。

黑衣人脚步不停，甚至连看都没看他一眼就推门进了房。

室内昏暗，天印仰面躺着，眼睛却是睁开着的，直勾勾望着屋顶。

"我曾说过你这局要输，看来就要应验了。"

天印眼珠转动了一下，勾起嘴角："我也说过你们总是小看人，看来至今还没有改掉这个毛病。"

黑衣人清了清嗓子，不过出口的声音仍旧嘶哑难听："我们是小看了你，当初逐你出唐门时，谁也没想到你会成为一代高手。"

天印冷哼了一声。

黑衣人转头看了看窗户，对他道："你还要这样半死不活多久？如今要取你命的人多的去了，你要是这样一直躺着，武林大会还是别参加了。"

"我为什么会这么躺着，你是明知故问么？"天印脸色阴沉地坐起来，"你们最好给我真的解药，否则休怪我鱼死网破！"

黑衣人的眼神明显闪过一丝惊诧："真难相信鱼死网破会从你口中说出来，

你不是一向惜命的么？怎么，碰上什么让你心灰意冷的事了？"

天印岂会不知他是在套话，径自披衣下床，去水盆边洗脸："随便你们怎么打算，若是一直让我这么拖着，我倒也无所谓，不过所谓的合作，也就到此为止了。"

黑衣人笑了一笑，从怀里取出只瓷瓶放在桌上："我今日来便是来送解药的，之前不过是试探，你是真的听话，接下来的事就好办了。"

天印用毛巾细细擦去脸上水渍："接下来有什么事？"

"掌门已经已经安排人对付那些正道人士，接下来可能所有人矛头都会对着你了。"黑衣人打开房门走了出去，听语气，似乎有些幸灾乐祸。

天印走到桌边，取了药丸捏在手里，忽然笑起来："生和死都是容易的事，难的是生不如死。"他仰脖吞下药丸，朝门外高喊了一声："珑宿，吩咐上路！"

与此同时，先行一步到达扬州听风阁的各大门派正齐聚一起商议要事。

听风阁的议事厅并不算大，因为尹听风压根不常用，所以此时塞了这么多人进来，便有些拥挤，甚至有很多人都是站着的。

站着的人大多形容各异，坐着的却都是一个模样——都受了伤。

伤得最重的是青城山的尘虚道长，一头的纱布已然看不出原本相貌，偏偏他老人家还端着潇洒的派头正襟危坐在首位，对周围一群人憋笑到脸红的神情淡定地视而不见。

"唐门欺人太甚，居然联合西域魔教来暗算我们，如今我派正道当联合起来，否则还不被他们欺负中原武林无人！"

"没错！"话音未落，下方立即有人接话，人高马大的一个汉子，可怜被人削去了一只耳朵，说话都变了声，只能嗡嗡哼哼，表情却是极其的气愤："尘虚道长所言极是，唐门此趟来参加武林大会，显然就是来挑衅的，我看八成是冲着武林盟主的宝座来的！"

"哼，想得倒美，唐门如今一代不如一代，还妄想称霸武林！"尘虚道长愤然地砸了一个杯子。

站在角落的听风阁仆从从容地撩起袖子，掏出随身带着的小本开始记录：青城派尘虚道长为耍帅砸坏阁中唐代彩釉祥云纹茶盏一只，折合现银XXX两……

又有一个门派的领头人接了话:"天印虽然武艺高强,但为人实在叫人不齿,先是出身唐门,之后隐藏身份投入天殊门下,如今又背叛天殊回到唐门,此等言行无异反复无常之人,完全不将江湖规矩放在眼里,依在下看,就该除了他以正风气!"

尘虚道长频频点头:"没错,没错……"

汉子也捂着耳朵附和:"太对了,太对了……"

"各位同道切莫意气用事,就算是唐门和魔教勾结,此事也不该让天印一人承担吧?"

群情激愤间忽然插入这么一道不和谐的声音,众人纷纷不爽地扫了过来,正是沉默已久的璇玑门主玄秀。

"怎么,玄秀掌门觉得我们不该对付天印吗?哼,我看你不是顾念旧情,就是妇人之仁!"

玄秀衣着朴素,面容安静,坐的位置又偏,不开口说话根本引起不了注意。听了这话,她倒也不恼,只叹了口气:"正因为与天印是旧识,我才这么说,天印当年是被逐出唐门的,如今会忽然回去,必然有原因,各位在江湖上都有头有脸,岂能不问青红皂白就轻下论断呢?"

"呸,天印就是个伪君子!"有人啐了一口,笑得很是猥琐,"不知诸位可曾听说过他与他那个小师侄的事儿?哼哼,那个小师侄不就是初衔白的妹子么?他当初瞒着我们藏了这么一个人,无非就是贪图初家绝学!据说那姑娘被他始乱终弃,如今可能都被他杀了灭口了呢!你看看,天殊派到现在还没人来呢,指不定就是因为这件事!"

千青的身份江湖上早传开了,只是大家都讳莫如深,此时有人开了话头,才你一言我一语的接了下去。

"可不是,当初就不该让天印一个人进去查看情况,定是他动了什么手脚!"

"我也早就看出天印是伪君子了,呸,真真该杀!"

"……"

玄秀敛目摇头,年轻时总幻想江湖驰骋,那里必定快意恩仇,仁义并重。如今经历过风浪才知道,江湖有的无非是杀戮和谎言。需要你时,说你是高手至

尊,不需要你时;你只不过是一只蝼蚁。能决定是非对错的只有一样,就是武力。

而此时,能决定这里是非对错的,只有段飞卿。所以他走进来时,现场立即安静了。

照理说段飞卿这种年轻后辈是很难服众的,但是看着他这个人,大概也没几个人会觉得他是后生晚辈。在他身上,能证明他年轻的只是那张脸,无论是说话还是行事,他都没有年轻人的急进和毛躁,尹听风算是与他一同长大,评语只有一句:"一点都不可爱。"

一点都不可爱的盟主开口后更不可爱,他说:"各位如果要对天印动手,我绝不阻拦,但若是有人再打着武林盟主的口号行动,我便将一年前初衔白的事也提出来算一算总账。"

"……"众人噤了声。

尹大阁主从他身后踱步过来,望着屋顶不给面子地拆台:"我支持对付天印。"

他一开口,马上死灰复燃。

"我也支持!"

"赞成赞成!"

"听凭尹阁主调遣!"

段飞卿白了他一眼,不动声色地出了门。尹听风理也不理他,很有兴趣地看着大家加入他的阵营。这群混蛋之前叫得凶猛,一见段飞卿就成缩头乌龟了,此时都拼命把他拱上来做头领,明显是担心出了事要负责。

尘虚道长俨然已经被拱上了副头领的位置,还不知道自己成了冤大头,豪气万丈地一个门派一个门派地问过去,到底跟不跟他们对付天印,非要得出个结果不可。

"天殊派加入。"门口忽然传来的声音让众人都一愣。

玄月站在门口,穿了身白衣,看上去有些精神不济,但目光依旧犀利。

"啊,原来是天殊派的玄月女侠。"尘虚道长立即站起身朝她拱了拱手,还不忘借此游说别人:"连天殊派都站出来了,在座各位难道还在犹豫吗?"

其余几个没有表态的门派终于渐渐动了心。

尘虚道长又看着玄秀道："玄秀掌门不会还要偏袒天印那个伪君子吧！"

玄秀看了一眼门口的玄月，蹙紧了眉。她心里是不想趟这趟浑水的，但她门下都是女子，武力方面根本比不上其他门派。这些江湖人士都如狼似虎，顺着也便罢了，若是逆须，只怕倒霉的还是门下弟子。所谓人在江湖，身不由己，说的就是这个道理。

她这边还在犹豫，身后已有人抢先道："璇玑门虽然派小力微，但既然是伸张正义，自然义不容辞！"

玄秀诧异地转过头，就见谷羽术一脸凛然，对上她的视线，又立即缓和了神情，凑过来道："师父，如今就我们没表态，若是不顺着他们，到时候反而麻烦啊。"

玄秀知道她说得在理，无奈地叹了口气。那边尘虚道长已经竖起拇指夸赞起谷羽术来："果然是后起之秀，有担当！玄秀掌门，有这种好徒弟是你脸上有光啊！"

玄秀干笑了一下。

谷羽术笑着道了谢，神色很是微妙。

天印的名声已经臭了，想要得到武林盟主实在太难，她又何必执迷不悟，不如趁机报了当初的羞辱之仇，顺便博个名声。她的视线投到门外，想看一眼段飞卿，却被尹听风坏笑的脸给挡住了。

尹大阁主大爷似的叉着腰朝尘虚道长招招手："那什么，行动之前，我们先来算一算账吧，你欠我一大笔银子呐。"

尘虚道长顺着他的眼神看到地上的碎瓷片，立时面如菜色。

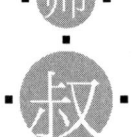

第38章　魔教

又过了几天，天印才不疾不徐地渡过了江。

萧瑟秋日已经席卷大地，扬州城的繁华近在咫尺，背后的长江却是"寒水自碧，暮色渐起"。唐门弟子们大约是被这气氛感染了，几乎一路上都维持缄默。

珑宿扯了一下缰绳，打马到天印身边："少主，要直接去听风阁么？"

天印一哂："我倒是想，但肯定没这么顺利。"

说话间，前方一个唐门弟子的马忽然前蹄抬起，惊嘶起来。天印闲闲地一抬手，笑了一声："来得倒快。"

唐门弟子们在他的手势下都停了下来。两边枯草簌簌而动，天印示意所有人下马，背靠聚拢，自己则仍旧悠闲地坐在马上。

"唰唰唰……"有什么游蛇一样从草丛里窜出来，直扑天印，身下的马受惊嘶嚎，癫狂着要将他掀翻在地。天印也不做应对，就势滑摔下去，已经有明晃晃的刀剑朝他身上砍了过来。

这一行大约有十几号人的样子，都潜伏在枯草丛里。草并不高，他们需要匍匐前行才不被发现，从这点来看，道行也不浅。唐门这次随行的弟子也都是门中精英，因此那群人大部分都被阻挡了手脚，只有两三个得了空子，可以专心对付天印。

　　天印此时背后空门大开，那些刀剑砍过来，本该无法避免，他却一招"龙游浅滩"，险险地旋身折回，手中的剑一并送出，尚未看清路数，已经挑中一人手腕。那人惨嚎着丢了剑倒下去，其他人被这一下打乱，自然就露出了破绽。

　　先前那如游蛇的东西是条鞭子，执鞭的是个白净后生。天印粗粗一扫，便知道这当中就属他的武艺最高，未等对方再袭，自己就先攻了过去。

　　后生也不慌张，横跨一步扎稳，身子侧开，可守可攻。天印的剑袭来时，他的鞭子也像是有了意识一般自己缠了过去。

　　也不知那鞭子是什么材质，缠上了剑刃却未被割裂。天印皱了皱眉，那后生已经灵巧的跃起，人落在他后方，将他整个人都缠了一圈，贴着他的肩笑道："这也算第一高手？嘁！我看也不过如此嘛。"

　　旁人见他一击得手，都兴奋地围了过来。大约谁都想争个杀了第一高手的功劳，手中武器紧握，眼睛都红了，生怕慢了一步。但这些人一看就是武林正道。因为但凡武林正道，都喜欢在杀人前找个正当理由。所以到了跟前，众人既要盯着同伴防止被抢了先机，还要此起彼伏地喊口号。

　　"哼！天印，你这个伪君子，今日我XXX便要替天行道！"
　　"今日我XXX要替天殊德修掌门清理门户！"
　　"今日我XXX要替被你设计重伤的武林同道讨回公道！"
　　"……"

　　其实就是报上名号而已，以后说起来，天印这个高手就是死在XXX手上的。当然这个XXX究竟是谁，因人而异。

　　天印大概是觉得可笑，抿着唇闷笑了两声，忽然斜睨了一眼身边的后生，眼神颇为诡异。后生一愣，只觉眼前人影一闪，天印竟干脆将自己又多缠了一圈。后生被迫与他贴得更近，后方喊口号的某人大刀已然砍来。后生这才知道自己成了肉盾，暗骂一声，急急推开天印撤开，却不防被他顺势挣脱了束缚。

　　天印身形如风，疾掠开去，在两丈外停住。古道荒风，他玄衣鼓舞，脸色尚且苍白，瞧着似乎毫无威胁可言，只那唇边的笑让人很不舒服。

　　那是一种笃定，让任何被这目光注视的人都生出一种感觉，觉得他像是在看死人。

第38章　魔教师叔

不爽，太不爽了！正道们终于不再纠结先后次序的问题，彼此使了个眼色就一窝蜂上了。

天印岿然不动，握着剑柄的手却紧了几分，第一个冲到他面前的人距离他不出十步时，他出了第一招。被人包围时难免顾此失彼，最好的方式就是先发制人，天印十四剑的快招在此时尤为占优势。

接连摆平了几个人后，后生又来了，鞭子唰地扫过，擦过天印的衣摆，立时拉出一道口子。天印冷笑一声，一招"回山望月"，剑尖上挑，滑刺他紫宫、膻中、鸠尾三大要穴。后生连忙低头避开，鞭子就势一扫，猛袭他下盘。天印只退了两步，并不急着应对，待他招式用老，脚踏上鞭子踩进，制住他行动的同时，一剑滑过。

鲜血如雾，在众人眼前散开。

天印的视线沉沉扫过在场的人，笑意更深，未等其他几人反应过来，剑招已经凌厉地迎了过去……

不出半个时辰，现场恢复平静。

与唐门弟子们缠斗的人大多在外围，见状不妙早就跑了，唐门只折损一人，几人受伤，其余并无大碍。而对方的几大头目都已经身首异处了。

珑宿查点过尸体后，过来跟天印禀报："看来是散派。"

天印正在用后生那洁白的衣角擦拭剑上的血渍，闻言头也不抬地道："连散派都这么勇猛，看来各大门派必然已沆瀣一气，说不定此刻已经在前面好好等着我了。"

珑宿担忧道："那我们还继续走么？"

"自然要走，别人要杀你，任你躲到天涯海角也会被追到的，回避可不是解决问题的法子。"他起身将剑收回鞘中，翻身上马："不过在这之前，我觉得还是要先见一下自己的同伙比较好。"

珑宿疑惑："同伙？"

"是啊，就是堂堂西夜国的圣教同道嘛。"天印嘲讽地一笑。

接下来的路居然出乎意料的顺利。入城后天印果然没有急着去听风阁，反而找了间客栈住了下来。按照他的授意，唐门弟子们都除去统一的紫衣，换了装束。最近城中多的是江湖人士，一行人在客栈中进进出出，倒也没有引起什么风波。

天印说要见魔教的人，珑宿本以为他是有门路的，谁知问了才知道他的门路就是一个字——等。

一连等了好几日，都没有结果，武林大会已经迫在眉睫，他有些看不下去，又去问天印，甚至还提议写信给掌门，请他老人家代为联系一下。天印却拒绝了。

"你放心，我一日不出现，武林大会就一日不会召开，如今这大会只有一件事要做，便是除了我。"天印说这话时，正端着茶盏临窗慢品，语气很是无所谓："魔教的人应该就在附近，不用着急，我们一直不行动，他们少不了要自己找过来。"

珑宿自见识过天印的身手，那点仅限于"少主"的尊重已经泛滥扩张成为对他这个人的个人崇拜，所以当他用这么悠然的口吻下了这样的论断，他几乎立即就坚信不疑。

这一晚睡得很早，奈何客栈里人多客杂，外面仍旧吵闹。

天印又翻身坐起，撩开帐帘便见一地月光，从墙边一直拉长到桌脚。月光里有个人影，他抬头看去，当中窗户大开，有人坐在窗台上，一只脚轻轻晃着，似乎很悠闲。约莫是听到了响动，那人转过了头来，月光倾泻，打在她的脸上，天印的喉头忽然哽住。

那个名字含在嘴里，却终究吐不出来。

那人娇笑一声，跳下窗台，朝他款款走来，脚步清浅，像是个梦境。

第39章　唐印

　　天印第一次忘了如何动弹，直到那双手臂攀上他的脖子，少女柔柔的笑声在耳边响起："你可想我了？"

　　"不想。"

　　"是么？那你干嘛一直盯着我？明明就是口是心非。"

　　"我在看你是人是鬼。"

　　少女贴着他的脸蹭了蹭："那我是人还是鬼。"

　　天印笑了，手却用力捏住了她的下颚："左护法，好玩儿么？"

　　眼前巧笑嫣兮的脸孔忽然变得愤怒，左护法"啪"的一下拍开他的手："哼，别以为装得聪明我就看不出你刚才被我迷惑住了，怎么，你有想念的人了？"

　　天印皮笑肉不笑："有劳左护法关心，反正那个人不是你。"

　　左护法终究是个女子，被这般奚落岂会有好脸色，手又摸到了腰间的大剪刀，被天印抬手按住："我没空与你动手，既然你出现了，就请回答我几个问题。"

　　"哼，那要看我有没有心情回答。"

天印披上外衫，起身点亮烛火，在桌边坐下，很客气地给她倒了杯茶："我想知道，为何贵教要一改常态，这么高调地与武林人士作对，似乎是急着挑起事端的样子。"

左护法的反应出乎天印的意料，她居然笑得有些暧昧："这可是特地为你准备的，教主有令，只要能将你推到风口浪尖就行。你若有本事以一当百，重挫那些武林人士，那么得利的是我圣教。而你若被杀了，教主本人其实也乐见其成。"

天印微微一笑："我知道衡无很不喜欢我。"

"错，准确说是憎恨。"左护法站起身来，笑着冲他摆摆手："听说那些人计划要对你来一次围剿，就像当初对初衔白那样，希望下次见到你时，你还活着。"她走到窗边，刚踏上窗台，忽然又转过头来："对了，我可以问一下，你刚才看到我的脸时，心里想到的是谁么？"

天印忽然笑出声来，似乎很愉悦的样子："一个被我杀了的人而已。"

"啧啧……"左护法摇摇头，作势欲跳："我看不只你杀了她，她也杀了你，真惨……"

声音渐渐远去，天印坐在桌边一动不动，半晌，忽而又笑了。

"惨？"

现在谁都知道天印身在扬州城内，但谁都不敢轻举妄动。武林盟主漠不关心，尹大阁主太不靠谱，正道们表示很忧心……

秋阳正好的午后，段飞卿从走廊尽头走过来，脸上表情十分明显地写着"生人勿近"。

但显然有人不信邪，步履款款地从他对面走来时，珠钗环佩，香衣云鬓，眉目含情，欲语还休。

二十步……十步……五步……

二人已经近在咫尺，然后……

然后段盟主就这么目不斜视地走过去了。

谷羽术扭头瞪着他的背影，一脸不可置信。这一路走来，哪个男人见到她不多看几眼，就连听风阁里那些自视甚高的美貌男仆们都不例外，可是他居然……

第399章 唐印

师叔

他到底是不是正常男人！

谷羽术转头看了一眼旁边的柱子，咬了咬牙，狠心将脚踝往那石墩上一磕，"哎呀"一声娇呼着坐在了地上。

那姿势必须是非常优美的。

然后她扭头，泪水盈盈地望向段飞卿的背影。就算再无视她的美貌，至少也该有点同情心吧？

谁知段飞卿没有回头，眼前倒出现了另一张脸。

尹听风倒挂着身子在她头顶闪了一下，从上方跳了下来，一脸惊奇朝远处喊："哎呀段飞卿，快看，这里有人磕自己脚踝玩儿呢！"

"……"谷羽术怎么也没想到他会躲在廊上，脸色青一阵白一阵，半个字也说不出来。

段飞卿这才转过头看了一眼："既然人家要玩儿，你做什么打扰人家？"

尹听风一拍额头，连忙向谷羽术道歉："啊啊，说得对说得对，真不好意思，我这阁中还有很多回廊，你随便磕哈，尽管用，别客气！"说着人朝段飞卿的方向去了，看他背影，肩膀抖得厉害，明显是在偷笑。

"……"谷羽术恨得牙痒痒，却又无可奈何。毕竟不能闹大，否则被她师父知道就不妙了。

一直走到另一条回廊上，尹听风才忍不住捧着肚子哈哈大笑，一点门派之主的形象都没有。段飞卿冷冷地看着他："你躲在廊上不会是想偷袭我吧？"

"胡说！"尹听风义正辞地纠正："我那叫挑战切磋！"

"……"

尹听风笑够了，在廊下一坐，缓了缓气："那姑娘也真有胆子，小小年纪就这么爱耍心眼，还敢耍到你这里来。"

段飞卿道："千青临终前特地说过这个人，我怎么可能理她。"他在对面坐下，扫了一圈四周："说正事吧。"

"说正事啊，行！我已经按照你的吩咐，把霜绝剑送去初家山庄了，那里的确有人在，虽然比不上当初盛景，也算是有人气了。"

"然后呢？"

"然后有仆人出来回话，原话是'我家公子深表感谢，他日将当面向盟主道谢'。"

段飞卿皱眉："这个公子是指折华，还是别人呢？"

尹听风站起身来，叹了口气："谁知道呢。"

二人正百思不得其解，楚泓的声音忽然从远处传了过来："公子，盟主，大事不好，那些人按捺不住，已经全都叫嚣着找天印去了！"

作为一群明事理的正道人士，在包围住客栈后，第一件事是驱散无辜围观民众，以免误伤事件发生，然后再揪住老板说一通大道理，直到老板也"明事理"地表示全力支持，之后众人便坐在堂中边吃喝边等那十恶不赦的天印现身。

人多就是气势足啊，尤其是那些初涉江湖的年轻人们，之前那点紧张全都没了，甚至还主动朝着楼梯叫骂，试图将天印逼下楼来。

老板抱着头在柜台后面暗骂：龟儿子们咋不上去开打？只敢在下面嚎嚎，啊呸！可怜老子的店啊！

楼梯上如愿传来了脚步声，不知为何，众人的气焰忽然被压了下去，甚至整个厅堂里都鸦雀无声。早有人抽出刀剑严阵以待，目光紧盯着楼梯，却见下来的是个容貌秀美的青年人。

"伙计，送点热水上来，我家少主要洗漱了。"他甚至都没看一眼下面的人，传完话就上去了。

"……"众人面面相觑，反应过来好不尴尬。

摔桌啊，刚才的表现实在太没面子了啊！

店里的伙计早被吓跑了，有个胆大的年轻人急于表现，冷哼一声，提了水壶就要上楼："待我亲自去给他送水，一探虚实！"

尘虚道长一看这是自己门下弟子，当即竖起大拇指："去吧，我看好你！"

年轻人大受鼓舞，蹭蹭窜上楼去了。

众人仰起脖子，拭目以待……

空隆隆……

不出半刻，年轻人就从楼梯上滚了下来，在地上打了两个转才停下，被人扶起来时，犹自晕头转向。

尘虚道长怒火滔天地问："可是天印动手了？"

年轻人捂着脸颊，却挡不住若隐若现的五指印："唔，是他的随从嫌水冷，扇了弟子一巴掌……"

"……"

旁边有人忍无可忍道："道长不必等了，我们就这么杀上去，这么多人还怕他一个不成？"

尘虚道长抚着胡须摇摇头，指了指楼梯道："楼梯细窄，我们上去时会分散开来，天印擅长快剑，届时他只消在楼梯口守株待兔，便能将我们重创，甚至一一击破啊。"

众人闻言恍然，但也越发不敢动作了。

此时楼梯上又传来了脚步声。

大家都以为又是那个传话的青年，等那人站在楼梯口，才发现就是天印本人。

他似乎刚起身不久，眼神尚且带着惺忪，身上没有如往常一样着黑衣，而是一身张扬的紫色。乌发也未束髻，随意的披散在肩头。这模样，很容易使人联想起放荡不羁的王公贵胄，又或是藏匿深山的逍遥散客。他伸了一下手，身后的珑宿立即将他的剑奉上。

"不知各位纡尊前来，叫各位久等了。"他执剑抱拳，谦虚有礼："在下唐门少主，唐印。"

"哈哈哈哈……"有人故意大声嘲笑，指着他骂道："好个唐印！隐姓埋名投入天殊派，又公然叛出，你当江湖规矩是笑话么？！"

"哼，跟他废话什么，姓唐就不是好人！如今唐门已经成了魔教走狗，祸害武林，我们大家一起上，杀了这个叛徒再说！"

天印笑了笑，缓步走下楼梯："这里不是动手的地方，各位不妨出去再说。"

如此正合尘虚道长胃口："好！一言为定！"似乎怕他反悔，尘虚道长又抬手做了个请的手势，道："你先请！"

天印点头，径自朝门口走，所经之处，众人都不自觉地给他让开道来，显然仍旧对他怀着畏惧，最后只有用表情尽力表达不屑和愤慨。

除了几个来不及收拾的摊子之外，街道上已经空无一人。珑宿带着其余唐门弟子跟出来，极有气势地道："若是各位要以多欺少，那就休怪我们唐门无所不用其极了！"

唐门的毒独步江湖，众人闻言不禁有些忌惮。

天印呵呵笑道："珑宿你这是做什么，别束手束脚的，大家都放开上，他们可以围攻我一个，你们也可以尽情使毒，这才打得畅快嘛。"

尘虚道长抖了抖，心想这人以前见时还觉得是个翩翩君子，不想回到唐门后，都成变态了。以后一定要教育门中弟子对唐门绕道啊！那不是人待的地方啊！

众人已将唐门弟子团团围住，眼看就要动手，他头转了一圈，心中憋闷，临了璇玑门还是没有派人来！

大概气氛太紧张了，天印不过脚移了一步，就有人咋咋呼呼地朝他冲了过来。不过还没轮到他动手，就被珑宿抢先解决了。

这一下好似炸开了锅，众人都疯了似的朝他们扑了过去。

第39章 唐印

第40章 初衷白

　　天印长剑出鞘，剑花缭乱，顷刻便解决了几人。这些人的门派观念都极强，好几个掌门见自己门人被杀，立即提着剑冲了过来。三年前比试时已经赢了一次，这次应付起来，天印也照旧觉得很轻松，何况珑宿他们真的开始使毒，众人忌惮，他们虽然人少，却也暂时占了上风。

　　尘虚道长一看这势头就觉得不对，赶紧指挥身边人去对付珑宿等唐门弟子，阻止他们使毒。可惜各大门派明里团结，暗里却谁也不服谁，所以尘虚道长也只能指挥得了自己门下弟子而已。一群清修小道士哪里是唐门的对手，损伤大半也不过杀了对方两人。

　　尘虚道长眼睛都绿了，甩着拂尘就朝天印冲了过去。天印刚好被有"金刚身"之称的山西武氏兄弟缠着，他这一去，正好可以偷袭天印背后空门。谁知拂尘刚要抽上去，天印却像是背后长了眼，倏然低头，这一下就结结实实地抽在了武家老大的腰上。所幸人家是铜皮铁骨，只不过脸色不太好看就是了。

　　天印眼尖，注意到武家老大行动有所缓滞，便猜想尘虚道长这一下打在了他的死穴。真是得来全不费工夫。他讥笑一声，剑花一抖，就朝他腰间刺了过去，转身又是朝武家老二一剑。

武家老大的死穴的确是在腰间，这一下果然倒地不起，但老二却不是。剑贴着腰部擦过，并未给他造成什么伤害，反倒激起了他的怒火，一把板斧舞得虎虎生风，誓要为兄长报仇。

尘虚道长正急着扳回颜面，自然加入助阵，二人夹攻天印，终于迫使他落在了下风。又有一个舞双刀的少妇加入，瞅准机会袭击天印下盘。其余几大门派领头的看到，不甘人后，统统都包抄了过来。

天印且战且退，出手的十四剑招招叫人眼花缭乱，虽然处于不利位置，但到目前为止都防守得滴水不漏，毫发未伤。

众人见状虽然心急，但想在自己这方人多势众，待会儿少不了有他力竭的时候，届时再将他一举拿下不迟。这么想着，每个人都精神大振，攻击一轮又一轮，前赴后继。

天印也有自己的打算，他们既然要消耗他的体力，必然也要自己保存体力，所以这些攻击到了后来就会变得保守，而那时，就是他反击的机会。

他估计的一点也没错，一盏茶的时间都没有，就开始有人懈怠了。天印扫到一个破绽，一剑刺穿那人的喉咙，踏着他的尸体飞身出了包围圈。他本就出的快招，众人回神时，他已落在外围，顺势回身又解决了几人。

鲜血喷溅在他的衣摆上，似泼墨山水里的几朵梅花。剑上的血更多，顺着剑尖滴滴答答落在地上，又融入土地。

尘虚道长被他这模样慑了一下，强稳住心神怒喝道："唐印你这个伪君子！以前敬你君子风度，不想竟是杀人恶魔！难怪你会私藏初衔白的妹子，呸！你们就是一路货色！"

"道门之人骂起人来还真不含糊。"天印冷笑："我跟初衔白的确是一路货色，比起你们，他起码从不否认自己是恶人，你们就算作恶，都要披层伪善的皮呢。"

"你还信口雌黄！"尘虚道长啐了一口，自顾叫骂，却不上前："哼，你为了初家绝学勾引自己的师侄又始乱终弃的事儿可都在江湖传开了，我要是你，早就抹颈自戮了！"

天印的脸忽而阴沉下来。

尘虚道长蓦地一吓，竟噤了声。其余的人大概也被他那模样震慑了，一时间

都安静下来。

沉寂间，忽然有道少女的声音穿插进来："师叔！"

天印浑身一震，转头看去，却见一道身着蓝衣的人影朝他扑了过来。青天白日，他却看得不清楚，再想多看却又觉得分外模糊。甚至没有多想就伸手去接，背后忽然一痛，冰凉的剑尖已经刺入皮肉。

身着蓝衣的人在他面前站定，笑得明媚天真："用这招果然没错！天印师叔，看来你很惦记千青嘛！"她凑过来，故意贴着他耳边低语："可惜我没救她，你是要感激我呢，还是要恨我呢？"

天印忽然伸手扣住她脖子，谷羽术这才慌张起来，连忙支支吾吾地求救。靳凛从对面冲过来，一掌拍在天印胸口，背后的剑又深入几寸，天印闷哼一声，手松开来，谷羽术立即害怕地躲到靳凛身后去了。

背后的剑陡然抽出，鲜血喷洒，天印单膝跪地，眼前出现一双靴子，抬头，是玄月冷漠的脸。

"天殊派玄月，今奉掌门德修之命，清理门户。"

天印呵呵笑了，口中却止不住溢出血来，胸口真气乱走，不用看也知道自己又毒发了。他现在必须要为自己刚才的疏忽而寻求对策，但毒发让他内力难续，想要逃脱只怕也难。

报应，这大概就是报应……

远处珑宿的手中已经滑出一枚暗器，尖端泛黑，已淬过剧毒。他悄悄摆好姿势，只要玄月的剑落下，这枚暗器会赶在之前送出。

所有人都停下了械斗，等着玄月出手，有几个没耐心的吵吵嚷嚷地开始催促："快动手吧！这种人该杀！"

"月儿……"玄秀站在人群中，迟疑地唤了玄月一声，面有不忍。连靳凛都移开了视线。

玄月并没有理会，缓缓举起长剑，对准天印的颈边动脉。珑宿的神经亦绷得死紧。

所有人都屏息凝神时，有什么飘摇着落在了玄月的肩头。她微微一怔，侧头看去，是一瓣花瓣。

紧接着越来越多的花瓣落了下来，淅淅沥沥，飘飘摇摇，流连盘桓如绵雪飞絮，落在天印的衣摆上，落在地上的血污中，落在众人惊诧的眼神里。

扩散开的芬芳将血腥气稍稍冲淡，随着风吹来的方向，一群人脚步轻缓地走了过来。

那是两排身着彩衣的少女，左右各有五人，个个貌美如花，每人都一手提着竹篮，一手从中轻拈花瓣抛洒。在她们之后还有四名少女，一边前行，一边将一卷近十丈长的红绸在地上铺展开来，看这架势，像是要迎接某位圣人降临一般。

大部分人都莫名其妙，只有少数老江湖变了脸色，甚至有的都颤抖起来，连天印的眼里都充满了震惊。

"隰桑有阿，其叶有难，既见君子，其乐如何……"

有歌声若隐若现，很低很沙哑，雌雄莫辩，乍一听甚至让人觉得是幻觉，直到越来越近，才确定确有人在哼唱。

一人一马，由远及近。马蹄踏上红绸那端，不疾不徐，歌声也照旧不急不缓："隰桑有阿，其叶有沃，既见君子，云何不乐……隰桑有阿，其叶有幽，既见君子，德音孔胶……"

大红的绸子衬托着来人雪白的衣，看装束是男子，看身形却又太瘦弱。那双脚没有踩入马镫，随着马匹前行轻轻摇晃，有种无力的颓唐感，却又显得无比悠闲浪漫。整个人仿若从云雾里而来，一点一点拨开后，入眼的首先是那似笑非笑的神情，再然后才会注意到那张白得吓人的脸，以及那双黑亮慑人的眼眸。

"心乎爱矣，遐不谓矣，中心藏之，何日忘之……"

"初、初衔白！"

不知是谁先开的口，巨大的恐慌已经开始蔓延。

"扑哧！"有个撒花的少女忍不住捂着嘴笑起来，扭头对马上人道："公子，你看看这群胆小鬼吓的，就这样，当初还敢围剿您呢。"

初衔白也笑了，朝那边闲闲地扫了一眼，对少女道："闰晴，上次你与我说过，他们当中有人瓜分了我的美人儿们，你仔细瞧瞧，那些人今日可在啊？"

叫闰晴的少女立即去看那些武林人士，那些人竟像是畏惧这目光，纷纷转移视线，有的甚至拼命往后缩着身子。

"有！喏，公子，我给您好好指一指。"闰晴说着，真的伸出葱白手指指了好几个人。"还有几个当初被折英姐姐杀了，便宜他们了，哼！"

第40章 初衔白 师叔

初衔白从背后抽出霜绝剑来，笑眯眯地安抚她："好了，莫气，公子我这就斩断他们的手脚给你消火。"

"那怎么成！"闰晴娇俏地跺脚："至少也要先挖出眼睛，再砍去手脚，最好还要拔去舌头！"

"啧，你倒是贪心，公子我重伤未愈，就简化一下吧。"

初衔白叹了口气，抽出霜绝时尚且带笑，眼神扫向那群人时，已森寒一片。

白影冲天而起，没人看清他何时消失，也不知道他去了哪里，只觉得身边疾风缠绕，煞鬼般的剑气四面八方地扑过来，使人手脚麻木，动弹不能。等回神时，已经陆续有人倒下。再回首去看马上，那人已经又坐回了马背上，捏着一方帕子，施施然擦拭着长剑上的点滴血渍。

千风破霜剑，剑起，风动，霜扑面；点滴血溅，道枯绝，人踪灭……

不过短短一瞬，他连脚都没沾地，就一下子解决了几大高手，甚至好几人还都是门派头领。

死了的人直到此时伤口才汩汩流出血来，活着的则都脸色苍白，双腿发抖。

初衔白，那个人人畏惧的江湖魔头又回来了……

"跑……快跑啊！"

总算有人不顾脸面地逃走，随着这一生凄厉的喊叫，其他人也纷纷鼠窜而去，前一刻还热闹的大街，下一刻就只剩了几人。

剩下的人也都面带惊惧。

"公子，要不要追啊？"

初衔白轻笑摇头，扯了一下缰绳，打马到了天印身边，微微倾下身子，用剑尖挑起他的下巴。那张狼狈的脸让他满意地笑出声来。

"许久不见了，师叔……"

第41章 十年前

十年前，初家山庄。

大厅里跪了一个人，垂着头，任由身后的人拿着鞭子一下又一下抽打在自己背上。

"你不是要背负初家名声吗？那你就继续顶着初衔白的名号活着，谁允许你做回女子了！"

抽鞭子的是个中年妇人，满头白发，乍一看，像是已届风烛残年，但看容貌，观行止，并不觉得苍老。

"怎么，你一声不吭是什么意思？"跪着的人已然白衣破败，血迹斑斑，却仍旧一言不发。妇人打累了，怒气冲冲地丢了鞭子，捏着她的下巴强迫她抬起头来："说话！"

"嘿嘿……"她居然还笑得出来："好了好了，母亲大人消消火，我再也不说做回女子的话了，我就是您的好儿子初衔白，好不好？"

她歪着脑袋，一脸不羁的笑，妇人却像是受了刺激，陡然松开手往门边退："谁是你母亲！我不是初家人！我才不管初家死活！"呢喃到后来变成了怒吼，妇人跌撞着冲出了门，不一会儿后院就传出了她疯狂的大喊大叫。

大厅里很快冲入一道白影，将地上的人扶起来时，一脸心疼："都叫你别惹夫人生气了，好在她犯病了，不然真不知道怎么救你。"

"唉，我不是觉得年纪不小了，怕装男人装不下去了嘛，谁知道刚跟她说起这事儿，她就发火了。"初衔白揉着膝盖咕哝："算了，那我暂时还是做男人吧，反正也没什么损失。"说着她笑嘻嘻地搭住来人的肩膀："折华，改日陪我去一趟西夜国吧。"

折华正在帮她检查伤势，闻言愣了一下："去西夜国做什么？"

"偷药啊。"

"药？没必要吧，夫人不就擅长制药，你想要什么药问她取不就好了？"

初夫人不知受了什么刺激，清醒的时候总是一副担着初家重担的模样，疯癫的时候就不肯承认自己是初家人，连带自己的骨肉也不承认。所以初衔白平常也跟着折华叫她"夫人"，刚才也是为了不再挨打才故意叫她母亲。

"你知道我要什么药。"初衔白退开两步，在折华面前转了个圈："你看看，我都十五了，再往后，装男人肯定装不像了，只有靠药物来维持了嘛，夫人是给我研制了药，可是效果不大啊，她那点本事只能做做伤药吧。"

折华只心疼她的伤，对她的话压根没听进去多少，心不在焉地问："所以呢？"

"所以我们要去西夜国啊，传说魔教教主衡无忽男忽女，他就是用这种方式愚弄民众，自称神子下凡。啧，我要去偷他的药。"

折华这才认真起来："不行，太危险了，你是初家的主子，哪能冒险做这种事。再说了……"他忽然红了脸，干咳了一声："你做女人也没什么不好……"

并没有人接他的话，折华一愣，转头看去，初衔白的人已经闪出门去了，老远才抛来一句："晚上出发哈，别叫我久等！"

"唉……"折华无力叹气。

初衔白说一不二，晚上果然就急着要动身。折英拦着二人，一脸担忧："公子，我陪您去吧，折华刚回初家不久，我担心他照顾不好您，您还带着伤呢……"

话还没说完就被折华打断了："谁说我照顾不好她了！"

初衔白提了一下缰绳，径自朝前走："喊，这点小伤有什么要紧的？你好好呆在家里吧，两个男人一起上路才方便……"

她的背影渐渐融入黑暗，折英追出门望着，弄不懂她怎么能这么洒脱，夫人让她继续背着初家儿子的身份活着，她竟一点不反抗就接受了。

初家山庄在金陵以西，西夜在西域之外，千里之遥。到达那日，累得初衔白伏在马背上不肯下地："怎么这么远，要了本公子的老命了，比跟人比武还累啊。"

折华只好伸手去抱她："快下来，前面有客栈可以休息呢。"

初衔白忽然坐直给了他一个爆锤："休息什么，马上就去魔教拿药啊！"

折华捂着脑门道："你都不养精蓄锐一下吗？那可是西夜国教，你可千万别轻敌。"

初衔白抽出背后的霜绝，冲他笑了一下："你等着看好了，我们当天来当天回。"

"……"

的确是当天来当天回，当然是被人一路追杀着回去的。

初衔白边跑边郁闷："早知道等我把千风破霜剑练好再来了。"

折华没好气地接口："你不觉得现在说这话太晚了吗！"

"哈哈哈，瞧你那点出息！这群没眼力的西域蛮夷，总有一天会一听到我初衔白的大名就吓得跪地求饶的！"

"……"

逃了一天一夜，终于到了关内，本以为那群人不会再追了，谁知他们的毅力比想象中强太多了。

初衔白当机立断，对折华道："你继续往西，绕个圈子回去，我从塞外这条道走，到了青云派的地界，他们就不敢再放肆了。"

折华担心她安危，便有些犹豫，初衔白哪给他时间耽搁，一脚踹上他身下的马臀，自己也像离弦的箭一般冲了出去。

连日不眠不休，连吃饭都不敢下马，真是累得半死，终于有一天，身下的马先一步支撑不住倒下了。初衔白摔在地上，抬起头抹了一把脸上的灰，就见远处一丛一丛的蒙古包在蓝天白云下像是盛开在大草原上的小白花，顿时激动得泪水长流："这年头，做男人真不容易啊……"

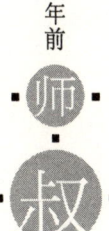

师叔
SHISHU
上

她在马身上选了几块好肉割下，烤熟了做干粮，剩下部分好好葬了，然后背起行囊继续赶路。倒是有热情好客的蒙古人家留她做客，但她实在不敢耽搁，讨了点吃喝，打听了一下青云派的所在，就又上了路。

到了青云派的地界，也就几乎要到中原了。初衔白并不打算去青云派做客，当然人家也不会欢迎她。初家在江湖上没有地位，她很清楚。不过她坚信这只是暂时的。

她歪着脖子望了半天那扇大门，忽然咧开嘴笑了。

她决定以后一定要找武林盟主比试一场，或许还能把他从盟主的位子上拉下来，呵呵呵呵呵……

已是初秋，到了晚上，温度骤降，叫人浑身都不舒服。初衔白有内力护体也仍旧觉得不适，她开始后悔之前没有问人家要点儿马奶酒带着了。

月光有些异样，诡异地泛着红色，沿着大街一路照过去，惨淡得没有尽头。初衔白抬头看了一眼，忽然想起很小的时候，她的父亲跟她说过，杀人的夜晚都是这种月色。他说得没错，后来他就被杀死在这样一个月夜里了。

初衔白搓了搓手，心想我还没活够，这么早下去见老爹，要被他揍死的。刚这么想完，眼前就出现了一匹膘肥体壮英姿非凡的白马。

"啊哈哈，天助我也！"她欢笑着，飞快地冲过去，翻身而上，就差搂着马脖子吻一口了，还没来得及这么做，忽然有道声音传了过来。

"怎么，要偷我的马么？"

初衔白低头看去，堆着杂物的墙根边坐着个人，大半身子隐在黑暗里，听声音有些虚弱，似乎是个少年。

初衔白有意逗他，故意勾着唇笑道："你凭什么说这马是你的？有本事叫啊，它答应了，我就承认这是你的。"

对方忽然笑了一声，有种嘲笑的意味，然后竟真的叫了一声："小二！"

马忽然前蹄扬起，欢快地嘶鸣了一声，差点把初衔白掀翻下去。

"啊啊啊，还真答应啊！太没节操了！"初衔白恨恨地呸了一口。

"这下你信了吧。"

初衔白冷哼一声："这么好看的马居然叫小二，你什么脑子？还不如给它取名叫上菜呢！"

"你管我。"少年撑着身子从黑暗里站起来，缓缓走出一步，身形有些不稳，月光倾泻在他肩头，照出他身上的紫衣，有种醉人的朦胧。

"你受伤了？"

"没错，我比你更需要小二。"

初衔白挑挑眉："它现在叫上菜了。"

"你偷马我可以不计较，但是你必须要带上我。"他说着，又走出一步。

初衔白看到他的脸时，心头只浮出一个字：美。

所以折英时常劝她多读些书是有道理的……

"我为什么要带上你？"初衔白笑得很开心。

少年也笑了："那为什么不带我呢？"

"哈哈，说的也是。"她伸出手去："上来！"

少年握了她的手，翻身坐到她身后。马奔出的一刻，旁边一家酒楼里忽然冲出个伙计大喊起来："哎呀掌柜的，有人偷了咱们的马了！"

"什么，这不是你的小二吗？"初衔白错愕地扭头。

"其实我只是发现掌柜的只要一叫小二，它就特别开心，大概是知道伙计要来喂它了。嗯……兵不厌诈啊。"

"你相不相信我马上把你扔下去？"

"那我就一直叫小二，它那么开心，你可能就走不了了。"

"去你的，它现在叫上菜了！"

"哎呀……"少年捂着咕咕叫的肚子叹气："都是你的错，一直说什么上菜，我忽然觉得饿了。"

"……你不会想现在下去找饭吃吧？"

"小二！"

"我X你大爷啊！"

两人颠跛地在马欢嘶声中前进……

第42章 禽兽

一路往南，二人都没有异议，直到入了山西地界，产生了分歧。

"往西走，我要回四川。"少年道。

"我要往东，你下去自己走，上菜归我了。"初衔白毫不退让。

"你好手好脚，难道不该照顾一下病患吗？"

"大男人开口要人照顾，你不害羞吗？"

少年没有开口，忽然凑近她身上嗅了嗅："你身上什么气味？"

初衔白毫不在意地望望天："半个多月没洗澡了呗。"

"不是那个，是……药味。"少年说着，忽然伸手探入她的胸口。

初衔白一把扣住手腕，差点捏碎他的腕骨："想死是不是？"

少年疼得头上出了层冷汗，拍掉她扣着自己的手，指尖挑着一只锦囊抖了抖："西夜国的药吧。"

初衔白愣了一下："你知道？"

"这天下的药和蛊，哪个能逃得过唐门人的眼？"

"你是唐门的？"

"没错。"

"你还知道什么？"

少年的表情忽然变得很诡异："用了这药，也许会造成难以挽回的后果。"

初衔白扭过头，咬着指头喃喃自语："不会再也做不了女人了吧……"

少年的视线随着她的动作落在她的后颈，看到那个纹上去的"初"字，忽然明白了什么，得意地笑了："对，会再也做不了女人的，不过我有法子……"

他故意拖着调子吊她胃口，初衔白果然急忙追问："快说。"

"你需要去唐门寻一种药。"

"……真的假的？"

"不信拉倒。"少年冷哼一声，忽然跳下马就要走。

初衔白蓦地抽出剑掷了过去，剑斜插在他身前，挡住了他的脚步。

"就算是唐门的，也没几个人能见识到西夜国的圣药，你在唐门是什么身份？"

她声音骤冷，少年也毫不退让："萍水相逢而已，你还刨根问底起来了。"

初衔白翻身下马，大步走过去，抽出剑指着他："就你现在这半死不活的样子，我随时都能杀了你，最好说实话。"

少年朝天翻了个白眼："我没见识过什么圣药，我只是闻出了一味西夜特有药材的气味才认出它来自西夜国，圣药明明是你自己说的啊。"

"……"

"去不去唐门？"

"不去！"

"不去会做不了女人了哦。"

"滚！"

"会变成不男不女的怪物哦。"

"……"初衔白狠狠一脚踹过去，少年身子一歪，倒地不起了。

"装死？"初衔白踢了他一脚，他仍旧一动不动。"喊，既然你装得这么像，我就勉强相信了。"提起少年丢到马上，她左右观望了半天，还是决定去四川。

这一路少年几乎就没醒过，初衔白反而要照顾他，看着他那要死不活的样子就来气，好几次都想把他丢在路上算了，但他每次都在她要付诸实施时醒过来，提点几句有关那药的事，她只好按捺住。然后一进了四川地界，他就彻底清醒了。

"啊，要到了啊。"

初衔白磨着牙狠狠瞪他："要是敢骗我，小心我杀了你。"

少年于是昏过去继续睡。

"……"

到唐门的那日，二人正式分道扬镳，一个要先回去复命，一个要稍后去偷药，各自作别。

初衔白始终觉得这个少年心眼太多，于是并没有按照计划行事，一转身就又折回来潜入了唐门。她运气好，此时几乎所有人都聚集到了大厅，那儿灯火通明的，不知道在做什么，反正方便她找东西就是了。

结果几乎翻遍了唐门的药房也没找到少年口中的那种药。初衔白开始怀疑自己是不是上当了，想到这点不免起了杀心，那混蛋明显是利用她送自己回唐门！她又不动声色地在唐门游走了一圈，并未找到那个少年，大概也在大厅。

她只好先将这事压下，赶去与折华会合，刚翻过唐门的墙头，忽然见大门洞开，有个人被狠狠地丢了出来。

初衔白缩着身子贴在暗处看过去，借着门前的灯笼，好半晌才看清他们丢出来的那个人正是那个少年。

"哈哈……哈哈哈哈……"他躺在地上大笑着，鲜血顺着口鼻流出来，沾污了紫衣，头发披散，形如鬼魅。

初衔白等大门复又关上，才跳下墙头，慢悠悠地踱着步子走过去。

"你怎么在？"少年看到他，撑着坐起来，靠在门口的石狮子座下。

初衔白蹲下来，伸手捏着他的下巴冷笑："臭小子，有胆子骗我，不怕死是么？"

"呵呵，谁说我骗你了？"

"你不是说唐门有我需要的药？"

"有啊，不过没有现成的。"他笑得很阴险："我有药方，可以替你配药。"

初衔白一脸了然："只要我救你是不是？"

"你真聪明。"

初衔白左右观望了一下，提起他的衣领把他丢上马，一连奔到城门外才停了下来，又将他一把拖下来丢在地上，这才道："我为什么要救一个陌生人？"

少年有气无力地躺在地上，喘了半天气才道："好吧……我叫唐印。"

初衔白在他身边蹲下来，抱起胳膊："你身上的伤是怎么回事？"

"我去杀一个人，没完成任务。"

"杀谁？"

"段衔之。"

"什么？"初衔白忽然放声大笑："你居然要杀青云派宗主？我没听错吧？"

唐印也笑："呵呵，我也觉得很可笑，可是我不得不去，据我那几个叔叔说，'杀父之仇，不共戴天'，可惜我连他儿子段飞卿都打不过，就别说他本人了。"

"杀父之仇？段衔之杀了你爹？"

"大概吧。"唐印望着黑黢黢的夜空："反正对我而言也没什么感觉，我出生不到几个月我爹就死了，压根没见过面。"

"啧，那干嘛要你背什么杀父之仇？"

"因为他前面几个儿子都不在了，我这个唯一有血统的也该消失，这样其他人才能顺利接手唐门。"

"啊，家族内斗。"

"没错，刚才他们一致认定我没能赢段飞卿是没使毒，所以根本不够格做唐门弟子，于是把我逐出唐门了。"

"啧，那你使毒了么？"

"没。"

"嗯？为什么？"

"反正都打不过，使毒又有什么用，说不定把他惹急了，我会死得更早。"

初衔白站起来，踢了他一脚："贪生怕死，心慈手软，做得成什么大事，活该！"

唐印似乎想笑，脸色一变，却吐出口血来，躺在地上连说话的力气都没有了。

初衔白叹了口气，犹豫着要不要救人。说实话，她还真没救过人。

"青青！"

远处有人策马奔来，夜色里看不分明，但那声音叫初衔白一下子就兴奋起来。

"折华！"

折华到了跟前，跳下马来，就差把她搂在怀里了："你怎么样？没受伤吧？"

"没有，我好得很。"

"啊，那就好，我们赶紧回初家山庄吧。"

初衔白点点头，忽然想起地上还有个人，还没对折华开口，衣摆已经被一只手扯住了。

"初衔白，你不怕我将你是女子的事情传出去么？"

折华这才注意到地上还躺着个人，一听这话就怒了，抽出剑道："敢威胁我家公子，找死！"

"呵，我死了也没关系，你们家公子就永远做公子吧，吃了那药会妨碍身体生长，从此她就是个不男不女的怪物……"

话还没说完，他的人已经被初衔白提起来丢到了马上，被马鞍重重一磕，又吐出一大口血来。她翻身上马，一手提了缰绳，一手按住他的背，像是随便搭了件货物，对折华说了声"走"，就一夹马腹奔了出去，语气说不出的恼火。

初衔白带个人回来不稀奇，稀奇的是带了个男人。以前她出去，如果有人跟回来，通常都是走投无路的女子，而且她只选漂亮的，所以外面都风传初家小公子实在是个风流浪荡子。

而现在，折英看到唐印的第一个念头是，完了，这下外面要传他家公子有龙阳之好了。

初衔白对唐印其实算不上好，因为她直接把他丢去初夫人手上了，美其名曰那里药材多，任他选用，实际上就是要他吃苦头。

然而她实在低估了这小子，过了大半月想起这事儿，跑去一看，他不仅已经能走动，还跟初夫人处得很好，看那样子，俨然已经成了初夫人的左右手。

初衔白站在院门边抽嘴角时，唐印正好端着个药盅过来，身上是刚换上的黑衣，那是折华的衣裳，大概是受伤的缘故，在他身上看着有些单薄。

"喏，夫人让我把这药给你，补身子的。"

初衔白视线在他身上扫了一圈又一圈，也不接，就着他的手低头抿了一口，又噗的全喷了出来："这么烫！"

"我也没叫你现在就喝啊。"

"……"

初夫人忽在此时冲出屋来，怒气冲冲地问："阿白，你的千风破霜剑练成了么？"

初衔白只好不再跟唐印计较，脚底抹油，溜了。

日子似乎发生了些变化，又似乎毫无变化。

唐印跟初家的人都熟稔起来，那些姐妹们甚至已经会拿他开玩笑，他也不介意，总是温和地笑着。生了副好相貌就是占便宜，他一笑总会引来人家姑娘家害羞脸红。

当然那是在初衔白不在的情况下，她一出现，姑娘们怕挨骂，赶紧作鸟兽散了。

唐印坐在廊下，瞥一眼那人。她本就身材高挑，服了药后，声音改变，加上刻意的举止投足，几乎丝毫没有女子的痕迹。

初衔白径自掀了衣摆在石凳上坐了，与他只隔着十步左右的距离，却看也不看他一眼。

折华提着剑过来，扫了一眼唐印，冲初衔白点了点头，便舞起剑来。

时光静好，除了剑气扫落枝叶的声响，整个天地都安静着。

初衔白看着树下人的动作，几乎眼睛都没眨一下，待折华收势回身，她才展开紧蹙的眉，慢条斯理地挑出几个毛病来。

"你太心急了些，而且招式里夹杂了一些古怪套路，与你的气息协调不一致，若是使多了，只怕会导致真气乱走，甚至走火入魔，还是别练了。"

折华乖顺地点头，并不反驳，忽然道："不如你我比试一场吧，好久没有切磋了。"

初衔白笑着站起来："也好。"

话音未落，人已经一阵风一般袭了过去，她的手碰到他的剑，却只夺了他的剑鞘，然后便以这代替兵器，乒乒乓乓地跟他过起招来。一连拆了二十几招，她忽然停了下来。折华也跟着停下，好奇地问："怎么不练了？"

初衔白扭过头看着廊下的人，他正闭着眼睛在晒太阳，嘴里不知道叼着什么，一半露在外面，像是人参，仔细瞧，又觉得不太像，只觉得他吃得分外有滋味。

她忍不住走过去，踹了一下他的小腿："喂，你在吃什么呢？"

唐印睁开一只眼，爱理不理："没什么，养伤的东西罢了。"

初衔白忽然伸手捏住他的下巴，笑着凑过来："好东西别一个人藏着，我也尝尝。"说完就直接一口咬下了露在嘴外面的一半。

唐印显然没想到她会这么做，眼睛都睁大了。初衔白挑挑眉，似乎很得意他有这反应。

"哐当"一声，二人同时看向声音来源，折华已经丢了剑大步离开了。

唐印继续嚼着东西，笑道："糟了，没分他一口，他生气了。"

初衔白正在品尝那东西，越吃越失望，又踹了他一脚："这东西这么难吃，能治什么伤啊？"

唐印一脸真诚："真的啊，我的伤就靠它治的，初夫人特地赏我的好药呢。"

初衔白"呸"了一声，伸手去剥他胸前衣裳："那让我看看你身上的伤好了多少了。"

唐印拍开她的手："你这是做什么？"

"有什么，大家都是男人。"初衔白偏就喜欢逗他，又伸手去作弄他。

唐印也不挡了，反而伸出手来也来摸她的胸："说的也是，那我也看看你好了。"

"啪！"初衔白甩了他一巴掌："禽兽！"

唐印揉了揉脸，哼了一声："你禽兽不如。"

第43章　我是你师叔

　　唐印在初家山庄整整住了两年，但外人几乎不知道初家多了这么个人，因为平常他不是陪着初夫人摆弄那些药材，就是观摩初衔白练武，除此之外，几乎不与任何人接触。

　　初衔白起初很嫌弃他，他心眼太多，看着善良，实际上一肚子坏水。不过随着相处，习惯了他的为人处世，也就不再那么排斥他了。

　　相处久了，她开始跟他推心置腹，陆陆续续地说一些自己的事，唐印这才知道为什么折华叫她"青青"。原来初夫人当初生的是龙凤胎，头胎是个男婴，取名初衔白，后面的女婴取名初衔青，可惜男婴不久就夭折了。初庄主是个把家业看得比什么都重的人，儿子夭折了，他便把所有的希望都压在了女儿身上，既把她当儿子，又把她当女儿。加上初衔青后来女扮男装行走江湖也有了一些小名气，初衔白这个名号就死死扣在头上了，等到父亲去世，更拿不下来了。

　　唐印也终于肯跟她说起自己的事。他其实是私生子，母亲只是个丫鬟，一直到他出生时也没有一个名分，等没多久他父亲被杀，处境就更艰难了，于是终于没忍几年就投了井。

　　他还说起自己曾相处过的一个女孩子，是从魔教里逃出来的，古灵精怪，可爱得很,虽比他大几岁,却长了一副娃娃脸。本来是不错的,可后来人家一遇上有权有势的将军就移情别恋了。

说到此处,二人齐齐摇头感慨:"唉,女人呐……"

初衔白手枕着头,躺在廊下望天。唐印坐在她身边,瞥她一眼,伸手从怀里摸出一张纸单子来:"喏,照这个方子煎药喝下去。"

"啊?干嘛?"初衔白翻身坐起。

"你最近是不是觉得喉咙嘶哑,内力难继?"

"诶?你怎么知道?"

唐印翻了个白眼:"你以为那药那么容易被你偷出来是侥幸么?实话说吧,要是你再这样下去,迟早要被毒死。"

初衔白愣了一下,连忙接过了单子,扫了一眼后仔细折好收入怀中:"算你有良心,不枉我让你吃了这么久的白饭。"

唐印笑了笑:"我的用处多了,你养着我不会吃亏的。"

初衔白伸出手指勾着他的下巴一脸轻佻的笑:"行,我养你。"

唐印一掌拍掉了她的爪子,她犹自捧着肚子笑个不停。

初衔白终于练成了千风破霜剑,但是谁也没想到声名来得如此容易,不过是打败了一群人,结果那群人居然是声名赫赫的高手,于是她就此一战成名。

她挑战的人越来越多,周围的人也对她越来越尊敬,包括折英和折华。只有唐印依旧如故,他不仰视她,也不低看她,他就是那样一个人,无论周围如何变幻,他还是那个步调,似乎对什么都不关心,除了自己的生存大计。初衔白常常觉得,除非自己说把他赶出初家去,他才会有情绪上的波动。

根本不清楚那种心情是何时产生的,初衔白意识到时,就早已存在了。

那日她忽然指着唐印的背影对折华说:"折华,我喜欢他。"她第一次笑得有些羞涩。

折华的喉头梗了梗,良久才生硬的吐出句话来:"为什么?"

"大概是因为他与我是一类人吧。"

初衔白的生长环境让她完全不知道该如何喜欢一个人,她想得很简单,喜欢了他,那他就是自己人了。于是她开始毫无保留地指点唐印习武。后者当然很诧异,不过她说的很有道理,他也就乐得接受了。

"你是练童子功做基础的呀，这样根本不适合练唐门功夫啊，唐门的人摆明了是不想让你练好武功嘛。我看你有这底子，还不如去练天殊派的功夫，他们家就擅长以气养力，正适合你。"说完这话，初衔白脸上忽然生出了些许向往："其实如果让我选门派的话，我也会选天殊派，钱多人傻作风正啊，呵呵呵……"

唐印笑了："那还真适合我。"

"是吧是吧？我给你挑的怎么会错，等着，回头我给你找找看家里有没有天殊派的武学典籍。"

唐印忽然问："你干嘛忽然对我这么好？"

初衔白愣了一下，刚要回答，折华背着剑走了过来："公子，我们该走了。"虽然是对初衔白说话，他看的人却是唐印。

初衔白点点头，对唐印道："你跟折华走一趟，回来我再跟你说吧。"

唐印这才知道折华口中的"我们"是指他跟自己。大概是有什么事要自己帮忙吧。唐印现在寄人篱下，少不了要听差遣的时候，他自然不会拒绝。

本以为只是在附近走一趟，结果出了门才知道居然很远，一路往西北而行，策马走了三四天才停下。折华不太理人，唐印本也不想跟他多话，但到此时却有些按捺不住了。

"我们要去哪儿？"

折华斜睨他一眼，带头朝前走，眼前是一大片荒野，却停着一辆华贵的圆顶马车，上面绘着西域一带流行的线条盘花纹样。两行人站在马车后方，离得很远，根本看不清样貌，越发使这辆马车看起来孤单而突兀。

折华握着剑的手紧了紧，忽然对他道："你待会儿别随便说话，从现在起，你就是初衔白。"

唐印一愣，车帘里已传出一阵笑声，似男似女。

"你们初家好大的胆子，居然敢偷本教圣药。哼，你们以为我会轻易放过你们么？就算挖地三尺我也会把你们找出来！"

折华的脸色变了变，却仍旧算镇定："休要口出狂言，你以为初家会怕你么！"

一只手掀开帘子，探出一张脸来，比起那特殊的声音，这张脸实在有些平平无奇，看不出年纪，只能看出是个男人，可是等他一出手，却让人再也无法小看。

折华躺在地上时，尚不清楚他是何时动的手，而那人已经一脚踩着他的胸口，一手捏住唐印的喉咙。

"初衔白，还好你识相，肯主动来见我，否则我就直接灭了你们初家！"

唐印瞬间醒悟，原来他来这里，只是为了做初衔白的替身……

那是他第一次见衡无，对衡无而言却是第一次见初衔白。

唐印重伤倒地时，犹豫了很多次想说出真相，可最后还是没有开口。

衡无在离去前灌他吃了一味毒药，说自己亲自来，是看重他青年才俊，有意要拉拢他加入圣教，如果不从，以后便会受尽折磨。

唐印那时并不觉得有什么，直到几年后，掌心出现那道血线，心里才开始怀疑。唐知秋告诉他那是鸢无时，他还在奇怪唐门的人是何时给自己下的毒，直到知晓唐门与魔教勾结，才敢确定。

他们之间的联系，早就体现在他身上。

数月后的寒冬，他在雪地里遇到了初衔白。她牵着上菜站在他身后，眉头鼻尖沾了些许的雪花，似乎已经看了他很久。

唐印看了一眼她身后的折华，衡无那日临走时，明明已经将他抓去做药引，没想到他命很大，居然好端端的又回来了。

雪下大了，唐印没有做声，只是拢了拢身上已经明显破旧嫌小的紫衣，转头继续走。既然决心要离开初家，就连一件衣裳他也不会带走。

"你要去哪儿？"初衔白叫住他。

唐印停下脚步："与你无关。"

初衔白陡然来了火，几步跑过来："什么叫与我无关？我找了你整整几个月了！"

"找我？"唐印冷笑："找我做什么？我该做的都做了，还你的也还清了。"

初衔白终于明白过来："所以你这是要走了？"

"当然。"

"为什么？"

"走需要理由么？"

初衔白拉住他冰凉的手："跟我回去。"

唐印甩开，继续走。

初衔白看出他身上带了伤，有些没好气："你这种样子，能走去哪儿？"

唐印冷哼："去哪儿都比待在一个不男不女的怪物身边强。"

初衔白的脸色瞬间白了几分，唰地抽出剑来。

唐印转头："怎么，要杀我么？"

初衔白咬了咬唇，脸色仍旧不好："有本事赢了我，我就放你走。"

唐印的表情也认真起来，甩袖站稳："请。"

初衔白没想到他居然会真的应下，火气上涌，已经有人抢在她前面挥着剑招呼了上去。

那是折华，初衔白急忙出剑才拦下他，即使如此，折华的剑上也已经沾上了血渍。

初衔白有些动容，如果这样都留不住他，那就算了吧……

"为什么不让我杀他？"折华很气愤，"他输了，该死不是么？"

"他与旁人不同。"初衔白低笑，说不出是感慨还是自嘲，"不能杀他，因为我喜欢他……"

唐印捂着伤口站起来，笑声随着风声送过来："哈哈哈，我算不算是唯一一个活着见过初衔白的人啊？"

折华立即又要上前，被初衔白拉住："让他去吧，我就喜欢他这份洒脱。"

"哼，手下败将有什么好喜欢的！"

初衔白翻身上马，又变回了一如既往的自在不羁："我们做个约定如何，下次见面，你功成名就，我也不再是个不男不女的怪物。"

雪地里的人似乎怔了怔，默然不语。

初衔白打马离开，走出很远回头，他还站在那里，如红尘十丈里一个虚幻的泡影……

年华似水，初家的姑娘们已纷纷嫁人，又陆陆续续添了新人，再也没人记得这里曾经出现过的那个少年，甚至连初衔白自己也觉得已经忘了他，偶尔想起，不过是年少时光里的一个痴梦，付诸一笑而已。

她的名号越来越响，已经开始到了震彻武林的地步，脾气却越来越乖张，下手也越来越狠。终于有一天，连初夫人也劝她别再用药。

几乎瞬间她就想起唐印离去前的话，她是个不男不女的怪物，从身到心都扭曲了。

她停了药，身体却不好了，照着唐印当初留的药方调理了一段时间后，还是决定上京延请名医好好看一看。彼时她已经准备约段飞卿比武，但又犹豫着是不是要收手退出江湖。可惜还没等她做出决定，就已经被逼入了密林。

折英武艺一向很好，折华那几年一直在外游历，回来后武功精进自不必说，就是她手下的那些姑娘们也都武艺不差，可即使如此，也抵挡不了那么多人。初衔白坐在林中时，忽然觉得自己以前真的是弄得天怒人怨了……

然后她看到了他。

大概是药物关系，她这些年变化并不大，而那个人走来时，早已不复当初少年模样。他深沉内敛，黑衣肃杀，却挡不住眉目间的风致。那是踏着对手肩头一步一步叠加出来的自信。

他已经是一个高手，一个正人君子。

"是前两年刚在武林大会夺了第一的天印。"折英在旁提醒她，生怕她已经忘记。

"啊，是他啊……"天印名声鹊起时，她曾怀疑过他是不是就是唐印，但从未去确认过，而如今见到果然是他，除了配合地惊呼，她又忍不住欢喜，气息翻涌，最后猛地吐出口血来。

那人已经到了跟前，居高临下地看着她，恍如隔世："我有法子救你，只要有人愿意替你死。"他伸手指了指折华。

初衔白脸色一僵，折华的剑已经挥了过来，但他受伤太重，不出几招就被天印单手制住。

"不愿意么？那就看着她死吧。"

折英尖叫起来："天印！你这个忘恩负义的混蛋！"

"起码我还能救一个，也不算太坏吧。"他不以为意，手已按上折华的天灵盖。

初衔白直视着他的双眼："你如果这么做，我会恨你一辈子。"

天印笑了笑，手下用力，折华已经瘫软下去。

折英哭叫着扑过去，被天印点了穴。他蹲下来看着初衔白，手搭在她的后颈："恨我一辈子？那我了结了你的这辈子，给你一个新人生好了。"

初衔白看了一眼地上痛哭着的折英，又看看面前的人，第一次生出心如死灰的感觉。

"真遗憾，你实现了约定，我却仍旧是个不男不女的怪物。"

"没事，反正我也不在乎。"天印的手掌拍了下去。

"天印，总有一日我要杀了你！"折英狠狠地瞪着他，睚眦欲裂。

"随时恭候大驾。"

天印平静得可怕，伸手进折华怀里摸出一块面具，仿佛早就知道他身上有这东西。他一言不发地给折华易容，直到快出去时，忽然对折英道："如果你够忠心，该知道今日死的究竟是谁。"

折英看了一眼紧闭着眼的初衔白，默默流泪。

直到半月后的深夜，天印才返回天殊派。玄月正准备同往常一样早早休息，房门忽然被人一脚踹开。她刚想发火，就见天印神情憔悴地走了进来，怀里抱着一个人。

"师弟，你搞什么鬼？"

天印将人放在床上，又回头掩了门，这才说明来意："我想请师姐收她为徒，好好照料她。"

"啊？收徒可以，但是天殊派从不收来路不明的人啊，这是谁？是男是女啊？"

"师姐放心，终有一日我会据实相告，不过还请千万别让她下山。"

玄月被他的神秘弄得晕头转向，迷迷糊糊答应了，检查了一下那人伤势，忽然道："你输内力给她了？"

天印坐在桌边饮茶，点了一下头。

"嗯……她叫什么？"

"叫……"天印沉思了一下："叫千青。"

千青昏睡了几个月，靠玄月每天喂米汤才不至于饿死，她睁开眼时，玄月说的第一句话是："姑娘，我还没嫁人呐，可为了你都做过一回娘了。"

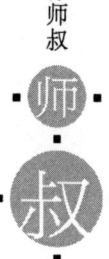

师叔
SHISHU
（上）

千青于是眨着眼问：“那你是我娘么？”

"我这么年轻哪儿来的你这么大女儿！"玄月恼火地吼，"叫师父！"

千青瑟缩着脖子，乖乖地叫师父。

玄月开始带着她熟悉门派，逢全派集会一定拉着她参加。千青就是在那时第一次看到师叔天印，他正襟危坐，目不斜视，一身黑衣隔离开俗世红尘。她觉得那就是高手该有的模样。

但没想到有一天会撞到高手出糗。

她去后山闲逛，看见那小山包上有个人坐着，离得太远，只能看到一个黑色的背影，一动也不动。她只是好奇而已，蹑手蹑脚地蹭过去想看看这人在干吗，刚接近，那人忽然转过头来。两人都有些发愣，千青还没来得及做出应对，他已经捂着胸口倒在地上。

"啊啊，师叔，你怎么了？"她冲过去扶他，却被他扣住手腕。

"你刚才叫我什么？"

"师叔啊……"

天印的神情有些微妙，却微微笑了起来：“没错，我是你师叔。”

"呃……师叔，你是不是走火入魔了？"

第44章　步狱

似有雨声滴滴答答在耳边轻响。天印微微睁开眼睛，入眼的屋顶让他半晌回不了神，他是回到了十年前，还是身在十年后？

撑着身子坐起，才发现自己先前一直躺在门边，门是开着的，从他这里看出去，天刚亮不久，院中雨水积压在墙角，四下落了一层的树叶，整个天地愁容惨淡。他浑身无力，只能靠着门板，忽然感到有人在看他，转头就见离门外廊下，离他几尺开外的地方跪着个人。

那是折英，她正瞪着他，眼神愤恨。

天印扯了扯嘴角："你这是在做什么？"

折英冷哼："拜你所赐！"

"拜我所赐？"

"若不是听信你片面之词，我怎么会去欺骗我家公子？你当时口口声声说是为了保住她性命，我才答应配合你演戏。"折英捏起拳，"是我太好骗了，早知你为人，居然还听信了你的谎言！"

天印微微一笑："话不能这么说，当时尹听风盯得那么紧，你不作证，谁来坐实她是初衔青的身份？初衔白和初衔青，谁能活命，你清楚得很。"

"可到最后你差点杀了她！"折英猛的站起来，几步冲过来："今日我就杀了你这个无耻之徒！"

"咳咳……"室内有人低咳，生生阻断了折英的脚步。"谁让你动的，继续跪着！"

"是……公子。"折英垂头退出门外，又恭恭敬敬跪下。

天印转头去看，隔着一道屏风，模模糊糊看不分明，只能看出不止一个人在里面。

果然，折华的声音很快便传了出来："别高声说话！偷跑出去到现在才回来，若是伤势加重了该怎么办！"

初衔白轻笑："好了好了，你念叨了很多遍了，我现在不是好好的么？"

"哼……"

二人絮絮叨叨在里面说着话，像是忘了外面还有人。天印毒发尚未恢复，背后的伤口也还未处理，稍稍一动便疼痛难忍，他干脆不再动弹，盯着屏风，像是入了神。仿佛直到此时才确信之前她的出现不是幻影，更不是左护法或谷羽术。

屏风后传来脚步声，他回神时，折华已经背着初衔白走了出来。有两个姑娘一步不离地跟着照顾，手脚伶俐地在宽大的太师椅里放好靠垫，扶着初衔白坐好。她这才抬眼看了过来，比之前消瘦了许多，精神倒是不错。

"哎呀，昨日回来得匆忙，居然将师叔您丢在这里一夜，实在怠慢，您可千万别介意，反正这里您也熟，别客气，就当在自己家里好了。"

天印看着她默不作声。

"嗯？莫非是生气了？"她叹口气，忽然指着他先前躺过的地方惊呼起来："啊，原来你受伤了呀，流了不少的血啊，是我疏忽了，不该啊不该。"她朝折华招招手："快去拿些伤药来，这可是我师叔，可千万要小心伺候着。"

折华冷哼了一声："没有药。"

"怎么会没有药嘛，快去吧。"

折华皱起眉头："真的没有，你不知道药都在夫人手上吗？现在谁都接近不了她身边，连帮你要点药都困难重重，你还顾念他？"他指着天印，满眼不屑："就这种人，死一万次都不够！"

初衔白无奈地拧起眉："怎么办师叔，我也没法子了。"

天印发丝散乱，沾了血污贴在苍白的脸颊上，无力地靠在那里不发一言，看起来孱弱不堪，却咧开嘴笑了："初衔白，要折磨我不用拐弯抹角，直接动手就行了。"

初衔白挑眉："别急，我这不是在想么，就怕我还没动手你就死了，那太可惜了。"她一手撑在座椅扶手上，歪头托腮："真难想啊，师叔你坏主意多，你给我想想，若你是女子，有人骗了你的感情，又骗了你的身子，你会怎么对他？"

天印盘膝坐直身子，拂了拂衣摆，还真想了想，认真回答："我会阉了他。"

初衔白惊喜地拍手："不愧是师叔，真是好法子。"

"这还不够，我还会把他卖去做小倌，叫他任人欺凌，苦不堪言。"

"甚妙甚妙。"

"如若这人是江湖人士，还要将这事宣扬的人尽皆知，到时候叫他跪在我面前求我给他一个了断。"

"嗯？他可以自己了断啊。"

"怎么会，这种会骗人的人都有自己的目的，最是惜命，才不会自我了断呢。"

初衔白恍然大悟，忽然问："那你的目的是什么？"

"我记得我说过。"天印笑道："为了你的内力，那样我才有把握称霸武林啊。"

初衔白没有做声，只是冷冷地看着他。

"我曾说过魔教那药有毒吧，你那一身内力留着反而会让你的身体越来越糟，没有解药，迟早要废了武功或者死路一条。既然如此，何不给我呢？你我已有夫妻之实，就算以后你成了一个废人，我还是会照顾你的啊。"

他说得很诚恳，初衔白的脸色却越来越冷，甚至连她身边那两个伺候的姑娘都忍不住要上去动手了。折华更甚，脚步已经迈了出去，被初衔白拦住了。

"所以我还要感激你不成？"

"你若有此心，我也不反对。"

初衔白猛地站起身来，晃了一晃，被折华扶住才不至于跌倒。两个姑娘连忙

第44章　步狱

师叔 SHISHU 上

要上前搀扶，被她挥手遣退。天印朝她看了一眼，无波无澜。

初衔白甩开折华的手，缓缓走近，到了跟前，干脆在天印面前席地而坐。"说起感激，你下手很准，没有真的挑断我的脚筋，这点还真要谢谢你。"

天印微笑："不客气。"

"不过这里可好不了了。"她抬手摸着自己的锁骨："若非有内力护着，我现在肯定疼得满地打滚你信不信？"

天印默然。

"唉，十年前我就知道你不是什么好人，可偏偏就喜欢你，十年后又栽在你手里，说起来，这事完全怪我自己。"

天印的表情忽然变了，即使极力压制，也难以遮掩眼神里的错愕。

初衔白伸手捏着他的下巴："师叔，你怎么能演戏演得这么好呢？世上怎么会有你这种人，长了一张好人脸，却一肚子坏水。"

天印喉头梗了梗："你这种人……不也跟我是一类人么？"

初衔白愣了一下，忽然大笑起来："哈哈哈哈，说的是，一点都没错！"

天印忽然伸手捏住她的肩膀："别笑了！"

"滚开！"折华挥开他，小心地揽着初衔白："不是叫你别高声说笑吗？你是不觉得疼是不是！"

初衔白仍旧呵呵笑个不停，窝在他怀里斜眼看天印："我有主意了，闰晴说的那个药呢，拿来给我师叔试试。"

闰晴立即立即走上前来，笑颜如花："公子说真的？那药可刚猛，当初那些正道对我们姐妹可没少用这种药。"话说到后来已经变成愤恨，她的脸也扭曲起来。

"那不正好，我师叔就是武林正道，这药给他用正合适，这叫以彼之道还施彼身。"

闰晴掩口笑了一声，从怀里摸出一只瓷瓶来，捏开天印的嘴就要倒。

天印嗅了一下，微笑道："这是步狱啊。"

"是啊，步狱，谁都受不了折磨要说真话，正适合你这种骗子！"闰晴狠狠地灌下去。

天印呛了一下，伏倒在地。

初衔白轻轻拍着他的背，无比温柔："果然我还是没你无情啊，这样吧，你若是能熬过去，我就不送你去做小倌，如何？"

闰晴插话道："自然不能送他去，他伤势一好，肯定会跑的！"

初衔白点头："有道理，把他关起来，我等着看他的本事。"

闰晴兴奋不已，正要去扯天印，折华已经先她一步拖着天印走了出去。他故意一路磕磕绊绊，天印几欲虚脱，身下斑斑血渍，脸上却云淡风轻，始终带着笑容。

下午吃罢饭，又小睡了片刻，闰晴过来了，笑眯眯地扶起初衔白道："公子，药效发作了，您要不要去看看？"

"哦？那是肯定要去的。"

天印就在十年前住过的那间房里，里面的东西都没什么变化。初衔白进来时，他已瘫倒在地上，正靠着凳子喘息，手指抠入地面，关节都泛着青白。

"啧，看来很痛苦啊。"初衔白遣退闰晴，自己在凳子上坐了，悠悠倒茶慢品："不如我来考验考验你好了。嗯……第一个问题，你当时是真想杀了我么？"

天印冷笑一声，口中溢出血丝："那倒没有，不过我是真心要废了你的。"

初衔白点头："这我相信，说到杀人，你还不如我。那我再问你，我死后，你可曾后悔？"

天印垂下眼帘，许久才道："后悔，后悔没得到你的内力。"

初衔白眼中幽光大盛，手掌已经抬起，落在他头顶前却又忽然放柔下来，她缓缓蹲下来，抚着他的脸颊，神情凄苦："其实我没有告诉你，这次受伤，我失去了一个孩子，那是我们的骨肉……"

天印猛然抬头看她，眼神震惊，连身子都颤抖起来。

"噗，哈哈哈哈……"初衔白放声大笑："看看，男人实在太好打败了，你们在乎的东西往往比女人还多。"

天印伸手扣住她肩膀："别笑了！"话刚说完，又口吐鲜血。

初衔白嫌弃地让开，掏出帕子拂去沾在衣襟上的血渍："你骗人这么久，居然还容易被骗，真是可怜。"

天印哼了一声，径自盘膝打坐，闭起眼来，不再理她。

初衔白双手托腮，悠然道："你想逼毒？我听说步狱不能随便逼毒的，不过信不信由你。"

天印仍旧不理她，默默运功，半晌才感到有内力回归丹田气海，可仍旧微弱。此时逼毒实在凶险，但他这种状况，再承受下去真的就只有死路一条了。

约莫过了一盏茶的时间，刚勉强有些起色，忽然尾椎处一疼，天印蓦地睁眼，心里咯噔一声。

初衔白还没走，见状不禁诧异："嗯？师叔，你这是什么表情？毒逼出来了？"

天印的脸色变幻莫定，半晌，咬了咬牙："没事！"

第45章　不举

初衔白见他神色有异，本还想继续追问，门外却响起折华的声音，吃药的时间到了。

"啊，我该走了，师叔你好好休息。"她一副关切的模样，甚至临走还帮他掖了掖衣领。

天印照旧脸色不好，坐在那儿一动不动。

门一打开，折华便面带忧色道："青青，夫人还是老样子，不肯给祛痛散。"

"唉，我这个越老越糊涂的娘啊，真是，连自己骨肉也不认识了，眼睁睁看着我挨痛也不管。"初衔白摇头叹息。

天印在室内将二人的话听得一清二楚，心中不禁奇怪，祛痛散虽然不能续骨生肌，但能缓解痛苦，好歹是自己孩子，初夫人怎么会不肯给药呢？

初衔白已扶着折华的胳膊要走，忽然想起什么，转头指着天印道："对了，我师叔还伤着呢，不如将他送到夫人那里去好好医治一番吧。"

折华凉凉一笑："没错，真是好主意。"

天印心中隐约猜到了些什么，却只是冲二人笑了一下。

折华甩袖冷哼:"死鸭子嘴硬!"

初衔白拍拍他以示安抚:"这样挺好,他若示软了,我还觉得没意思了。"

二人离去没多久,闰晴就带人来了。拖着天印出门时,她故意贴着他暧昧地蹭了蹭:"实不相瞒,我很喜欢你这相貌,若你依了我,我便帮你逃出去如何?"

天印斜睨她一眼:"你是现在就把我当小倌了不成?"他不屑地扭过头:"跟你家主子说,我没那么傻,别用这种幼稚的法子来试探我。"

闰晴"呸"了一声,一把推开他:"生了一张贱嘴,迟早要后悔!"

初夫人所居的院落比起十年前破败了许多,天印见到时有些诧异,初衔白还不至于对母亲苛刻,既然回来了,怎么也不替她翻新一下住处?

院门紧闭,闰晴吩咐左右架着天印,自己去拍门,不过看起来有些小心,拍几下停几下,直到听见里面传来脚步声,忙不迭远远退开。

院门紧接着被人从里拉开,一声怒吼炸了出来:"又是谁!"

立在门边的人白发杂乱、形容憔悴,手中拄着拐杖,身上衣裳已经脏污不堪,差点要瞧不出原本颜色,但那双眼睛却比过去更加锐利,落在人身上时,叫人无端生出惧意来。

闰晴赔笑朝她行礼:"夫人,是我啊,闰晴呐,您还认得我吧?呵呵……"

初夫人挥着手里的拐杖砸过去:"滚!你们个个都有眼无珠,跟着那个骗子来蒙骗我!"

闰晴抱头鼠窜,连连讨饶:"夫人息怒呀,公子不是骗子,她真的是您女儿呀,您怎么六亲不认呢!"

"呸!她不是我的阿白,我的阿白才不会这么不济,那分明就是个骗子!定是那些武林败类派来夺我初家绝学的奸细!"

闰晴远远躲到墙脚,哭笑不得:"夫人,我知道您这一年过得不容易,但那都过去了,那真的是公子,她回来了!"

初夫人压根不信,挥着拐杖冲过去:"滚!滚!都给我滚出初家去!你这个叛徒!"

闰晴又窜到天印身后来,初夫人一副风烛残年的样子,身手却依然矫健,追来追去半天不带喘气的,又几步朝这边冲过来,闰晴也不躲了,干脆招呼左右就逃开了,速度要多快有多快。

天印被她们一带，摔倒在地上，初夫人的拐杖眼看已经要招呼到他身上，却忽然停了下来。

"你是……小唐？"

天印愣了一下："夫人竟还记得我？"

"小唐？你真是小唐？"初夫人丢开拐杖，拉他起来："你变化好大，都长高这么多了，我记得你那会儿才这么点高呀。"她夸张地比划了一下。

天印不禁失笑："夫人，我们十年未见了。"

"啊，都十年了……"初夫人喃喃着，有些失神，忽然又掩面哭泣起来："我的阿白……阿白她……"

天印扶住她胳膊，语气关切："夫人怎么如此伤心？"

初夫人忽然反握了他的手："你是被他们抓来的是不是？那个阿白……我告诉你，她是假的，她才不是我女儿，折华跟折英都不信我，闰晴她们也被收买了，小唐，你可要相信我啊。"

天印看着她陷入混沌的双眼，终于明白前因后果，一本正经地点了点头："夫人所言极是，我也不信那是真的阿白。"

初夫人眼神一亮，用力地握住他的手，整个人都焕发出神采来："还好你是明白人！"

天印适时地闷哼一声，果然引来她的关注。

"怎么了？你这是……受伤了？"

"是，夫人见笑了，是我学艺不精，败在那个骗子手里……"

初夫人大怒："混账！欺人太甚！"她拍拍他的手背，示意他跟自己进院子："无妨，我这儿有上好的药材，一定将你治好，你进来与我好好商议怎么对付那个骗子！"

天印严肃地点头，扶着她进了院门。

墙角边的闰晴偷看了半天，转过脸时目瞪口呆，被身边人连唤两句才回过神来。

"啊！这个混蛋，居然又摆了公子一道！我要杀了他！"她火冒三丈地冲到院门处，又急冲冲地折了回来："咳，还是先禀报公子知道再说，回去！"

"……"

初衔白此时可没空理会这些,因为刚喝完药就有客来了。

其实初家山庄从她主事开始就没接待过什么客人,初衔白是江湖独侠,从不与人结交,倒总是与人结怨,这是主要原因。不过今日来的两位客人有些特别,特别到她想拒绝也不行。

折英终于被免了跪罚,奉命去迎接贵客入厅,初衔白梳洗整理,换过衣裳,坐在厅中等候,还没看到人来,就听见一连串的笑声。

"哈哈哈哈,千青,我就知道你福大命大死不了!"紫色人影一阵风卷进门来,几步冲上来,就差把初衔白抱起来抛几下了:"快给我瞧瞧,嗯,还是很精神的嘛!"

折华怕他手下没分寸,想要阻挡,初衔白却毫不介意,笑嘻嘻地道:"你可别失了礼数,尹阁主可是我的未婚夫呀。"

尹听风又哈哈笑起来:"哎呀,我要是娶个男人回去,还真是轰动天下啊!谁也想不到你就是初衔白啊,天印那厮太狡猾了,居然给我下迷阵!"他转着头四下扫了一圈:"嗯?他人呢?你不是把他捉来了么?不会已经弃尸荒野了吧?"

初衔白朝他身后努努嘴:"那些话稍后再说,再这样下去,我怕怠慢盟主大人。"

段飞卿淡淡看了她一眼:"无妨。"

初衔白请二人落座,又命人奉了茶,这才又道:"看盟主这样子,像是有话要与在下说。"

段飞卿并不急着答话,捻着茶盖来来回回拨着浮叶,姿态说不出的优雅。传闻他出身侯门望族,看来并非空穴来风。

初衔白也不急,一直欣赏着他的动作,直到他自己停下来,慢条斯理地开口。

"初衔白,当初围剿一事,算是因我而起,如今也该让你知晓。"

初衔白点头:"此事我已知道,盟主行事光明磊落,我一向是敬重的。这一年多我失忆在外,初家山庄能得以保全,折华能获救,全都仰仗盟主您,严格论起,我还当道一声谢。"

段飞卿搁下茶盏,站起身来:"我该做的都做了,接下来全看你自己,三日后我再来还你最后一份人情,之后你是死是活,我与青云派都再也不会插手了。"

尹听风大爷似的瞟了他一眼："喂，身为盟主说这种甩手的话真的合适吗？"

段飞卿不理他，直接转身出了门。

尹听风只好起身告辞，依依不舍地握着初衔白的手，假模假样地挤眼泪："千青，为夫下次再来看你，等我我我我……"

折华干咳一声，他才收回手，贼笑着飘出门去了。

初衔白目送他离开才敛去笑容，心中纳闷，段飞卿说的三日后，要发生什么呢？

正想着，闰晴进来了："公子，我觉得天印那家伙有些不对劲。"

"哦？哪儿不对劲？"

"他刚才开了张方子出来，说是夫人吩咐要买的药材，我瞧过了，这些药材分明就是夫人用不到的嘛。"她说着将手中的纸张递了过来，神情有些古怪。

初衔白只是初通药理，但细细看下去还是能看出问题。她丢开纸张，笑着起身出门："我去瞧瞧他在搞什么鬼。"

天印恰在院门口，所以没等到初夫人大发雷霆地出来赶人，初衔白就成功把他提溜走了。

他身上的伤已经简单处理过，可被摔进房时又裂开了，包扎的布条上渗出点滴血渍来，他倒像是什么都没发生，一副毫不在意的模样。

"师叔，听闻你开了张药方，上面全是补肾益阳的药材，怎么，你这是肾虚了么？"

天印坐到凳子上，沉下脸，一言不发。

初衔白的目光上上下下打量了他几圈，忽然想到什么，缓缓贴过去，在他腿上一坐，一手勾着他脖子，一手朝他下身摸去，笑得很邪乎："让我来猜猜，莫不是逼毒时，走的是肾经吧？"

天印咬牙承受着她手下折磨，脸色忽青忽白，说不出什么意味。

"噗！"半晌手下没有动静，初衔白忍不住笑了，俯头在他耳边吹了口气，语气说不出的愉悦："啊，原来你不举了啊……"

第46章 祛痛散

晚上吃过饭，折华照旧要给初衔白上药，平常这时候初衔白都是忍着痛不发一言，今日却似乎心情很好，嘴角始终勾着，甚至有时还不自觉地笑出声来。

折华上药的手顿住，皱眉道："青青，从天印那儿回来你就这样，发生什么事了？"

初衔白靠在床头，笑得更开怀了："折华，我从未觉得这般开心过，你想想，我师叔多么骄傲的一个人呐，就算以前颠沛潦倒到寄居初家也端着架子呢。现在呢？居然落到这步田地，哈哈哈哈，我真是开心得不得了啊！"

折华不知她话中意思，也无意探知，伸手按了按她的肩，眉头皱得更紧了："都叫你别笑，琵琶骨不疼么？"他将药收好，在床边坐下，看了看她的神情，又道："夫人现在不相信你，却对天印很好，我猜他刻意接近夫人是想寻机逃走，我们不如……"他抬手做了个手刀。

"你又来了！"初衔白白他一眼，收回视线时又笑了："就这么让他死了岂不是便宜他了，我还没玩儿够呢。他这种人受过的折磨多，心智强大，所以看着他一步步崩溃，比杀了他要有乐趣得多。"她陶醉地眯了眯眼，说不出的向往。

折华垂下眼，没了声响。

初衔白偏头看他，灯火下那张侧脸总算显出一丝血色来，但比起以前还是有些弱不禁风。每到这时她便会想起当初密林里他倒下去的模样，也想起天印所做的一切。

如今的她，对天印有多憎恨，就对折华有多愧疚。

"怎么了？不高兴了？"她抬手抚着他的背，像是安慰一个受宠的孩子。

折华的眼睫颤了颤，忽然转过头来握了她的手，唇抿了又抿，才轻轻开口："青青，有些话我一直没与你说，甚至本来打算一辈子都不说了，只要能一直守在你身边，我愿意一直这样下去。但是现在我忍不住了，你始终对天印下不了狠手，是不是还对他有情？"

初衔白眼波流转，缓缓落在他脸上："折华，你要对我说的话，不会就是喜欢我吧？"

折华怔了怔，轻轻点头。

"即使我已非完璧？"

"我只在乎你这个人。"

初衔白扭过头去，盯着在烛火阴影下黑乌乌的帷帐一角，忽然苦笑了一声："是我有眼无珠，良人在侧，却总盯着那些没心没肺的白眼狼。"

折华陡然抬头，眼神里盈满欣喜："青青，你……"他手足无措，不知该如何表达，犹豫了一下，伸手轻轻拥住了她，连喘气都不敢大声，生怕惊扰到什么。

初衔白顺势抬手攀住他的肩，灯火下的脸眉头微挑，眼中神色颇有几分兴味盎然。

这种事是藏不住的，第二日上午闺晴她们还只是怀疑，到下午就全家皆知了。

折英从外面回来时，闺晴拉住她一脸贼笑："折英姐，哟，恭喜呀，这下你要做公子的大姑子啦！啊不对，可能以后咱们都要改口叫小姐了呢。"

折英莫名其妙，转头恰好看到折华扶着初衔白出来散步，手正搁在她腰间，惊得差点咬到舌头。

晚间忽然变了天，黑云压顶，大雨疯了似的往下泼。初夫人所居的院落里积水严重，她自己也不注意，被淋得浑身透湿，缩在檐下冻得直哆嗦。天印瞧见，

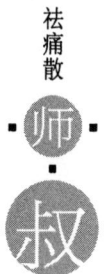

第46章　祛痛散

连忙上前拉她进屋，找炭生火，端水送茶，拖着重伤的身子殷切伺候，一转头却见门口倚着个人，正看着他笑而不语。

"啧，师叔，你这样，不知道的人还以为你才是我娘的儿子呢。"

初夫人已经看到初衔白，但她现在没有力气去赶她，手捧着热茶鼻孔出气哼了一声，对天印道："小唐，不用理这个骗子！"完了又朝初衔白吼："谁叫你来的？给我滚！"

初衔白靠着门浅浅的笑，有些死皮赖脸的意味："哎呀母亲大人，庄主夫人，求求您行行好，给了我药，我马上就滚走啦。"

"没有药，滚！"

初衔白像是没听见她骂的话，举步朝旁边的屋子走去："是在藏书阁里吗？我自己去拿吧。"

"站住！"初夫人站起来就要追，身子一晃，被天印扶住后瘫软在地上，急得脸都白了。天印只好安抚她一番，抬脚追了过去。

藏书阁里常年没人光顾，黑洞洞的，四下全是灰尘。但天印知道，这里是初家重地，初衔白之所以能有如今的修为，全是靠参悟这里的典籍得来的。不过他早在十年前就光顾过，并没有什么特别的地方，那些藏书在其他地方也能看见，那些江湖传闻并不可靠。

初衔白正踮着脚在摸一格空着的书架，天印进去时便看到她下摆稍稍提起，一只脚缠着厚厚的纱布，另一只脚却光着踩在木屐里，后脚脖子上蜿蜒着一道触目惊心的伤疤。

他目光轻闪，走过去站在她身后："什么都没有，你要摸一把灰尘回去么？"

"哎呀！"

初衔白故作惊怕地叫了一声，身子一歪，倒在他怀里，天印下意识地伸手揽住，她的手臂已经热情地缠上他的脖子。

"是师叔啊，我道是谁呢，吓着我了。"

天印一看她的表情就知道她在想什么，果然，还没推开她她的手就开始不规矩了。

"师叔，你的病好了么？"她贴在他脸颊边轻轻摩挲，吐气如兰，酥麻地缭绕过耳畔脖颈："真可怜，以前你还笑我不男不女，却没想到，今后你也不算个男人了，有个词叫什么来着？啊，无能！"

天印脸色难看至极，咬了咬牙，忽然将她按到书架上，冷笑着贴上去："我无能？那当初是谁在我身下娇吟媚喘的？"

初衔白笑得很开心，眼神却冷了下来："那个人已经被你杀了。"

天印眼神一窒，缓缓松了手，彼此静静地对视了一阵，他忽然发出一声冷笑："若是有选择，我还是会走老路。"

初衔白挑挑眉："所以你还是会为了得到我的内力下狠手？"

"没错，初衔白，你我是一类人，你也知道我们这种人是改不了的，我所做的一切，不过是为了存活罢了。这个江湖，要存活下去，需要的不只是实力，而是至高的势力。一年前的你够有实力了，还不是落得被围剿的境地？何况是我这个大器晚成又被唐门盯上的人。要活下去，只有坐上段飞卿的位子。可惜，最后行差踏错，才落得如今这般地步……"他忽然停住，转过身要走。

"行差踏错？"初衔白不屑地笑了一声，"让我猜猜，有什么脱离你计划的事发生了么？"

天印停下脚步，未曾转身，只冷哼了一声："没错，就是对你手软，那时我就该杀了你的。"

初衔白忽然一掌拍在身边的书架上，内力震得灰尘四散，巨大的木架倒下，撞上天印的脊背，他整个人冲出去，摔在地上时，口鼻都溢出血来。

初衔白缓步走过去，抬起穿着木屐的脚踩住他的手指："没事，我们有的是时间，我等着你用这只手来杀我。"

天印咳了一口血，闷笑："只要一有机会，我一定会下手。"

初衔白踢开他，径自出了门。

折华正等在院门口，见她出来，连忙迎了上来："怎么样，找到药了么？"

"没有，我早说过祛痛散不会放在藏书阁的，你怎么会想到那个地方？"初衔白摇摇头，转身要走："对了，天印接近夫人的原因我找到了。"

折华扶住她胳膊，顿了顿，干脆又弯腰将她拦腰抱了起来："嗯？是什么？"

初衔白勾着他的脖子咧嘴笑道："为了早点治好伤能杀了我。"

她的眼神越过折华肩头望向院内，那个人鲜血沾污了紫衣，站在那里，似乎在看着这里。她忽然想起当年雪地里的场景，脸在折华颈边蹭了蹭，寻了个舒服的姿势，闭起了眼睛。

天印受伤后，初夫人免不了又要大发雷霆。她将手上的药材全都找了出来，一样一样照着天印需要的罗列，结果居然罗列了将近百种，一时又火冒三丈。

"这个骗子居然将你浑身上下伤得没一处好的！"

天印坐在桌边，忍着痛摇了一下头："这是我应得的。"

初夫人哼了一声："又说胡话！"

天印忽然问："夫人，不知可否给我一些祛痛散，这些伤口真的痛得厉害。"

初夫人忽然紧张道："你不会也跟他们一样故意讨好我，其实是为了祛痛散吧？"

天印叹气："若是这样，我也没必要将自己弄得一身伤呀。"

初夫人这才缓和了神情："说得也是。"她拈了两样药材放在一旁："实不相瞒，祛痛散不是不给你，实在是不多了，那药我不会配，是以前留下来的，向来宝贝着。这样吧，我用这两味药代替，虽然没有祛痛散有效，但聊胜于无啊。"

天印眼珠轻转，点了点头。

第47章 你以为我稀罕？

这晚折英送晚饭过来，初夫人没有拒绝，因为她跟天印都没力气去做饭了，不过吃的时候很小心。天印却吃得心安理得，于是她跟着天印的筷子走，他吃过什么，没事，她才会动筷子。

天印笑道："夫人未免太小心了，那个骗子披着伪善的皮，不会轻易害你的。"

初夫人恍然般点头："没错，我这里还有重要东西呢，她不敢害我的。"

天印微微一愣："什么重要的东西？"

"不能说，我要留着等阿白回来亲自交给她。"初夫人狠狠扒了口饭，像是下了什么巨大的决心一般。

天印想不出头绪，但暗暗留了个心眼。

初夫人吃饱了，裹了裹衣裳要出门，天印见她步履不稳，劝她好好休息，她却摆摆手拒绝了："我要去把那只獐子放出来，要拿它试药的。"

天印还想再劝，她已经出门了。没一会儿院内就乒乒乓乓像炸开了锅，天印走到门口一看，天上已不再下雨，院内的积水也退去了大半，初夫人一手提着灯笼，一手挥着拐杖，追着一只肥硕的獐子满院子跑。

獐子本就善于奔跑，初夫人没一会儿就火气上来了，拐杖成了武器，一下一下砸下去，多亏那獐子灵巧，不然早就被打得吐血不起了。

天印心思一转，忽然快步冲了过去："夫人且慢，我来帮您！"

初夫人正好一拐杖挥下去，他冷不丁冲过来，正好砸在他伸出的左臂上，骨骼发出一声错位的脆响，天印单膝跪地，捂着胳膊满脸冷汗。

"啊，小唐，你怎么样了？"初夫人没想到会打到他，吓了一跳，再也顾不上追獐子了，连忙冲过来拉他，却刚好碰到他的伤处，天印惨呼一声，脸色煞白。

"这……这……"初夫人慌了神，一时不知该如何是好。

"夫人莫担心，不过是断了手臂而已，死不了的。"天印冲她虚弱地笑了笑。

初夫人见状更是自责："可是你这样很疼啊，身上还有那么多伤……"

天印低笑一声："不用担心，疼又死不了人，要那么容易死，我十年前就不在了。"

初夫人大概是被这句话牵扯到了软处，心疼地摸了摸他的头："可怜的孩子，你等着，我去给你拿祛痛散。"

天印连忙扯住她衣角："夫人，祛痛散实在珍贵，断不可为我破费啊。"

"怎么会，给你也比被那骗子骗去强！"初夫人安抚地拍拍他的手背，快步进了屋里。

天印坐在原地，从衣摆上撕了一角缠住伤处，努力提息护住，好在鸢无的毒渐渐下去了，内力有所恢复，这点痛还能熬住。他抹去额上浮汗，轻轻舒了口气。

初衔白的伤势好了不少，用她自己的话说，是因为心情好了。不过因为不听劝告，琵琶骨伤口摩擦仍旧疼痛难忍。她平常能做到不动声色，除了内力深厚之外，也许只能归功于自己刻意的忽视了。

折华给她上过药，又忍不住说她，初衔白窝在他怀里，咯咯轻笑，直到他闭了嘴，她也停了下来。

折华叹气："你是故意的不成？"

"唉，以前你没这么小气的，现在怎么跟照顾孩子的老妈子似的。"

折华只好抚着她的发不再多话，过了一会儿才又道："青青，明日我陪你去见一见夫人可好？"

初衔白诧异："嗯？你怎么忽然想去见她？要进她的院子可难。"

"天印不是在里面么？"

"那没办法，谁叫她老糊涂了呢。"

折华将她拥紧些，无奈道："我们总要试一试，我想跟她说明你我的事。"

"为什么要跟她说？"

"她是你母亲啊。"折华扶她坐起，直视着她的眼睛："青青，我想把我们的事定了，你可愿意？"

初衔白倏然沉默。

折华见她这样，神情不禁黯淡下去。

初衔白似有些不忍，握住他的手道："唉……此事暂缓吧，我现在伤势未好不说，内忧外患也一大堆，你该明白。"

折华这才好受了些，点了点头："那你好好休息，我先回去了。"他站起身来，低头在她额头上吻了一下，脸红着出了门。

初衔白抬手摸了摸额头，神色骤冷。没过片刻，她忽然耳廓一动，望向房门，已经有人推门进来。

隔着一扇屏风看不清楚，她也懒得下床，随口问道："折华？你又回来了？"

来人绕过屏风，身上那脏污不堪的紫衣已经除去，外面裹了一件墨绿袍子，初衔白忽然笑起来，这衣服似乎是她死去父亲的，她母亲对他可真好。

"原来是师叔啊，看来看守的人很不得力啊，居然让你大摇大摆来去自如。"

天印并未理睬她的话，施施然走近，在床边坐下。

"怎么，这是要找我叙旧？"

"你少说话比较好。"

初衔白嗤了一声："少说话就会忘了疼痛，忘了疼痛就会忘了曾经经历的一切了。"

"你是容易忘记的人么？"

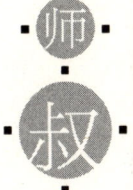

"可不是，否则我如何会在同一个坑里摔两次？"

天印忽然伸手点了她的穴。

初衔白的脸冷了下来："看来你的伤还不够重。"

"是我争气，恢复得比你快。"天印强提着内力，脸颊都带着不正常的红晕，看起来却给人一种容光焕发之感。

初衔白哼了一声："所以你终于可以杀我了是么？"

天印不再做声，伸手入怀取了一只小盒出来，打开后，里面装着一只小纸包和一小盒晶莹剔透指甲大小的膏体。他走到桌边将纸包打开，倒水和开，然后又回来，挑起膏体就要朝她锁骨抹去。

"这是祛痛散？"

"一盒外敷，一包内服。"

"你怎么得到的？"

"我说过你少说些话比较好。"

"哼哼……"初衔白冷笑："你以为这样我就会原谅你？"

天印看她一眼："你以为我稀罕你的原谅？"他的手指按上她的锁骨，初衔白闷哼一声，不自觉地闭了嘴。

伤在内里是看不出有多严重的，只能看出那一块肿得很高。祛痛散不愧珍贵，抹上去不久就消了肿。初衔白虽对他这举动不屑，但也无法拒绝药物带来的冰凉舒适感，受了这么长时间折磨，直到现在才好受了些。

天印始终面色无波，右手挑着药膏均匀地涂抹着，细致地像是在精雕细琢什么。初夫人给他的量并不多，所以这里也只能涂抹一次而已，要尽量抹均匀一些，让药力充分渗透进去，才能持久一些。

抹完药，仍旧相顾无言，天印起身去端桌上的杯子，水已半温，正好可以入口。初衔白这才注意到他始终只有右手在活动，瞄了一眼他的左臂，却也看不出什么。

"张嘴。"天印一手举着杯子递到她唇边。

初衔白早已冲开穴道，却按兵不动，只冷冷地看着他："你这种施舍的态度，差点要让我以为你是我恩人，而非仇人了呢。"

"抹完外用药后，要立即喝下内服药才会有效。"

初衔白冷笑着看他，仍没有动作。

天印抿唇回看着她，好一会儿，忽然将杯口压上她的唇，用力灌了下去。

初衔白不妨他有此一举，喉间一呛，连带琵琶骨疼痛，便想将药吐出来，还没得逞，已经被结结实实堵住。天印的唇压在她唇上，严丝合缝，右手顺抚着她的脖颈，将药汁引下喉咙。

初衔白并没有多少惊讶，心情也没什么起伏，只是冷幽幽地盯着他的眼睛，即使此刻贴得紧密，也彼此像是陌生人。然后她忽然张嘴，重重地咬了他一口。

天印眉头明显皱了一下，血腥味在二人口齿间弥漫开来，他眯了眯眼，本要离开的唇忽然变了意味，更用力地碾磨起来，右手扣在她的后颈，吮吸着她的唇瓣，形如搏斗。

初衔白的眼里忽然盛满笑意，手指挑开他的衣襟，暧昧地抚摸上他的胸膛，身体也放柔下来，甚至连吻都变成了迎合。

二人交缠着倒在床上，她的长发散开，铺在洁白的衣下，天印的眼神渐渐迷蒙起来，仿佛二人不是身在此处，不是身在此时，还在以前，还在那个充满甜蜜的谎言里。他的吻越来越轻柔，刷过她的脸颊鼻尖，落在颈边，又轻轻含住她的耳垂。

初衔白嘤咛一声，手热情地探索着他的胸膛，撩拨着他的下腹和腰侧，媚眼如丝地磨蹭着他的身体："师叔，给我嘛～～～"

天印一怔，抬眼就对上她似笑非笑的眼神，如火的热情褪去，莫大的耻辱已经压了下来。

紧接着是彻骨的疼痛。

刚断骨不久的左臂上扎着一支簪子，那是初衔白刚从他怀间摸出来的。她捏着柄端笑颜如花："你居然还留着这个，真叫我意外。"

天印的脸色白蓼蓼的吓人，却很沉静。这痛楚来得正是时候，让他及早清醒。他随手拔掉簪子扔出窗外，看也不看她一眼，起身离去。

走得那般干脆，如同根本不曾来过。

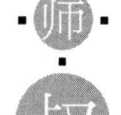

第48章　我怎么会爱你？

折华第二日自己去找了初夫人。他赶得巧，后者稍稍清楚了些，见他进院子，不仅没有赶人，还口齿清晰地跟他打了个招呼："折华，你怎么会来？"

折华显然没想到她忽然清醒了，脸上的震惊一闪而逝，很快又堆起笑容，快步上前道："夫人今日精神不错，那我来得正是时候了，有些事情要请夫人做主呢。"

"哦？何事？"初夫人丢下正在整理的药材，拍拍手站起身来。

折华正要开口，就见天印从屋内走了出来。发现他的脸色又白了几分，一只手还垂着一动不动，折华忍不住多看了他一眼，随即声音却是提高了许多："是这样的夫人，我与青青两情相悦，已经订下白头之盟，如今禀报夫人知晓，只盼您能同意。"

初夫人很是意外，愣了好一会儿，眼神忽而迷茫起来："青青？"

折华瞄一眼天印，凑近她提醒："对啊，就是您的女儿青青啊。"

"我的女儿？我没有女儿，只有儿子！"初夫人勃然大怒，叫嚷起来："我只有一个儿子阿白！你们这群骗子，把我儿子还给我！"

天印这才上前，扶住发狂的初夫人温言细语地哄劝，她才渐渐安稳下来。

折华见此情形，不禁冷笑一声："天印大侠把夫人照顾得真够好的啊。"

天印抬眼看过来："还不及你对初衔白的照顾。"

"呵呵，那是自然，我以后会对她照顾得更加无微不至的。"他含着笑转身离去。

天印盯着他渐行渐远的背影，眼神阴沉沉一片。

祛痛散功效非凡，却也不过持续了两天，到第三天再擦普通止疼药，初衔白居然有些不习惯，这一刻，居然很怀念天印给她抹上药那刻无法抗拒的舒适。

唉，要是她娘肯把祛痛散都给她就好了……

本以为不过是想想，晚上折华给她上完药离开不久，天印居然又出现了。初衔白一心惦记着祛痛散，本来对他的冷嘲热讽一时间倒忘了要及时奉上了。

天印超乎寻常的安静，不说一句话，也不看她一眼，只是按照步骤给她上药，不知道的还以为他是个给陌生患者治病的大夫呢。

初衔白也不管他，一副任由他伺候的模样，却对他的态度冷眼旁观。

一直到药涂完，天印忽然道："这是我能得到的最后一点祛痛散了，明晚我便不来了。"

初衔白听着这话，忽而觉得可笑："又没人指望你来。"

天印没有作声，似乎这话不是对他说的一般。他收拾好东西起身要走，忽然又停了下来："你跟折华在一起了？"

初衔白稍稍一愣，继而失笑，将双手交叠枕在脑后，悠然自得地道："是啊，师叔有何赐教？"

"你并不相信我，我说什么都没用。"

"这倒是实话。"

天印冷哼一声："你别后悔，我言尽于此，你自己看着办吧。"

"为什么要后悔？我觉得折华挺好的，"初衔白皮笑肉不笑，"至少他是个正常男人。"

天印脊背陡然挺直，紧捏着拳转身，狠狠地瞪着她。好一会儿过去，他忽而上前，将她按倒，伸手便去剥她的衣裳。

初衔白毫不反抗，反而伸出双臂勾住他脖子："怎么，师叔这是要重振雄风了么？"

天印勾唇冷笑："你一再诚意相邀，我当能拒绝？"

天印挥袖拂灭桌上烛火，陷入黑暗，渐渐的，彼此间的气氛有了变化。初衔白陡然清醒。如果不是他之前太能演戏，就是他现在为了面子死强行疏通了肾经，这种伤敌一万，自损八千的招数，还真符合他的性格。

怒火只在心头转了一圈，初衔白伸出双臂搂紧他，动情地唤了一声："折华……"

天印浑身一震，幽幽抬头："他碰过你了？"

初衔白嗤笑："我与他好事都近了，睡过也不奇怪吧？当初你一个承诺也没有，我不也任你予取予求？"她贴在他耳边吹气，"谁叫我就是这么随便的人呢？"她又哈哈大笑起来，身子都轻颤着。

天印忽然一手按住她肩头，迫使她停下，冷不防冲入了她的身体。

直到余韵方歇，他的气息由粗重变为平缓，忽然无力地叹息了一声："青青，你赢了……"

初衔白不动声色。

"我承认当时知道你的死讯时我后悔了。"他带着彻底被打败的颓唐，语气低靡："别嫁给折华，不管你信不信，当初在密林，他就有问题了。"

初衔白无声冷笑，转头盯着窗户，正是黎明前最黑暗的时刻，伸手不见五指。她看不清天印此时的神情，但他贴在她颈边的脸颊很冷，鼻尖有丝若有若无的血腥味，大概他又流血了。

"你现在说这些，是骄傲的自尊心在作祟？"

天印沉默许久，低声回答："也许，但比起我爱上你这点来说，这还不足以践踏我的自尊。"

初衔白怔住。

天印拥着她，长久沉寂的之后才又开口，飘忽得像是在说梦话："我怎么会爱你？我自己也想不通……"

初衔白冷哼了一声："我记得你以前就情意绵绵地说过喜欢我，这种鬼话，你以为我还会再相信一次？"她挥开他的手，一脚将他踢下床去："伺候得不错，你可以滚了！"

天印半晌也没动一下，初衔白的手落在他刚才躺过的地方，濡湿黏腻，腥味弥漫。

　　黑暗中两人的影子都沉默而僵持，像是在对峙，直到地上的天印缓缓吐出口气来，另一道影子才微微有松弛的迹象。

　　窗外忽然有火光闪过，初衔白只注意到那一瞬天印惨无血色的脸。她转头紧盯着窗户，有轻轻的脚步声传入耳中，越来越多，越来越快。

　　初衔白立即坐起，刚穿好衣服准备下床，已被天印按住手。

　　"你干什么？"

　　他拿过靠放在床边的霜绝："你留在这儿，我出去看看。"

　　"要你装什么好心，滚开！"

　　初衔白推开他下床，忽然"嘭"的一声巨响，房间的窗户已被撞开，有人挥着刀过来。窗外火光反照，映出床边两人凌冽的双眼。

　　来人脚步一顿，显然没想到房内有人，如无头苍蝇找到了目标，几步窜了过来，然而刀刚举起却一头栽倒了下去。

　　初衔白收回尚未拍出的那掌，人已被天印扯着背到背上。

　　她忍不住冷笑："你不觉得现在再来护着我，已经太晚了么？"

　　天印从那人身上抽出剑："只要你还活着，就不算晚。"

　　初衔白不屑地哼了一声。

　　二人贴着回廊朝火光聚集的反向走，山庄内的人已经被惊动，一时间呼喝之声不断，火光更亮，大概来人已不打算隐藏了。

　　之前初夫人院前被天印撂倒的几个看守都已醒了过来，严密地护在院门前。其他地方都不重要，只有她住的地方是初家重地。这一年来初衔白不在，打初家主意的人多的是，大家都已有经验，所以很快就进入了状态。

　　天印背着初衔白一路疾走，路遇拦截，一连斩杀了两三人，才知道这些人是武林人士。

　　"看来他们这次是打算围剿到我老家来了。"初衔白伏在他肩头冷哼。

　　天印没有答话，实际上他已有些脱力，只是在强撑着罢了。深知此时不能停留，他一鼓作气背着初衔白走到初夫人的院子，闺晴已经带着几个姑娘跑来。

　　"公子，忽然来了不少武林人士，看来又是来逞凶的！折华折英已经带人应战去了，我来保护您……"走到近处才发现背着她的人是天印，她的眼神有些怪

异："这是怎么回事？"

"你带姐妹们守在门口，别让那些人进入藏书阁就行了。"初衔白直接忽略了她的问题。

天印正要带她进入院门，一群人已蜂拥而至，火光冲天，为首的正是青城派的尘虚道长。

"初衔白！你这个杀人不眨眼的魔头，居然诈死，今日我们要除了你以正武林风气！"

闰晴呵斥上前一步，抽出剑呵斥："好大的口气，你们口中的武林风气就是大半夜来偷袭，还以多欺少么？我呸！"

尘虚道长还想与她理论，旁边有人插嘴道："道长无须与她多言，直接杀过去！"

又有人附和："没错，此等魔头，死有余辜，跟他讲什么礼数规矩，直接杀了便是！"

尘虚道长被说动了，甩了一下拂尘："好，废话少说，上！"

一群人呼啦啦冲过来，忽然有人眼尖瞄到天印，嚷嚷得更厉害了："是唐印那个伪君子！果然狼狈为奸！大家一起上，别放过他们！"

初衔白见状仍旧不慌不忙，呵呵笑着对天印道："你现在肯定是在考虑是否该将我丢给他们，自己好趁乱逃走。"

天印微微一笑："若在以前，我真的会这么做，但现在不会了。"他将她放下来，握剑挡在前面："我发现承认要比否认容易得多，而一旦承认，接受起来则要更容易。我知道自己是个坏人，已然无可更改，但我说过爱你的话，也同样无可更改。"

初衔白阴沉着脸不做声。

天印挥剑迎了上去，一旁的闰晴这才惊醒，诧异地看了一眼旁边的初衔白，还以为自己刚才听错了，天印之前那么骄傲，居然会当着外人说出这番话来，委实教人惊讶。

毕竟是以一挡百，天印浑身是伤，又只有右手能活动，一通快剑使下来，很快就落在了下风，但也没能让他们接近得了。上次和尘虚道长一起围攻过他的"金刚身"武家老二这次下手更毒辣，板斧在手，几次险险地擦过天印面颊，见削了他几根发丝下来，大受鼓舞，周身一转，直砍他后腰。尘虚道长的拂尘从前方扫来，一前一后，天印避无可避，眼看只能弃车保帅，侧身闪避的话，那样虽要被砍断一只手臂，至少还有活命的机会。谁知偏头之际却见初衔白那里也受到了攻击，紧接着眼前白影一闪，身边的武家老二已经倒地不起。

初衔白从他的天灵盖上收回手，一掌拍向身后攻过来的人，顺势夺了剑，与天印退到一处。背部相贴，她低声讥笑道："师叔是把所有力气都用在床上了么？怎么如此不济呢？"

天印低低一笑，眼随心动，忽然沉声道："你左我右！"

话音未落，二人左右散开，各攻半边，可做的与说的不同，他自己往左，初衔白却是往右。等二人再退回一处，他故作叹息道："我就知道你要跟我作对，我叫你左，你偏要往右。"

初衔白阴笑着磨牙："是啊，师叔对我真了解。"

天印抬头看着从天而降的几个高手："那这次我上你下？"

"呸！你在下面还差不多！"初衔白踹了他一脚，直接踏着他的肩膀冲天而起，一剑扫过，来人如残枝落叶，惨嚎跌落。

天印在下方解决了几人，伸手接住她，顺势揽住，喘着气低声道："你若真喜欢在上面，下次给你机会就是了，用不着当着这么多人的面要求。"

初衔白一剑挥向他脖子，天印侧头避过，身后来袭的某人已经身首异处。

他长剑撑地，虽然刻意压制，也仍旧可以看出疲态，剑身上血渍蜿蜒，淋漓没入地中，有别人的，但更多的是他自己的。

也许人只有在最后时刻才能剥开迷惘，天印虽然在笑，心里却很荒芜。他算计的，失去的，困惑的，顿悟的……沉沉浮浮，这么多年，直到现在才明白什么才是该珍惜的。

但这份珍惜已无法持久……

剑晃了晃，冲过来的人在微曦晨光里看来像是一分为二了，他的膝盖软了一下，就要倒下去，被一只手拉住。